dtv

Adelbert von Chamisso
E. T. A. Hoffmann
Friedrich de la Motte Fouqué
Karl Wilhelm Salice-Contessa

Der Roman des Freiherrn von Vieren

Das Bild der Mutter
Die Doppeltgänger

Mit Anmerkungen und
einem Nachwort herausgegeben
von Markus Bernauer

dtv

Von Adelbert von Chamisso ist bei dtv außerdem lieferbar:
Peter Schlemihl's wundersame Geschichte (2652)

Von E. T. A. Hoffmann ist bei dtv außerdem lieferbar:
Der goldene Topf (2613)
Das Fräulein von Scuderi (2645)
Der Sandmann (2684)
Die Elixiere des Teufels (12377)
Lebens-Ansichten des Katers Murr (13473)

Ausführliche Informationen über unsere Autoren und Bücher
www.dtv.de

MIX
Papier aus verantwortungsvollen Quellen
FSC® C014496

2018 dtv Verlagsgesellschaft mbH & Co. KG, München

Dr. Mirko Gemmel, Lychener Straße 1, 10 437 Berlin
www.verlag-ripperger-kremers.de
Gesetzt aus der Californian und der Benton
Druck und Bindung: GGP Media GmbH, Pößneck
(Satz nach einer Vorlage des Ripperger & Kremers Verlag)
Gedruckt auf säurefreiem, chlorfrei gebleichtem Papier
Printed in Germany · ISBN 978-3-423-28157-7

Inhalt

Roman des Freiherrn von Vieren

Adelbert von Chamisso

Friedrich de la Motte Fouqué

Karl Wilhelm Salice-Contessa

Erstes Kapitel

Es war im Juni im Jahre Eintausendachthundertundzwölf, sonntags gegen Abend, als Georg Haberland, der Maler, auf seiner Reise nach Italien müde und durstig vor dem Wirtshause zum Goldenen Bock anlangte.

Im Sonntagsschmuck, festliche Erwartung auf den Gesichtern, zogen Männer, Weiber und Kinder in bunten Scharen durch das weit geöffnete Tor nach dem Hofraum. Vor der Haustür aber stand ein bepackter Reisewagen und vor dem Wagen ein ältlicher Herr, der eben einer darin sitzenden Dame die Hand zum Aussteigen reichte. »Unter zwei Stunden keine Pferde!«, hörte ihn Georg sagen. »Sie müssen es sich nun schon so lange hier gefallen lassen, liebe Natalie! Der Zufall sorgt indes für unsere Unterhaltung. Eine wandernde Truppe hat den Thespiskarren in dieses Haus geschoben und eröffnet heut eben ihre Bühne.« –

Während dieser Worte hatte er seiner Begleiterin den Arm geboten und führte sie langsam nach dem Hause. –

Es war eine schlanke, herrliche Gestalt. Ein Schleier entzog Georgen ihr Gesicht. »Aber, lieber Oncle«, sprach sie auf Italienisch, indem sie an ihm vorübergingen, »lieber Oncle, Sie wissen doch, in einer solchen Stimmung« – – »Mir zuliebe«, unterbrach sie dieser, »mir zuliebe, teure Natalie, und Ihnen selbst zum Besten!«

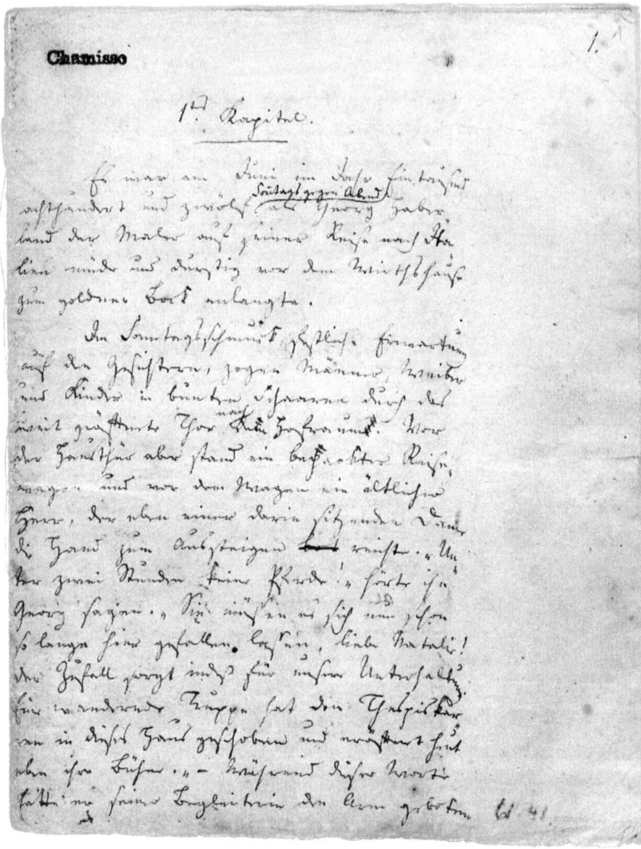
Chamisso 1.

1tes Kapitel.

Der Roman des Freiherrn von Vieren, 1. Kap., S. 1, Karl Wilhelm Salice-Contessa

Staatsbibliothek zu Berlin, Preußischer Kulturbesitz

Georg stand und sah ihnen nach. Die Stimme der Unbekannten hatte ihn auf eine seltsame Weise berührt. Noch nie, schien es ihm, hatte sein Ohr eine so wunderliebliche vernommen, und dennoch dünkte sie ihm bekannt, vertraut. Eine dunkle Erinnerung regte sich träumend in seinem Innern; all sein Nachsinnen aber war vergebens: Er vermochte sie nicht zum klaren Erwachen zu bringen.

Als er endlich ins Haus trat, stellte sich ihm an dem Eingang zur Wirtsstube ein besonderer Auftritt entgegen. Diesseits der Tür stand ein langer, hagerer Mann mit kahlem Kopfe, in einem grünen, mit goldpapierenen Streifen reich besetzten Kleide, der eine jenseits befindliche kleine, breitschultrige Figur in Hanswursttracht beim Arm gefasst hatte, sich aus allen Kräften bemühend, dieselbe teils mit Gewalt, teils mit Bitten und Versprechungen über die Schwelle zu ziehen. Der Hanswurst aber stemmte den freien Arm gegen die Türpfoste und antwortete hartnäckig auf alle Ermahnungen, Bitten und Verheißungen nichts weiter als: »I will nit! Und I spiel nit!« – Der Alte ließ ihn endlich los und rannte mit verzweifelnder Gebärde auf dem Flur hin und wider. »O Schicksal, du entsetzliches!«, rief er. »Wird denn dein eiserner Arm nie von mir ablassen? Ist es dir denn nicht genug, dass ich von Kindesbeinen an der wahre Sündenbock alles schlechten Gesindels auf Erden gewesen bin? Musst du auch jetzt noch sogar die Hanswurstjacke anziehen, um in der Person dieses Furcifer mich zu kujonieren?« – »Teurer Junge«, wendete er sich wieder zu jenem, »du wirst mich doch heut, doch nicht in diesem Augenblick im Stiche lassen? Ein neues Trauerspiel wird gegeben, welches mich an neuen Dekorationen, Gold- und Silberpapier, Kolophonium und andern Requisiten ein Beträchtliches kostet; die Lichter brennen schon; hochverehrtes Publikum sitzt zahlreich auf den Bänken: Standespersonen sogar kommen angefahren und respektive angegangen und zahlen nach Belieben und du willst nicht spielen? Du willst mich zuschanden machen vor aller Welt? Mein letztes Haar möcht' ich mir ausraufen, wenn ich das Unerhörtentsetzliche bedenke!« – Er rannte wieder ein paar Schritte hin und her und kehrte dann zurück. »Sei doch kein Esel, himmlische Seele!«, fuhr er mit sehr weicher Stimme fort. »Du spielst ja doch überall die Hauptrolle. Ohne dich wär' ich ein geschlagener Mann. Das nächste Mal sollst du den Max spielen, ja den Tell, wenn du ihn haben willst; ich verspreche es dir! O mein Schöpfer! Hörst du, wie die Hoch- und Höchstverehrten dort hinten schon trommeln vor Ungeduld? Was begehrst du noch weiter? Was verlangst du? Wähle, fordre! Meine Türkenpfeife? Meine rote Plüschweste, die du so oft concupisciert? Nimm sie hin, Satanas, ich schenke sie dir, wenn sie dich glücklich macht, Geliebter!«

Da jener indes allzeit bei seiner Weigerung verharrte, stieß ihn endlich der Alte zurück, drang selbst in die Stube und rief, sich auf einen Stuhl werfend, nach Wein. »Sic erat in fatis!«, sprach er leise in gänzlicher Erschöpfung. »Ich ergebe mich. Es ist aus! Fahr hin! Mag nun tragieren und dirigieren, wer will: Mein Stündlein ist gekommen! An einem Hanswurst sollt' ich sterben. Ainsi soit-il!« Er schenkte ein und reichte dem andern das volle Glas hin: »Trink, nequam, guter Junge, rascal, trink! Ich danke dir für deinen Todesstoß.

Bald ist's vorüber und der Erde geb' ich
der ew'gen Sonne die Atome wieder,
die sich zu Schmerz und Lust in mir gefügt,
und von dem mächt'gen Talbot, der die Welt
mit seinem Kriegsruhm füllte, bleibt nichts übrig
als eine Handvoll leichten Staubs. – So geht
der Mensch zu Ende.«

Hanswurst ergriff das dargebotene Glas und leerte es auf einen Zug, indem sich sein Gesicht dabei auf eine höchst possierliche Art zum Weinen verzog. Der Alte reichte ihm schnell ein zweites und legte dann den Kopf über die Rücklehne seines Stuhls zurück. »Hinauf! Hinauf!«, rief er, »wie wird mir! Leichte Wolken – – à propos! Du sollst fortan Direktor sein, ich will es: Dem Narrenkönig gehört die Welt!« – Die hellen Tränen liefen dem Harlekin über die Backen. Er schenkte sich schluchzend das dritte Glas selber ein, stürzte es aus, ergriff dann schluchzend des Direktors Arm und schrie ihm ins Ohr: »Ihr habt gemeint, i will nit spiele? I spiel! 's kann angeh.« Und mit zwei großen Sprüngen war er aus dem Zimmer.

Der Alte richtete sich empor. »Bestia quadrata!«, sprach er, setzte die Flasche an den Mund und trank den Rest aus. »Sehen Sie Hochgeschätztester«, – er wandte sich an den Maler, welcher dieser Szene mit großem Behagen zugesehen hatte. Doch indem er ihn ins Gesicht fasste, hielt er plötzlich einen Augenblick ein und schien ihn mit Verwunderung zu betrachten. »Sehen Sie«, fuhr er endlich nach einem leisen Kopfschütteln fort, »dieser Mensch will durchaus die ersten Liebhaber- und Heldenrollen spielen und setzt mir auf vorgelegene Weise bei jedem neuen Stücke Daumschrauben an. O Schöpfer! Ich versichere Sie, verehrter Herr, ohne die feste Hoffnung, dass jedem Schauspieldirektor jenseits der Himmel werden müsste, da ihm der liebe Gott die Hölle schon auf Erden zugewiesen – ich nehme jedoch ausdrücklich die Direktores von Hundegesellschaften aus, welche hinieden die wahrhaft paradiesischen Wonnen genießen, ihre malveillanten Acteurs mit der Peitsche als dem überall zureichenden Grunde eines Bessern zu belehren, während ich die meinigen nicht einmal ein wenig durchschimpfen darf, es sei denn etwa auf Lateinisch oder Englisch, was sie nicht verstehen – ohne jene Hoffnung, glauben Sie mir, Werter, hätte ich längst nicht allein die Schauspielkunst an den Nagel gehangen, sondern auch zugleich mich selber mit. Aber das hält mich aufrecht. Nunc ingens iterabimus aequor!« Er sprang auf. »Ihro Gnaden werden uns doch auch beehren? Ich darf Ihro Gnaden etwas mehr als Gewöhnliches versprechen. Mein erster Liebhaber – es ist in der Tat auffallend und seltsam!«, murmelte er wieder sich selbst unterbrechend, fuhr aber sogleich mit einer leichten Verbeugung weiter fort: »Mein erster Liebhaber, welcher der Verfasser des Stücks ist, sucht auch als Schauspieler seinesgleichen, und ich hoffe, dass alles zu einer eminenten Recreation und Satisfaction höchster Standespersonen prosperieren wird.« Er neigte sich bei diesen Worten abermals und schritt mit vieler Würde zur Tür hinaus.

Georg folgte ihm, nachdem er von dem Wirt erfahren hatte, dass die fremde Herrschaft gleichfalls nach dem Theater sich begeben. Es war in einer geräumigen Scheune hinten im Hof aufgeschlagen. Das Glück wollte Georgen so wohl, dass er auf einer Bank dicht hinter dem Stuhl der Unbekannten noch einen Platz fand. Indem er sich setzte, wandte sich die Letztere nach ihm; sie hatte den Schleier zurückgeschlagen: Georg schaute in ein

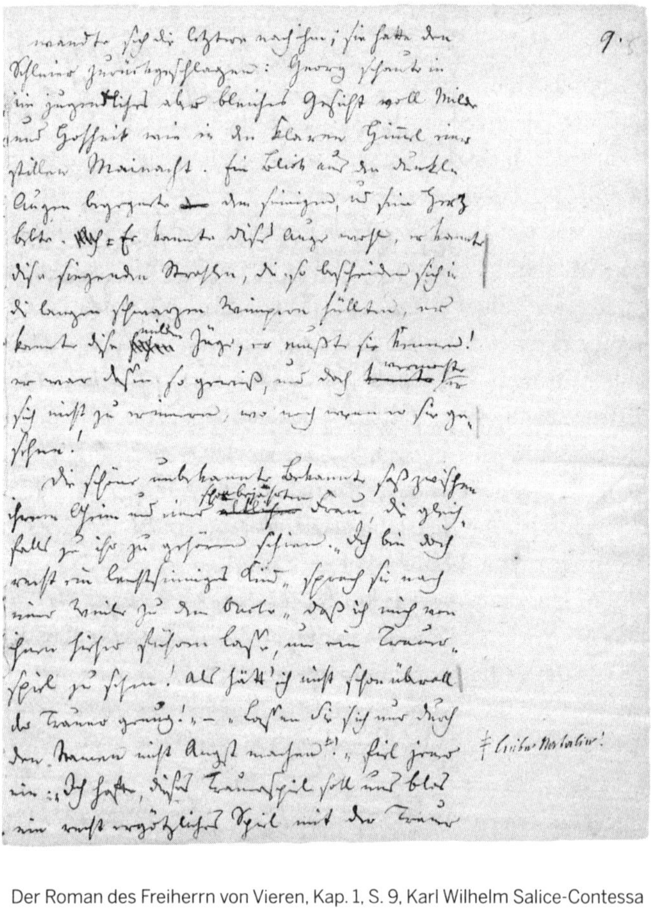

Der Roman des Freiherrn von Vieren, Kap. 1, S. 9, Karl Wilhelm Salice-Contessa

Staatsbibliothek zu Berlin, Preußischer Kulturbesitz

jugendliches, aber bleiches Gesicht voll Milde und Hoheit wie in den klaren Himmel einer stillen Mainacht. Ein Blick aus den dunklen Augen begegnete dem seinigen und sein Herz bebte. Er kannte dieses Auge wohl, er kannte diese siegenden Strahlen, die so bescheiden sich in die langen schwarzen Wimpern hüllten, er kannte diese milden Züge, er musste sie kennen! Er war dessen so gewiss, und doch vermochte er sich nicht zu erinnern, wo noch wann er sie gesehen!

Die schöne unbekannte Bekannte saß zwischen ihrem Oheim und einer schon bejahrten Frau, die gleichfalls zu ihr zu gehören schien. »Ich bin doch recht ein leichtsinniges Kind«, sprach sie nach einer Weile zu dem Oncle, »dass ich mich von Ihnen hierher führen lasse, um ein Trauerspiel zu sehen! Als hätt' ich nicht schon überall der Trauer genug!« – »Lassen Sie sich nur durch den Namen nicht Angst machen, liebe Natalie!«, fiel jener ein. »Ich hoffe, dieses Trauerspiel soll uns bloß ein recht ergötzliches Spiel mit der Trauer und nicht wenig zu lachen geben!« »Desto schlimmer!«, entgegnete sie. »Ein solches Spiel hat für mich etwas wirklich Trauriges, ja Herzzerschneidendes.«

Indem fingen die zwei oder drei Violinen des Orchesters an zu knarren; eine Flöte, die einen halben Ton zu tief stand und hörbarlich an Asthma litt, wehklagte darein, unwillig grunzte der Bass, zwei Oboen wimmerten jämmerlich und eine aufgebrachte Trompete sprang alles niederschmetternd durch die höllische Harmonie.

Endlich rollte der Vorhang in die Höhe, und nachdem Hanswurst als Prologus sein Publikum in behagliche Stimmung gesetzt und selbst bei dem Maler eine günstige Erwartung erregt hatte, begann das Stück, ruhig, klar, in kräftigen Zügen auseinandersetzend, dann rascher fortschreitend, mit sich fortreißend in der Verwickelung; das Interesse wuchs mit jeder Szene; immer gewaltiger regte sich der Sturm des Lebens; wie eine dunkle Gewitterwolke, aus welcher einzelne Blitze zuckten, zog die bange Ahnung einer ungeheuern Tat herauf und die kunstreich eingewebten Scherze der lustigen Person hoben nur umso kräftiger den furchtbaren Ernst. Ja sogar die armselige, zusammengeflickte Kleidung des größern Teils der Darstellenden sowie der schneidende Kontrast ihres Spiels mit den Worten, die aus ihrem Munde gingen, schienen fast der Wirkung des Ganzen förderlich zu sein und dienten wenigstens dazu, das vollste Licht auf die Heldin des Stücks, den alten Direktor und einen jungen Schauspieler zu werfen, die ihre Rollen mit überraschender Vollendung gaben.

Der letztere derselben machte auf Georgen einen besondern Eindruck. Er konnte den Gedanken nicht loswerden, dass er sich selbst dort oben auf den Brettern stehen sehe: Grade so und nicht anders, kam es ihm vor, würde er selbst die Rolle spielen; es war ihm, als sähe er seinen Gang, seine Bewegungen; sogar in den Gesichtszügen des Schauspielers, obgleich von einem starken Bart beschattet und undeutlich gemacht, glaubte er eine Ähnlichkeit mit den seinigen zu entdecken.

Die Unbekannte vor ihm war nicht minder von dem Inhalt des Stücks und der Darstellung sichtlich angeregt; doch schien ihre Teilnahme sehr bald sich in eine heftige Unruhe zu verwandeln, die immer höher stieg, je weiter das Spiel seiner Entwickelung entgegenging. »Was ist das? Wohin haben Sie mich geführt?«, hörte sie Georg auf Italienisch zu ihrem Begleiter sagen, dessen anfängliche Heiterkeit gleichfalls einer ängstlichen Verlegenheit gewichen war, und der sie nun mehrmals dringend bat, sich mit ihm zu entfernen. Allein, wider Willen an ihren Platz gefesselt, saß Natalie, die Augen unverwandt auf die Bühne heftend; ihr Busen hob und senkte sich in stürmischer Bewegung. Sie sah die verbrecherische Liebe der beiden Brüder zu ihrer Stiefmutter in immer wilderer Glut gegeneinander streitend sich erheben; sie sah die entsetzlichen Flammen sich endlich drohend nach dem Leben des Vaters strecken und zwischen ihnen die unglückliche Hildegunde im furchtbarsten Kampfe mit der eignen strafbaren Neigung. Georg bemerkte, dass Natalie zitterte; ihre Hand fasste mehrmals ängstlich nach dem Arm ihres Begleiters.

Es ward Nacht auf der Bühne. Der alte Fürst lag schlummernd auf einem Ruhebett im Hintergrunde. Der Narr, der ihn mit Märchen in den Schlaf gelullt hatte, saß zu seinen Füßen auf der Erde; vor ihm lag der umgeworfene goldne Becher, den er geleert. Der Schlummer hatte auch ihn beschlichen; sein Kopf neigte sich auf die Brust; es war Totenstille ringsum; eine Lampe, von der Decke herabhängend, verbreitete einen düsterroten Schimmer in dem Gemach. Von Zeit zu Zeit aber richtete der Narr aufschreckend sich empor und fuhr zwischen Traum und Wachen in dem angefangenen Märchen fort; doch schien er nicht über eine Stelle darin hinauskommen zu können, zu welcher er, alles durcheinanderwirrend, immer wieder zurückkehrte.

»Und der Eichbaum« – sprach er mit leiser lallender Stimme – »und der Eichbaum, da er den Alten so ruhig schlummern sah in seinem Schatten und die Männer von weitem schaute, die ihn suchten, da rauschte eine böse Ahnung durch des Eichbaums Zweige und die Blätter flüsterten zitternd:

Schlaf nit, schlaf nit, du alter Mann!
Ich schau' drei Männer, die schleichen heran,
ich schau' ihre Hände, die sind so rot,
und was sie sprechen, das bringt dir Not.

Und der Nachtwind strich leise von der Heide herüber und wimmerte:

Schlaf nit, schlaf nit, du alter Mann!
Ich schau' drei Männer, die schleichen heran,
ihre Hände, die sind von Blut so rot,
und was sie sprechen, das ist dein Tod!

Aber der Alte hörte nichts und schlief ruhig fort.«

Und indem der Narr dieses sein Sprüchlein zum zweiten Mal gesprochen hatte und ihm der Kopf wieder auf die Brust hinab nickte, da öffnete sich leise die Tür und der jüngere Sohn des Fürsten trat, von seinem blutdürstigen Wahnsinn getrieben, bleich, mit wildem Blick herein und trat an das Ruhebett, und wie er des Vaters ehrwürdige Züge und sein greises Haupt erblickte, bebte er schaudernd zurück, und es war an dem, dass er sich wendete zur Flucht: In dem Augenblick aber stürzte Hildegunde, von einem furchtbaren Traum aufgeschreckt, in das Gemach; bei ihrem Anblick rafft die rasende Leidenschaft sich von Neuem empor; er umschlingt die Geliebte, sie ist sein, nichts wird sie ihm entreißen, er schaudert vor keinem Verbrechen mehr, den Himmel hat er aufgegeben, der Hölle will er dienen um solchen Preis; und von der eignen Neigung bedrängt, entzündet von der wilden Glut des Jünglings, wankt Hildegunde; der grässliche Augenblick ist nahe, wo sie erliegen wird; dazwischen stammelt der Narr wieder sein: »Schlaf nit, schlaf nit, du alter Mann!« Der Dolch blinkt in des Sohnes Hand; mit schwarzem Fittich rauscht der Mord über die Bühne; halb fortgerissen, halb dem Jüngling folgend schwankt Hildegunde mit ihm nach dem Ruhebett hin: – Da rang ein dumpfer Schrei sich aus Nataliens Brust, bewusstlos sank sie hintenüber; Georg fing sie auf, mit starkem Arme hob er sie empor und trug sie durch das Gedränge über den Hof nach ihrem Zimmer. In höchster Bestürzung folgte der Oheim.

Unter den Bemühungen ihrer Frauen schlug Natalie bald die Augen wieder auf. Der Oheim fasste des Malers Hand und sprach mit leiser Stimme: »Wir sind Ihnen großen Dank schuldig, junger Mann; doch verzeihen Sie es wohl der Verwirrung des Augenblicks, wenn ich Sie bitte, sich jetzt zu entfernen. Ihr Anblick möchte eine Erinnerung bei meiner Nichte wecken, die ich wenigstens jetzt von ihr entfernt zu halten wünschte.«

Er fragte nach seinem Namen, und als er ihn vernommen, rief er: »Georg Haberland! Der Maler? Nun, dann sehen wir ja recht bald uns wieder!«

Georg schlich wie ein Träumender nach seinem Zimmer. Er hörte das Klappern der Pferde, die vor den Wagen gelegt wurden und riss das Fenster auf. Auf ihre Frauen gelehnt trat

Natalie aus dem Hause. Sie stieg ein; das Posthorn schmetterte, und in der seltsamsten Bewegung schaute Georg, an das Fenster gelehnt, dem dahinrollenden Wagen nach hinaus in die dämmernde Nacht.

Zweites Kapitel

Frischauf, frischauf, wir reiten nach Polen,
Haben nichts zu verlieren und sehr viel zu holen,
Frischauf, in die närrische Welt hinaus,
Stets lustige Tollheit und lustiger –

Aber der Schauspieler, welcher soeben mit der weiterziehenden Bande bei Tagesanbruch vor Georgs Fenster vorübertanzte und dieses Liedchen begonnen hatte, konnte es nicht weiter singen, als er den Georg ins Auge fasste. Vielmehr blieb er offnen Mundes stehen und blickte immer starrer und starrer zu dem Maler hinauf.

Hanswurst sprang mit ausgelassenen Fratzen hinter ihm herum und soufflierte:

»Und lustiger Schmaus!
Nu, soll's nit werden? Lustiger Schmaus!«

Der Schauspieler aber regte sich lange Zeit hindurch gar nicht, so dass sich alles von der Bande staunend um ihn her gruppierte. Endlich sagte er wie im Traum:

»Schmaus? Lustiger Schmaus? Nein! Graus! Lustiger Graus! Das ist der rechte Reim und der einzige noch obenein.«

Hanswurst fuhr erschrocken zusammen, ließ die Pritsche fallen und blieb in furchtbar überraschender Ernsthaftigkeit starr und totenbleich stehn.

Der Schauspieler jedoch fing, während alles ringsumher zitterte und sich fragend anschaute, ein seltsames Gelächter an, zeigte nach Georg hinauf und sagte:

»Es ist ja weiter nichts als der verfluchte Kerl, der mich schon gestern aus aller Fassung gebracht hat und es heute wiederum tut. Ist es denn wohl erlaubt, eines ehrlichen Mannes Spiegel zu werden, ohne ihn vorher geziemend zu fragen, ob er dergleichen leiden mag oder überhaupt ertragen kann? Ich soll meine Rolle gestern Abend ganz gräulich gut gespielt haben, und da ist der verfluchte Kerl ganz alleinig dran schuld, denn der sah mir im-

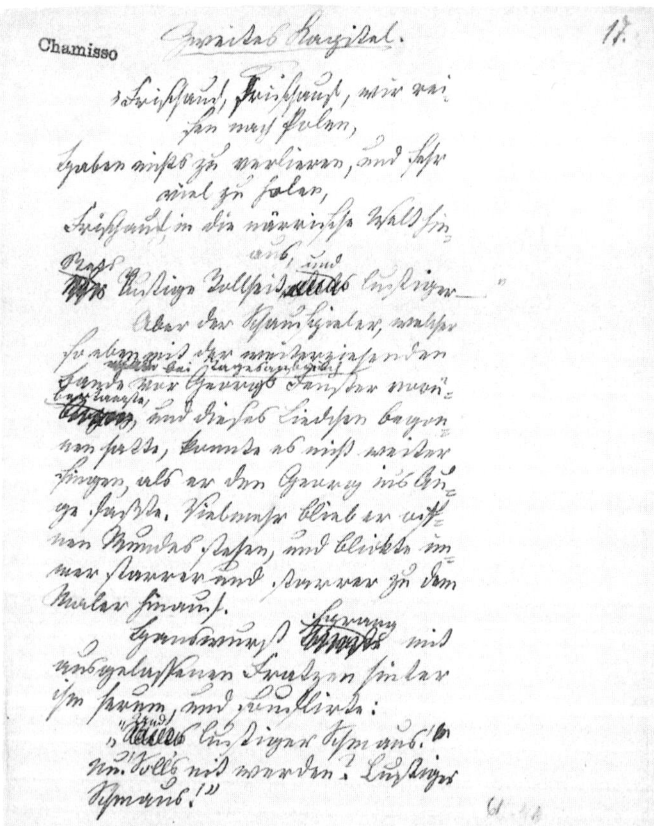
Chamisso
Zweites Kapitel.
17.

Der Roman des Freiherrn von Vieren, 2. Kap., S. 17, Friedrich de la Motte Fouqué

Staatsbibliothek zu Berlin, Preußischer Kulturbesitz

mer von den Sitzen herauf so spiegelhaftig ins Antlitz, dass ich am Ende dachte, nun säße ich unter den miserablen Zuschauern ganz eigentlich selbst, und so mein Äußerstes tat, mich auf meinen geliebten Brettern festzuhalten, denn hinunter will mich das Leben wieder haben, hinunter in seine entsetzlichen Kreise, so recht parterre im Gedränge, ich merk' es schon – o weh! –«

Damit verstummte er und einige Tränen drängten sich in seine Augen. Aber alsbald sie trocknend fuhr er lachend fort:

»Wäre mir der Beifall eines hochverehrten Publikums nicht über alles auf der ganzen Welt lieb und teuer, und hätte mir der Blitzkerl nicht ganz unversehens dazu verholfen, – ich könnte wahrhaftig versuchen«, – und er wog einen schweren Mauerstein mit furchtbarer Kraft und Gewandtheit in seiner Hand, – »ich könnte versuchen, ob man nicht einen Spiegel so gut einwerfen könne als andres Glas. Denn was ist es denn schlimmer, Spiegel einwerfen als Fenster? Und sowas gehört zum lustigen Schauspielerleben mit!«

Er zielte noch immer nach Georg hinauf und dieser blieb regungslos, wie versteinert stehn. Ach, er erkannte ja den furchtbaren Schauspieler von gestern Abend, der auch ihm wie sein andres Selbst vorgekommen war, und so dürftig, ja in aller äußeren Hinsicht gemein die Gestalt in ihrem jetzigen bürgerlichen Reisekostüm anzuschauen war – der Prinz von der Bühne schwebte noch immer unvertilgbar vor Georgs Augen. Er stand und erwartete den Wurf. Ihm ward, als sei er selbst der alte Fürst, welcher geopfert werden müsse, und rief mit dumpfer Stimme hinunter: »Ich bin ganz fertig. Narr, singe mir mein Grabeslied.«

Da schlug der Schauspieler die Hand vor die Augen, ließ den Stein fallen und weinte sehr. Der Narr aber fing wieder an zu lachen und sagte: »Mit unsrem Schmausen ist es doch leider ein für allemal zu Ende! Will sich nit mal im Reime mehr zu uns gesellen!«

Darüber fingen die Umstehenden sämtlich an zu lachen, alle Komödianten und Komödiantinnen mit, auch der kaum noch so betrübte Schauspieler stimmte in das tolle Gelächter ein und hub wieder an zu singen:

Nach Polen, nach Polen, wir reisen nach Polen,
haben nichts zu verlieren und sehr viel zu holen –

»Ei«, unterbrach ihn ein ehrsamer Bürger, »haben Dieselben denn wahrhaft einen kleinen Abstecher nach Polen in Dero wertgeschätzten Köpfen beabzweckt?«

»Nun freilich«, antwortete der Direktor mit einer wunderlichen Gravität. »Es geht ins Hauptquartier der großen Armee. Da wird es viel zu lernen geben, ich sag' Euch, ganz ausnehmend viel. Wenn Ihr uns erst zurückkommen seht, da sollt Ihr mal starren, hu!«

Er machte eins der Gesichter, die er in lustigen Rollen zu schneiden pflegte, aber teils mochten sich die Zuschauer seines gestrigen tragischen Spieles noch erinnern, teils waren seine Lineamente so seltsam scharf und hart, dass man einigermaßen davor erschrecken konnte – kurz, war es nun so oder anders, alles ringsumher brach unwillkürlich mit in sein letztes, wunderliches: »Hu!« aus, und einer wandte sich von dem andern, ob es auch sein vertrautester Nachbar war, schaudernd ab.

Die Schauspieler aber zogen im wilden Gesange jubelnd davon.

Georg, wie ein Gebannter, der aus dem Zauberkreis erlöset wird, trat stille vom Fenster zurück und seufzte, bestrebt, an irgendeiner Blume Lebensluft und Lebenshoffnung wieder zu erschauen, leise, indem er seinen Bündel zur fürderen Reise schnürte: »Hilf, liebe süße Natalie, hilf!«

Drittes Kapitel

»Hilf, liebe, süße Natalie, hilf!«, wiederholte noch Georg im Freien, wie er auf der einsamen Straße seine Wanderung mit verdoppeltem Schritt fortstürmte. Der Schweiß troff von seiner Stirne herab, sein Gang war fast zum Laufe gesteigert. Die Bilder der letzten Stunden, die er erlebt, verfolgten ihn, wie zu einem schweren Traum verworren, und undeutlich dämmerten hindurch ferne Erinnerungen und Ahndungen, vor welchen er ergrauste. Er schien vor seiner inneren Unruhe unbewusst die Flucht zu ergreifen und, um sie zu benennen, jenen Namen auszurufen: »Hilf, liebe, süße Natalie, hilf!«

Er befand sich, wie er endlich am Abende stillstand und, sich besinnend, den Blick um sich warf, in der wohlbewohnten Nähe einer ihm unbekannten Stadt. Zwei aneinander gebaute ländliche Häuser lagen üppig umgrünt am Wege, dem einen diente eine geräumige Laube zum Vordach. Er hielt dasselbe für eine Schenke und trat in die Laube, er legte seinen Bündel auf einen Tisch ab und warf sich schwer aufseufzend auf eine Bank. Neben ihm lag auf der Bank eine Gitarre, diese lockte ihn, Töne aus ihr zu erwecken, die vielleicht in den sausenden Sturme seiner Gefühle Harmonie brächten. Er griff in die Saiten, die zu wundersamen Phantasien erzitterten, und er sprach und sang dazwischen mit immer wechselndem, immer erschütterndem Ausdruck, den Namen, der nun die Losung seines Lebens geworden war: »Natalie! O Natalie!«

Da erhub sich am andern schattigen Ende der Laube von einem Ruhebett, wo er geschlummert zu haben schien, ein ehrwürdiger, blinder Greis. Seine Gestalt war fast riesig anzuschaun, sein silberweißes Haar floss in langen, dichten Locken auf seine Schultern herab. Seine Züge waren ernst und mild, eine eigentümliche Tracht und die geschlossenen Augen gaben ihm das Ansehen eines Sehers der alten Zeit. Er wandte sich an den Maler und, die Hand nach ihm ausstreckend, redete ihn mit liebevoll gebietendem Tone also an:

»Mein Sohn, komm zu mir, wir wollen von ihr, von Natalie sprechen.«

Betroffen gehorchte schweigend der Jüngling. Er trat heran und legte zitternd seine Hand in die dargehaltene Rechte des Greises. Dieser befühlte achtsam ein Mal, das Georg an der Handwurzel hatte, und ließ seine linke Hand über dessen Gesicht sanft herabgleiten, gleichsam mit bedächtigem Finger bei der Linse an seiner linken Schläfe verweilend. Dann zog er ihn an sich und indem er ihn fest umarmt hielt, flossen Tränen aus den erloschenen Augen auf sein Haupt. Der Alte ließ sich auf das Ruhebett wieder nieder und sprach zu dem Jüngling, den er noch bei der Hand hielt, also:

»Du hast nun Natalie gesehen?«

»Ich habe sie gesehen.«

»Und das Los deines Lebens ist geworfen?«

»Ich fühle es, es ist geworfen.«

»Du liebst?«

»Ja.«

»Wohlan denn, o mein Sohn, die Liebe hat dich mündig gesprochen, und was der Augenblick mir geben und mir rauben mag – es ist an der Zeit –, erfahre in meiner und deiner Geschichte die Wahrheit, die ich dir schuldig bin, die jetzt zu offenbaren mir der Geist gebietet. Aber zuvor knie nieder, o mein Sohn! mein Sohn! und empfange den Segen des alten Amadeus Schwendy, der dich seinen Sohn nennt, obgleich er dich nicht gezeugt.«

Er hatte den Jüngling sanft zu seinen Füßen herabgezogen und betete, die gefalteten Hände seinem Haupt aufgelegt, eine geräumige Zeit halblaut, unverständlich, indes stille Tränen von seinen Wangen herabrollten, dann zog er ihn wieder zu sich empor, hielt ihn wiederholt lange umarmt und ließ ihn endlich neben sich auf das Ruhebett Platz nehmen.

Nach langem Stillschweigen hob Herr Amadeus wieder seine Stimme und sprach also: »Lege, mein Sohn, deine Rechte in die meine, dass ich deiner Gegenwart, deiner Mitempfindung sicher sei, aber bei deiner Liebe zu Natalie und bei deiner Ehre versprich mir, mich nicht zu unterbrechen. Wir werden morgen von Natalie sprechen und mit Eduard erwägen, was deines Amtes und Berufes ist und wie du in diesen Graus rechtlich und ritterlich eingreifen darfst und sollst. Heute habe ich mir vorgesetzt, dir eine Erzählung zu machen, wobei doch mein eigenes Herz zumeist erzittern wird. Ich will allein sprechen. Ich will's.« Georg legte seine Hand in die des Greises und versprach, wie ihm geboten ward. »Bei meiner Ehre und bei meiner Liebe, Vater, ich höre schweigsam zu.«

Ein alter Diener war indes in die Laube getreten, er grüßte Georgen mit freudigem Lächeln und nahm ohne Anfrage sein Gepäck mit in das Haus. Der alte Herr Amadeus hörte ihn die Türe erst hinter sich zuziehen und hob sodann tief aufatmend seine Erzählung an.

»Ich war leicht mit gradem Sinn, ernstem Willen, rascher Wahl und festem Tun schon weit in das Leben vorgeschritten, und noch hatte es mich nicht gefunden und erfasst. Ich hatte ein ansehnliches Vermögen, einen Rang, eine Karriere und eine mir angenehme Wirksamkeit. Es war in Amtsgeschäften, dass ich zuerst ein Weib kennenlernte, vor dessen Schönheit und Größe, Zartheit und Heldensinn mir das Herz im Busen erschauerte. Dies Weib war eine junge Schauspielerin, die jüngst zu unsrer Bühne gekommen war. Verstrickt ohne Halt und Hort von ihrer Kindheit an in Netzen der Verderbtheit, hatte sie sich, in Missachtung ihrer selbst, noch nicht gesucht und nicht gefunden. In mir ging ihr zuerst das Leben auf, in mir erkannte sie sich zuerst und ihre Entwürdigung. In mir zuerst blühte die reine Seele auf zu Schmerz und Lust, und mir ward zuerst in ihr das Rätselswort des Lebens offenbart. O mein Sohn, die Liebe fassen Worte nicht, nur Liebe kann's, und zwischen mir und jener Zeit liegt nun der Schnee, der mein Haupt bedeckt. Du stehst an der Schwelle, und mit dir ist der Segen des alten Amadeus.

Ich war des Sinnes, allen weltlichen Rücksichten und Aussichten zu entsagen und mich allen beschränkenden Verhältnissen zu entreißen, um das Kleinod, das ich in meiner Jugend Kraft besaß, auch vor der Welt und dem Rechte mein zu nennen. Sie nur hielt mich mit gebieterischer Macht zurücke etwas zu tun, die Gegenwart, bang und reich wie sie war, umzugestalten. Denn blindlings folgsam gehorcht ein Mann, wenn er liebt, dem Sinne der Geliebten. Als ich einst zu ihr ging, fand ich statt ihrer nur ein hinterlassenes Blatt, das von häufigen Tränen benetzt worden war. Sie war vor mir, vor meiner Liebe entflohn und sagte mir ein herzzerreißendes Lebewohl. Sie entsagte jedem Anspruch und gab mich mir selber zurücke, sie dankte mir, sich selbst, jedoch zu spät, um sich meiner noch wert zu achten, gefunden zu haben. Sie wollte den Rest ihrer Tage mit meinem Andenken allein und ihrer Liebe verbringen. Ich selber aber müsse noch der Welt leben und einer Würdigeren als sie.«

Herr Amadeus ließ sein altes Haupt auf seine Brust sinken und schwieg. Als er neue Kraft gesammelt haben mochte, hob er mit folgenden Worten wieder an:

»Ich habe doch, nun ich frei war, ihrem Andenken und meiner Liebe das Opfer gebracht, das sie nicht gewollt. – Nicht ein Opfer mehr – mein Leben war doch für die Zeit aus und ich suchte, bleich über die Erde wankend, nur sie und mein Grab. Ich durchreiste umsonst wiederholt und wiederholt Deutschland und ganz Europa. Keine Spur konnte mich leiten, alle Nachforschung war vergebens. So vergingen Jahre. Einst führte mich das Ungefähr in eine Hütte, die, sagte man, die Wohnung von bedürftigen Kranken war. Bleich und schön erhob sich bei meinem Nahen von der Barre eines toten Kindes, worüber sie gebückt gelegen, ein wohlbekanntes, vielgeliebtes Bild. O Mathilde, Mathilde! Sie streckte die schwache Hand nach mir aus und zog mich zu der Leiche. – Amadeus, was ich dir verschwiegen – dein und mein Kind. Und auch die Mutter hat ausgerungen. Dank dir, holder Freund, dass, wie du mir einst die Augen eröffnetest, du auch sie zu schließen beizeiten herbeieilst.«

Herr Amadeus hielt abermals wieder inne und weinte eine Zeit seine Tränen stille für sich hin, dann hob er wieder an, indem er die Hand des jungen Malers fester in die seine drückte.

»Als ich Weib und Kind unter die Erde gebracht, war mir das Herz zugeschraubt und ich hatte die Tränen nicht, die mir itzt zu vergießen noch der Himmel gönnt, ich ging kalt nach der Stadt zurück und sah gleichgültig in die furchtbar leere Welt und Zukunft hinein. – Wie ich ankam, da hatten sie dich ausgesetzt. Eine Abenteuerin, die unter einem fürstlichen Namen die Welt durchstrichen hatte und sich hier von der Polizei bedrängt gefühlt, war in der Nacht entflohn und hatte dich, ein, wie es hieß, aus Achen, wo sie herkam, mitgebrachter Findling, wieder ausgesetzt. Neugierige Frauen umstanden die kleine Wiege. Ich drängte auch mich heran. Als ich dich liegen sah im Schlafe deiner Unschuld, schön und blondlockigt, wie ich zuerst im Tode den Sohn meiner Liebe gefunden, da gabest du erst mir Tränen ein, du wohltätiger Knabe. Ich stürzte mich schluchzend auf dich und hob dich hoch empor in meinen Armen und nannte dich Deodatus und nannte dich mein und meinen Sohn.

So, Deodatus, gehörest du mir an. Siehe, ich habe auf dich alle reiche Liebe, die die Brust mir sprengte, übertragen, du warst mir für Weib und Kind, für mich selber, der ich mir untergegangen war; du warst mir alles, alles. Ich ward dir Amme, Mutter, Vater, Lehrer, Freund, ich ward dir, was ich dir nur konnte sein. Und wenn mir das Licht der Augen ausgegangen, da hab' ich mich nur betrübt, weil ich dich nicht fürder mehr konnte sehen. O Deodatus, mein Licht, mein Leben, nicht wahr, du bist doch mein Sohn. Und das bist du auch vor dem Gesetz, denn ich habe dir ja den Namen, den du führst, deinem Stande und Vermögen auch das Recht des Besitzes gesichert, und die Dokumente leg' ich dir morgen mit meinem Kästchen in Händen. – Ich glaubte mich aber auch gegen dich verpflichtet, Nachsuchungen über deine wahre Herkunft anzustellen. Sie sind zu meinem Trost immer fruchtlos gewesen. Jenes Weib, deren Rolle ausgespielt war, klang- und spurlos verschwunden. Und du lehnest auf der weiten Erde auf niemand sonst als auf mich.

Deodatus, ich habe ausgeredet. Aber ich weiß, mein fromm ergebener wackrer Sohn, dass die unerwartete Kunde sich mit Mühe deinen Gedanken einweben muss, drum, bei deinem Versprechen, schweige noch und lass mich mit dieser Umarmung für heute scheiden. Ich verbiete dir, mir in mein Zimmer zu folgen.«

Der alte Herr Amadeus Schwendy hatte sich feierlich erhoben und war ins Haus zurück getreten, dessen Türe er hinter sich zugezogen hatte, bevor der Maler George Haberland einen Entschluss zu fassen oder sich nur zu besinnen vermocht hätte. Bei der seltsamen Stimmung, in der er unter diese Laube getreten, und bei dem Namen Natalia, womit ihn der alte Herr beschworen hatte, war er bis zuletzt auf den Gedanken nicht gekommen, er könne für einen andern gehalten werden als der er war, und noch zweifelte er im Geiste, ob bloßer Irrtum des Greises oder Irrwahn diesem Abenteuer zum Grunde lag. Er stand unschlüssig zögernd vor der Türe des Hauses, worin sich auch übrigens sein Gepäck befinden musste, und wusste noch nicht, was er zu tun beschließen würde.

Einige Minuten waren auf die Art verstrichen, als ihn das Geräusch von zwei Reitern, die vor der Laube ihre Pferde anhielten, sich nach der Straße umzusehen bewog. Ein stattlicher dicker Herr mit einer Brille sprang mit Behändigkeit von seinem Bellerophon, den er dem Reitknecht überließ, eilte freudig auf George zu, den er eben gewahr geworden, und zog ihn, ihn bei dem Arm ergreifend, mit sich fort, indem er ihn also anredete:

»Aber, Blitzkerl, wie in aller Welt hast du das wieder gemacht, ich reite dir entgegen, verderbe mir deinetwegen den ganzen Tag, fluche mich mager nach dir und nun stehst du mir hinterrücks schon da. Aber komm, lieber Junge, dein guter Alter ist doch schon zur Ruhe, komm zu mir, wir haben ja gar vieles durchzusprechen.«

George, bevor er sich's versah, stand schon mit dem dicken Herrn auf dessen Zimmer im angrenzenden Hause, zwei Lichter brannten auf dem Tisch, englisch Öl war eingeschenkt, Butterbrot aufgetragen, und der dicke Herr fuhr fort:

»Hab' ich dir auch dieses Mal nicht recht geraten? Aber zuförderst erzähle. – Wie ist es dir gegangen und wie stehst du mit Natalia?«

»Natalia?«, wiederholte George zusammenschaudernd, »wieder Natalia!« Befremdet sah ihn der dicke Herr schärfer an und fuhr fort, indem er ihn herzlich bei der Hand schüttelte: »Armer Deodatus, wie find' ich dich verändert, was hat dich so angegriffen? Heraus mit der Sprache, warum der eisige Blick?«

»Mein Herr«, sprach endlich George, und der dicke Herr sah ihn wie versteint mit weit aufgesperrten Augen an, zu welchen er noch zuvor seine Brille abgewischt hatte, »mein Herr, ich bitte

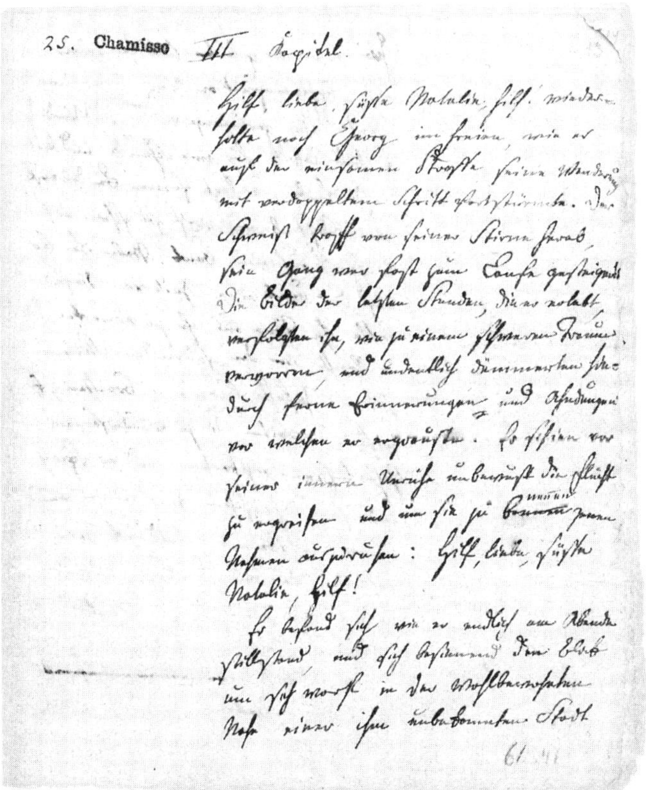

Der Roman des Freiherrn von Vieren, 3. Kap., S. 25, Adelbert von Chamisso

Staatsbibliothek zu Berlin, Preußischer Kulturbesitz

Sie, Ihren Irrtum einzusehen, und falls ich die Ehre habe, wie ich es vermute, mit dem Herrn Eduard, dem Freunde des alten Herrn Amadeus Schwendy zu sprechen, mir Ihren Rat nicht zu versagen, wie ich mit diesem ehrwürdigen blinden Greis, der mich seinen Sohn auch nennt, verständig auseinanderkommen kann.«

George sprach in dem Tone weiter fort und Eduard, der ihn indes mit ernster Aufmerksamkeit beschaut, befühlt und auf allen Weisen rekognosziert hatte, bestand darauf, ihn für keinen andern gelten zu lassen als eben für seinen Freund Deodatus Schwendy, den er freilig wahnsinnig vor sich sah. Der Maler George Haberland nannte seinen Namen und Eduard schüttelte bedenklich den Kopf dazu. George wollte seinen Pass und seine Papiere vorweisen, und als er nach seiner Brieftasche griff, worin er auch seine Wechsel hatte, musste er zu seinem größten Schrecken gewahren, dass er sie, vermutlich während des unsinnigen Laufes der heutigen Tagereise, verloren hatte. Er bemühte sich, seine Geschichte, die er nicht mehr glaubhaft belegen konnte und worin er übrigens manches zu verschweigen hatte, mit Wahrscheinlichkeit auseinanderzusetzen, so gab er vor nach Italien zu reisen und heute aus Hohenflüh, wo er Natalien gesehen, zu Fuße gekommen zu sein. Hohenflüh lag aber zwölf volle Meilen südwärts von dem Orte, wo er war, so rüstig war er wirklich heute auf einer falschen Straße ohne anzufragen fort gewandert. Zur Glaubwürdigkeit seiner Erzählung konnte es jedoch wenig beitragen, und sie klang dem Fieberwahn ähnlicher als selbst der Lüge.

So sprachen George und Eduard ohne besseren Erfolg viel und lange nebeneinander. Es war eine ängstliche Situation. Eduard erkannte nur, dass Natalia, Italien und die Kunst die Richtung sei, die der Wahnwitz seines armen Freundes genommen habe. Auch brachte er mit Scharfsinn heraus, dass ihm der alte Amadeus die Geheimnisse seiner Geburt und Erziehung anvertraut haben müsse, und er ahndete, diese Entdeckung habe an sein Unglück teilgehabt. Er selber wusste um diese Heimlichkeit wie um Nataliens Geschichte – denn für ihn hatte Herr Amadeus wohl kein Geheimnis. George andererseits schwankte schwindelnd am Rande des Wahnsinns, dessen er gezüchtiget war. Er wusste bald nicht mehr, ob er der Maler George Haberland, der wahnsinnig gewordene verbrecherische Prinz aus dem Trauerspiel, von den Furien verfolgt, oder Deodatus Schwendy sei.

Die zehnte Stunde der Nacht war auf die Weise herangekommen. Da brach mit großem Geschrei der alte Diener des Schwendyschen Hauses in das Zimmer ein, den Tod, den Mord des alten segenreichen Herrn Amadeus Schwendy verkündigend. Eduard erhob sich entsetzt, und George folgte ihm wie seinem Schicksal unwillkürlich nach, sie traten mit Lichtern in das Zimmer des Ermordeten.

Lang und starr unverändert im ehrwürdigen Angesicht, lag der Greis in seinem völligen Anzug am Boden, das Haupt am Fenster auf dem Tritt gestützt, die Füße gegen die Türe gekehrt. Seine rechte Hand lag flach auf seiner linken Brust angedrückt. Bei schärferer Beobachtung zeigten sich unter dieser Hand sieben Wunden, die ein dünner dreischneidiger Dolch sechs Zoll tief sicher durch das Herz gebohrt hatte. Das Werkzeug der Tat fand sich nicht vor. Nichts war im Zimmer angerührt, Eduard fand die Summe des frei auf dem Tische aufgezählten Goldes unangetastet, die goldene Uhr lag dabei und am Finger des Toten funkelte sein Brillantenring. Die sämtlichen alten und treuen Diener des Hauses hatten in der angrenzenden Gesindenstube versammelt diese Stunde im Gespräch über die Rückkehr des jungen Herrn Deodatus herangewacht, kein ungewöhnlicher Lärm hatte sich geregt und nur itzt, da der alte Diener das Zimmer seines Herrn in seinem Dienst betreten hatte, war das Unheil an den Tag gekommen.

Viertes Kapitel

Wehklagen und laute Verwünschungen auf den bleichen Lippen standen die Hausgenossen um den Leichnam ihres geliebten Herrn, mit welchem der Arzt und Wundarzt, auf Eduards Geheiß herbeigerufen, an der Erde kniend eben beschäftigt waren. Eduard kniete neben ihnen, unterstützte, hilfreiche Hand leistend, das herabsinkende Haupt seines alten Freundes und schaute mit banger Erwartung in das Gesicht des Wundarztes.

»Nur allzu wohl getroffen!«, rief dieser endlich aus. »Jeder einzelne Stoß hätte hingereicht, ihn zu töten!«

Der alte Diener des Ermordeten streckte in der heftigsten Bewegung seine gefalteten Hände gegen den Leichnam aus: »Nur ein Wort noch aus diesem Munde; ein einziges Wort, du Gott der Barmherzigkeit!« Seine Augen durchflogen den Kreis der Umstehenden und hafteten endlich auf Georgs Angesicht; wie von einem plötzlichen Schauder ergriffen aber wandte er sich ab von ihm und fuhr mit dumpfer Stimme fort: »Gott hat gesprochen, wenn auch nicht durch den Mund des Erschlagenen! Ach, ich wusste es wohl, dass es so enden würde. Weh mir, dass ich so lange geschwiegen!«

Eduard sprang erschrocken empor und zog den Alten auf die Seite: »Hätten Sie doch diese fluchwürdige Reise verhindert!«, rief dieser laut. »Von dorther ist uns stets alles Böse gekommen.« Beide sprachen leise weiter und verließen bald darauf das Zimmer.

Trotz der Betäubung, mit welcher die seltsamen und entsetzlichen Ereignisse dieses Abends Georgs Sinne umdunkelten, waren ihm doch der so bedeutend auf ihm haftende Blick des alten Dieners und seine Worte nicht ganz entgangen. Eine furchtbare Ahnung stieg in ihm auf, wie es möglich sei, dass der Verdacht der grässlichen Tat auch ihn berühren könne. Er wandte sich nach Eduard um, dem unfreiwilligen Spiel einer

Rolle, in die man ihn, fast schien es, mit Gewalt hineinziehen wollte, alles Ernstes ein Ende zu machen; doch indem er ihm, der eben aus dem Zimmer ging, schnell zu folgen im Begriff stand, ward ihm dunkel vor den Augen, seine Kräfte, schon durch den Marsch des heutigen Tages aufs Übermäßigste angestrengt, erlagen jetzt dem Andrang so mannigfach beunruhigender Empfindungen: Er sank ohnmächtig zu Boden.

Als er unter den Bemühungen des Arztes wieder zur Besinnung gelangte, drückte eine bleierne Mattigkeit auf seine Glieder, gegen die er vergebens ankämpfte. Seine Zunge war keiner Antwort mächtig auf Eduards Fragen, welcher ab und zu gehend öfters besorgt an sein Lager trat; wider seinen Willen schlossen sich ihm die Augen von Neuem: Er verfiel in einen langen fast todähnlichen Schlaf, den erst gegen Morgen eine Reihe wunderlicher Traumgesichte, auf dunkelm Grunde in den lebhaftesten Farben anschießend, wieder zu beleben begannen.

Er saß hoch oben auf einem mächtigen Gebirge, von einem sehr hellen Lichte umgeben, welches aber nicht von der Sonne, denn es war Nacht, sondern von einem ungemein prächtig strahlenden und funkelnden Nordlicht herkam, das den ganzen Himmel mit seinem roten Feuer entzündet zu haben schien. Tief unter ihm hatte sich weithin gedehnt ein weißes Wolkenmeer gelagert und benahm ihm jede Aussicht in die Täler zu seinen Füßen; nah und fern rings im Kreise ragten mehrere Gebirgsgipfel wie der seinige daraus hervor, und auf allen sah er riesenhafte menschliche Gestalten sitzen – er selbst ward immer größer, je länger er saß –, von denen ihm verschiedene wie alte Bekannte vorkamen; ja in seinen zwei nächsten Nachbarn glaubte er in dem zur Rechten den alten Herrn Amadeus Schwendy, in dem zur Linken aber Eduard zu erkennen. Und der letztere war es auch, denn er vernahm gleich darauf seine Stimme, die ihm zurief: »Nun, mein Bester, wir können froh sein, noch so gute Plätze bekommen zu haben: Drunten im Parterre ist es erstickend heiß! Es wird gleich angehen: Sehen Sie, dort wird schon die Ouvertüre heraufgeschoben.« Eine dunkle Gewitterwolke mit leuchtenden Säumen hob sich am jenseitigen Horizont empor. Einzelne Blitze zuckten herüber. »Hören Sie die Trompeten?«, rief Eduard. Je näher die Wolke kam, desto lebendiger und gewaltiger fing es darin an zu wogen und sich zu regen, wunderbar herrliche Gestalten ballten sich zusammen und zerflossen, um wieder neuen Platz zu machen; der Glanz des Nordlichts aber gegenüber bildete auf der dunkeln Masse einen hell leuchtenden Regenbogen, der in siegender Klarheit über dem Drängen und Treiben unter ihm ruhte, und Georg sah nun, dass es die Ouvertüre des Don Juan war, welche die Wolke aufführte. – – Indem aber stürzte sie sich krachend und zischend in das Nebelmeer zu seinen Füßen, welches nun gleichfalls in heftiger Bewegung aufkochend und hin- und herwogend bald hier, bald dort, bald nah, bald fern einen Fleck des darunter liegenden Landes enthüllte und wieder verdeckte, und so mit Blitzesschnelligkeit eine Reihe der mannigfaltigsten Szenen vor Georgs Blicken vorüber führte. Er sah ein altes gotisches Schloss, das er schon sonst gesehen haben musste, und in seinen hohen Hallen und weitläufigen Gärten sich selbst als Kind mit einem wunderschönen Mädchen von gleichem Alter spielen, und als er diesem in die dunklen Augen schaute, da ward ihm mit einem Male klar, warum Natalie ihm so bekannt vorgekommen, denn diese und keine andere war das schöne kleine Mädchen. Gleich darauf sah er sich in einem finstren Walde: Ein vornehmer Herr zog dem weinenden Knaben die schönen Kleider aus und hüllte ihn in abgetragene Lumpen; das Haus des alten Lorenz Haberland, seines treuen Lehrers und Pflegers zeigte sich, den er bisher fälschlich, wie er in diesem Augenblicke erfuhr, für seinen Vater gehalten hatte; eine Kirche trat aus den Wolken hervor, vor dem Altar kniete Natalie, an ihrer Seite ein ältlicher Herr, den Georg sogleich für denselben erkannte, der ihm die schönen Kleider genommen, ein Priester legte beider Hände ineinander, und indem das verhängnisvolle Ja über Nataliens Lippen ging, sank sie ohnmächtig zu Erde nieder. »O Gott!«, rief Georg, »Verheiratet!«, und verhüllte sein Gesicht. Da erschallte über ihm in der Luft ein lautes, widerliches Gelächter, und als er sich voll Grimm und Abscheu wandte und in die Höhe schaute, sah er hoch über sich auf einem Gletscher – er stellte die Galerie vor –, einen hässlichen Affen sitzen, und der Affe war niemand anders als der Hanswurst von gestern Abend. »Das ist die Welt!«, rief er, lächerliche Fratzen schneidend, herunter. Georgs Blicke fielen indem auf seinen Nachbar zur Rechten, und er bemerkte, dass der Alte dort drüben bitterlich weinte. – Immer schneller und unzusammenhängender jagten sich indes die Szenen auf dem großen Theater unten. Bald sah er sich an seiner Staffelei, vor ihm Natalie, deren Bild er malen sollte, aber er sprang mit Entsetzen empor, indem er die blutigen Striche wahrnahm, die sein Pinsel auf der Leinwand zog; bald trat ihm aus einem ungeheuern Spiegel sein eignes Konterfei drohend entgegen und verfolgte ihn, da er erschrocken die Flucht ergriff; darauf wieder stand er in einem Orangenhain am Ufer des brausenden Meeres, Natalie lag in seinen Armen, aus ihren Augen strahlte ihm das Morgenrot eines neuen Lebens, aus der holdseligen Knospe ihres Mundes brach das süße Geständnis ihrer Liebe: Darüber erhob der hässliche Affe auf der Gletschergalerie von Neuem sein widerliches Lachen, aus den Wolken unten aber schallte eine Stimme herauf, die er alsbald für die Stimme des alten Schauspieldirektors erkannte, und die zornig rief: »Hier lacht man nicht!« – Indes hatte sich die Szene schon wieder verändert; Georg erschaute den alten Amadeus Schwendy, der zu beten schien, von der Seite aber schlich der vornehme Herr aus dem finstern Walde, Nataliens Gemahl, einen blinkenden Dolch in der Faust, herbei und zielte damit nach der Brust des Greises. Darüber entstand in dem unsichtbaren Parterre ein entsetzlicher Tumult, tausend Stimmen schrien durcheinander, doch lauter als alle schrie der Schauspieldirektor: »Gewalt! Mord! Feuer! Lasst den Vorhang herunter; löscht die Lichter aus!« Heulend fuhr der Sturm aus den Klüften der Berge, die Erde bebte, das Nordlicht fiel prasselnd vom Himmel herab, Georg befand sich auf einmal unten im Tal, in großer Angst sich Bahn machend durch das Toben und Gedränge, denn hinter sich erblickte er den Gemahl Nataliens mit dem blinkenden Dolche, den jungen Schauspieler, der ihm so ähnlich sah, und noch einen Unbekannten in Uniform, die ihn alle wütend verfolgten und welchen sich bald noch mehrere anschlossen; ganz zuletzt aber kam der Schauspieldirektor und schrie: Er sei ein ruinierter Mann, das zerbrochene Nordlicht komme ihm allein über funfzig Reichstaler zu stehen und sei im neusten Geschmack gewesen, die zerrissenen Dekorationen könne er noch gar nicht berechnen, man solle ihm seinen Schaden doch nur einigermaßen ersetzen! – So ging die tolle Jagd bergauf, bergab, immer höher stieg Georgs Angst, immer näher kamen die Verfolger, denn an seinen Füßen schienen bleierne Gewichte zu hängen, bis er sich plötzlich, mit geschlossenen Augen unter einem Baume liegend, in einem Walde allein fand. Neben ihm stand Eduard, ihn betrachtend, und sprach: »So ruhig schläft das Verbrechen nicht!«

Diese Worte aber hatte Eduard in der Tat gesprochen, und Georg sah ihn, da er in diesem Moment die Augen aufschlug, an seinem Lager stehen. Zwei fremde Männer standen neben ihm.

»Aber die bestimmte Aussage des alten Jacob!«, sagte der eine achselzuckend. Eduard ging mit unruhigen Schritten, die Hand an die Stirn gelegt, im Zimmer auf und nieder, dann trat er an das Bett und sprach: »Ermuntere dich, lieber Deodat, und stehe auf!« Einer der beiden Fremden, welcher Uniform trug, ersuchte ihn gleichfalls mit einer gewissen trocknen Höflichkeit, die fast wie Befehl klang, sich vollends anzukleiden und ihnen zu folgen. Noch halb schlaftrunken, und während in seinem Innern noch immer der gehabte Traum nachklang, tat Georg, was ihm geheißen wurde. Vor der Tür hielt ein Wagen; man bat ihn einzusteigen, die beiden Herren und Eduard setzten sich zu ihm, und der Wagen schlug den Weg nach der Stadt ein.

Das fünfte Kapitel fehlt.

Sechstes Kapitel

Müde in der Seele und verwirrt im Geiste sah Eduard stumm und starr aus dem stark gegitterten Fenster des Kerkers auf die freie Straße hinaus, und in derselben Stellung stand neben ihm sein vermeinter Freund, als dieser noch einmal auf der Straße erschien und, von ungefähr die Augen hinaufwerfend, sich selber am Fenster des Turmes erblickte.

»Haha!«, rief der auf der Straße, in ein tolles Gelächter ausbrechend, »mein Wechselbalg! – Höre, du, da oben, ich gönne dich, so wahr ich der Maler Georg Haberland bin, dem Teufel, der dich mir aus dem Spiegel gestohlen hat und dich, wie es scheint, in seinem Kefichte hält, ja ich verheiße ihm noch, wenn er dich an den Galgen bringen hilft, ihn nimmer so schwarz zu malen als meine Kunstgenossen pflegen, sondern nur hübsch aschgrau, wie er wirklich ist. – He!? Kennst du mich noch? Ich bin der Maler Georg Haberland, dem du die Steine an den Kopf werfen wolltest – du aber bist der vortreffliche Komödiant und Dichter Nemo, der den verrückten Prinzen gespielt hat – besinnst du dich? Ja, reiße noch deine Augen weiter auf, dein Blick ist, hol' mich der Henker, schärfer als der Dolch, womit du den Alten umbrachtest. – Und du, da«, er wandte das Wort an Eduard, »du Schmerbauch mit der kahlen Glatze, gib ihm doch guten Rat – denn ich merke wohl, dass er jetzt mehr Graupe im Kopfe hat als Grütze, hilf ihn, sag' ich, sich besinnen, dass sein alter Direktor Clarinetti, der nächstens hier eintreffen wird und ihn auf seinem Hundetheater nicht entbehren kann, ihn nicht nur gerne wieder zu Gnaden annehmen, sondern auch wohl alles aufbieten wird, um ihn, sei es vom Galgen, loszukaufen.«

Bei den Worten blies drüben ins Horn ein Postillion, der, nachdem er vier Postpferde vor einer leichten Kalesche angespannt, sich eben zu Pferde gesetzt hatte. Der Redende sah sich um und rief im Abgehn noch hinauf: »Nun, Signor Nemo, hast du keine Aufträge nach Italien? Ich bin auf dem Wege dahin, und zwar mit einer gewissen Dame – denn, wer das Glück hat, führt die Braut daheim.« Er lachte wie unsinnig. – Er trat an den Wagen und frug hinein: »Schläft sie noch fest?« »Wie der Tod«, antwortete eine Frauenstimme. Er rief dem Postillion zu, indem er sich auf den Vordersitz schwang: »Schwager! Ein Dukat Trinkgeld«, warf noch lachend, wie der Wagen schon fortrollte, einen Handkuss nach dem Turmfenster hinauf, und verschwunden war die Erscheinung.

Eduard eilte entsetzt hinab, in der Meinung, keinen Augenblick zu verlieren, diesen andern widrigen Deodatus Schwendy zu verfolgen, der, auf jeden Fall Mitwisser vieler Dinge, in die jetzige gesteigerte Verwirrung Licht bringen konnte, aber er traf, gleich wie er auf die Straße kam, schon wieder auf einen Neuen, und ihm schwindelte vor dem grausigen Überfluss an Deodatus Schwendy. Dieser letzte ward auf einer Bahre, auf welcher er totenbleich, die Augen geschlossen, leise röchelnd auf Matratzen lag, von vier Bauern dahergetragen, und vier andere folgten ledig den ersten, wie es schien, zur Ablösung. Eduard gebot zu halten und trat hinzu. Ein Reiter, den er noch nicht bemerkt hatte, sprengte heran und frug ihn hart, was er sich hier unterfange? »Ist dieser nicht«, frug Eduard wie ein Träumender, »mein Freund Deodatus Schwendy?« »Mitnichten«, antwortete der Unbekannte. »Dieser ist mein Freund George Haberland.« – »Wie«, rief Eduard, »George Haberland! George Haberland, der Maler?« »Ja«, erwiderte der Mann, »und da Sie ihn kennen, schaffen Sie Rat. Wo soll ich mit ihm hin in dieser mir ganz fremden Stadt, und welchen Wundarzt soll ich rufen lassen? Die Geschichte ist in vier Worten diese. – Ich bin der Kupferstecher Berthold, sein ältester Freund, ich sollte mit ihm auf einer Reise nach Italien zusammentreffen und so find' ich ihn in einem Wald, die tödliche Schusswunde durch die Brust, sich am Fuße einer Eiche verblutend. Noch hat nur ein unwissender Dorffälscher ihn verbunden, ich habe für das Beste erachtet ihn herzubringen, wo doch Hülfe möglich sein wird, und da bin ich nach drei angstvollen Tagemärschen.«

»Sei dem, wie ihm wolle«, sagte Eduard, der bisher den Verwundeten unverwandten Auges scharf angeschaut hatte. »Sie treten bei mir ab, ich schicke den Wundarzt hinaus und, sobald es sein kann, komm' ich nach – Bis dahin lassen Sie sich durch nichts irremachen.« Er trug einem der umstehenden Buben auf, den Weg nach seinem Hause hinaus zu weisen, schickte einen zweiten mit einigen Worten, die er in seine Schreibtafel schrieb, zum Wundarzt und trat ins Posthaus, wo er zuvörderst zu einem Courier Rittpferde (welche nicht gleich zu haben waren) bestellte und sich sodann nach dem Reisenden erkundigte.

Für den Maler George Haberland waren auf der Straße nach Süden die Pferde durch einen Courier vorausbestellt. Wie er selbst hier in der wohlbekannten Gestalt von Deodatus Schwendy eingetroffen, hatte er Verdacht erregt, seine Papiere waren streng untersucht worden, das Signalement auf seinem richtig erfundenen Pass traf ein, die besonderen Zeichen, eine Linse an der linken Schläfe und ein Mal an der Wurzel der rechten Hand, ließen dem Zweifel keinen Raum. Briefe nach Italien, erbrochene Briefe an den Maler George Haberland, Wechsel und Kreditbriefe auf denselben Namen und einige Miniaturen hatten sich in seiner Brieftasche befunden. – Seine Unterschrift kam mit der auf dem Passe überein. Es waren die wohlbekannten Züge Deodatus'. Auf demselben Blatte hatte er mit leichter Feder ein Frauenbild gezeichnet: Dies Bild glich der schönen Schlafenden im Wagen. Es glich Natalie. – Bei der Schlafenden hatte eine alte Frau gesessen, um die sich niemand bekümmert hatte.

»Schwere Not«, fluchte der wild werdende Maler und schlug mit der Faust auf den Tisch, dass er umfiel und die spärliche Lampe, die er der vorsorglichen Güte Eduards verdankte, an der Erde umgegossen erlosch. – »Schwere Not«, fuhr er, ungestört von dem Umfall, im Finstern ruhig weiter wütend fort und stampfte diesmal mit dem Fuß auf dem Boden, da er keinen Tisch mehr zur Hand hatte. »Das wird also das Ende vom Liede sein! Die hoch-

Adelbert von Chamisso. Radierung von Carl Becker nach einer Porträtzeichnung von E. T. A. Hoffmann (1807/08?)

weisen Herrn werden mich pro peccatis sui gentis, mir nichts, dir nichts abschlachten lassen, bis sie, besser belehrt, zu sagen anfangen: Ja, wir wollten ... wir dachten ... so – es ist doch ein anderer gewesen. Hol' es der Henker! – Henker«, wiederholte er leiser, sein eigener Widerhall, und ward mit einem Male still, indem es ihm wie Ameisen über den Rücken lief: »Natalie! die Kunst! Italien!«, hub er nach einiger Zeit wieder an und rang die Hände. »Aber was ist denn an deiner Liebe, an deiner Kunst gewesen? – und an dir selbst?«, setzte er zuletzt noch hinzu und schlug ein bittres Gelächter auf. »Lauter Lügen, lauter Lügen! Das Schwert gezuckt und man kann nicht einmal sagen: Du bist da gewesen. Nein du bist gar nicht da gewesen. Was bleibt denn von dir hinter dir zurücke – nichts, gar nichts! Du hast gewagt, gestrebt, gehofft, getrachtet, dir was eingebildet und einbilden lassen; dich führen, treiben, stoßen, leiten lassen, geduselt und geträumt, Tatkraft gefühlt, wo nichts zu tun war, dann von Spinnewebe dir Fangeseile gedreht, drin du gemächlich jammern konntest, verkehrt alles getrieben; erwartet und wenn kam, geschlafen. Dir nun gar ein Künstler werden zu wollen eingeredet, weil dich dein guter Alter für einen ansah, gewusst, du wärest keiner, und doch werden wollen. Warum nicht lieber ein Schuster! Pfui schäme dich, an dir ist nichts, gar nichts. Taten, Werke: Schallen dir die Worte nicht leer ins Ohr? Weil sich Menschen wohlwollend in dir betrogen, wolltest du dich mit betrügen – wie fein! Da hieß es Italien: Leier und Schwert, Kunst und Liebe! Und wenn du endlich mit frischerer Lust und aufkeimender Hoffnung im erweiterten Busen deine Bahne betreten willst, da schiebt sich dir der Galgen zwischen dich und dein Ziel, und du bleibst dran hängen, weil sich ein blinder Narr einfallen lässt, dich für einen andern anzusehen. – Geh, du bist ein Schlemihl. O meine Kindheit: Wie erschien mir da die Welt so groß und ich selber in ihr mir so bedeutend. Welchen Losen spart' ich da in Gedanken mich auf, riesig anzukämpfen, anzuwachsen gegen das eherne Schicksal, das in den Abgrund mich zog, aber aus dem Abgrunde durch eigene Tatkraft mich zu dem Throne der Erden aufschwingend, band ich mir selbst um die Stirne die Herrscherbinde und vor mir lag ein beglücktes Geschlecht in Anbetung.« – –

Bei dieser schönen Stelle seines Monologes, welche unser Freund mit so vielem Pathos vortrug, dass er gewiss damit auf der Berliner Bühne das größte Glück gemacht hätte, ward er durch ein leises Geräusch an seiner Türe unterbrochen. Er hielt verschüchtert inne und horchte auf, in Erwartung der Dinge, die da kommen sollten:

Der Schlüssel ward gedreht, der Riegel geschoben, die Türe aufgetan, eine kleine Laterne kam herein, dann der Mann, der sie trug, dann ein zweiter, beide in lange Mäntel eingehüllt, dann der Gefangenwärter mit seinen Schlüsseln. Der letzte blieb an der Türpfoste, der zweite auf halbem Wege stehen, der erste trat bis zu George heran und leuchtete ihm ins Gesicht. Dann verbeugte er sich ehrerbietig und sprach halblaut: »Es steht bei Eurer Durchlaucht mir zu folgen.« Der Maler stand hölzern vor dem Laternenträger da, wie sonst sein Gliedermann vor ihm. Der Mann wiederholte seine Einladung im selben Tone: »Eure Durchlaucht können mir folgen, ich verbürge mich für Dero Sicherheit.« George riss dem Redenden die Laterne aus der Hand und leuchtete ihm damit unter die Nase. Es war ein ihm völlig unbekannter, alter, würdiger Herr, der gar nicht zu spaßen schien. »Wer sind sie und wer bin ich?«, frug ihn endlich George, darauf der andere nach einigem Besinnen gravitätisch antwortete:

»Dass ich noch in Eurer Durchlaucht den Sohn meines Herrn und meinen künftigen Beherrscher anzuerkennen berechtigt bin, verbürgt Demselben meine Anrede. Eure Durchlaucht beharren in dem Wahn, mich für ihren Feind anzusehen, und das bin ich nicht. Ich bin nur meines Landes und Landesherrn getreuer Diener, und was ich dem Vater bin, werd' ich einst dem Sohne auch sein. Folgen Sie mir, Prinz, ich führe Sie in die offenen Arme Ihres huldreichen Vaters zurücke, in dessen Namen ich Ihnen nur Ihr fürstliches Wort abfodern muss, sich bis dahin als mein Gefangener zu betrachten.«

George, die Leuchte in der Hand, horchte auf die Rede, verstand nichts und machte ein sehr albernes Gesicht dazu, welches aber im Dunkeln verborgen blieb. »Wie haben Sie mich hier aufgesucht«, frug er endlich, da alles schwieg, um doch auch den Ton seiner eigenen Stimme zu hören.

»Ich bin auf den Brief Eurer Durchlaucht herbeigeeilt.«

»Auf meinen Brief? Welchen Brief?«

Der Herr zog verwundert und verdrießlich eine Brieftasche hervor und suchte, sie eröffnend, einen Papier heraus, den er Georgen entfaltet darreichte. Dieser ließ sein Licht darauf leuchten und erkannte betroffen seine Schriftzüge – die Worte aber lauteten also:

Unsinn, du siegst. – Ich habe Sie oft verhöhnt, oft über Sie gelacht, Graf, und muss noch herzlich über Sie lachen, indem ich Ihnen zu dem Triumphe gratuliere, den ich Ihnen ex abrupto doch gönnen will, den verlorenen Sohn dem Landesvater und den künftigen Landesvater dem Vaterlande selbst wiederzuschenken. Ich will Ihnen nachweisen, wo ein solches Subjekt für Sie zu finden ist, aber holen müssen Sie ihn selbst, und das bald, wenn Sie nämlich ihn noch frisch finden wollen und nicht Gefahr laufen, ihn schon angegangen vom Galgen abheben zu müssen, denn es wird schon warm und was konnte er Ihnen so frommen. Sie sehen, dass die Sache ernster ist als ich. Nehmen Sie also die Gelegenheit wahr. Reisen Sie nach N., spazieren Sie da fleißig auf dem Marchte auf und ab, und ich verspreche Ihnen, dass, falls es noch Zeit ist, mein erbprinzliches Gesicht Sie aus einem kleinen gegitterten Fenster des Turmes rechts wie eine aufgehende Sonne huldreichst bescheinen soll. Das Weitere nach Ihrer Weisheit. Adieu, mein Verehrtester.

George, im Beschauen des seltsamen Dokuments befangen, war taub wie seine Leuchte gegen eine Ermahnung, die Zeit zu nützen und fortzumachen, welche der Graf an ihn richtete. Dieser, als er kein Gehör fand, sah seinen Begleiter fragend an, welcher auf den Blick antwortend die Achsel zuckend sagte: »In der Tat, Eure Exzellenz, der Prinz scheint noch in der Wahl zwischen seiner angeborenen Hoheit und dem Blutgerüst zu schwanken.«

Dieses letzte eine Wort drang scharf in Georges Ohr und rüttelte ihn auf. Er sah der ihn gesprochen dankbar an, und das Papier dem andern zurückgebend, sagte er zu ihm: »Wohlan, Graf, auf Eure Verantwortung, ich bin Eurer Gefangener, macht aus mir, was Ihr wollt.«

Beide nahmen ihn in ihrer Mitte, der Gefangenenwärter leuchtete voran, leise die Türen vor ihnen auf- und hinter ihnen zuschließend, sie erreichten in der tiefsten

Schluss fehlt.

Siebentes Kapitel

Der Fürst sah den Eingetretenen lange im schweigsamen Staunen wie prüfend und zweifelnd an. Helle Tränen leuchteten zuletzt in den großen Heldenaugen. Er wiegte das Haupt einige Mal hin und her und wandte sich ab.

»Es ist nicht meine Schuld« – hub Georg leise, von mannigfacher Rührung überwältigt, an – »es ist nicht meine Schuld, dass Ew. Durchlaucht in mir einen andern finden, als den Sie suchen. Ein unbegreifliches Schicksal –«

»Spare dir und mir die angenehmen Redensarten!«, unterbrach ihn der Fürst mit wehmütiger Heftigkeit. »Sage es nur rundheraus, dass es die Schuld deines Vaters ist. Du hast gewissermaßen recht. Er hat eine törichte Liebe an dir verschwendet, hat deine Ausgelassenheit gehegt und gepflegt als geniale Künstler- und Heldenkraft. Nun steht die volle Ernte von Nesseln und Wolfsmilch in lustiger Blüte vor uns da. Ein allerliebster Garten!«

»Das war zu viel!«, fuhr der erglühende Jüngling auf. »Auch selbst aus Ew. Durchlaucht verehrtem Munde zu viel. Sagen Sie immerhin alles Böse von mir, was Sie wissen oder zu wissen meinen. Gegen die Anschuldigung von Dingen, die irgend Verbrechen oder Unwürdigkeit heißen könnten, vermag ich mich zu rechtfertigen. Jugendliche Unbesonnenheiten will ich nicht ableugnen und mich gern jeder Verfügung Ew. Durchlaucht in dieser Hinsicht unterwerfen. Aber den ehrwürdigen Greis, der sich so hold und lieb und kraftvoll meiner Erziehung weihete – den lass' ich nun und nimmer schmähen. Was Unrecht in mir ist, gehört mir allein; was gut in mir ist, kommt auf seine Rechnung.«

»O, ein Klang aus deiner holden, frommglühenden Kindheit her!«, rief der gerührte Fürst und drückte den Jüngling in seine Arme. »Wie konnte denn auch ein Sinn wie der deinige nur je auf Augenblicke mich armen, liebenden Vater verkennen! Siehe, mein Kind, oft haben sie mich einen strengen Feldherrn gescholten, bisweilen auch einen strengen Fürsten. Bin ich's in meiner ehrlichen Überzeugung dennoch bisweilen allzu sehr gewesen – ach, so habe ich wohl im Gegensatz allzu viel Milde auf den Sohn gewandt. – Aber still davon«, sagte er, die Antwort Georgs mit gebietendem Ernste abwehrend. »Still davon für jetzt. Ich will, ich sage dir, ich *will* in diesem schönen Augenblick die trübe Vergangenheit vergessen und in der Ahnung leben, du werdest mir eine Zukunft aufschließen, die mich anlacht wie ein irdisches Paradies. Ruhe dich jetzt, mein Kind, und bleibe, o bleibe doch ja derselbe, der du in dieser Stunde warst. Nachher von allem andern. Für diesen Augenblick kein Wort. Ich verbiete es dir.«

Er schritt so königlichen Ansehens aus dem Zimmer, dass Georg nicht wagte, nur durch den leisesten Laut den Befehlen des erhabnen Alten zu widerstreben. Allein blieb der Jüngling in dem wunderbar geschmückten, ihm fast wie bekannt aussehenden Gemach – er mochte wohl dergleichen auf alten Gemälden erblickt haben –, allein, ach, mit Nataliens Bilde! –

Wie so hoch und ernst und doch zugleich so wehmütig lieb schaute sie zu ihm herab! – Es war, als habe sie ihm einen tiefen Kummer anzuvertrauen, aber als könne das leise Wort nie zu ihm herüberdringen, des fernen Abstandes wegen, den Schicksal und Menschen trennend zwischen zwei gleichgestimmte Seelen geworfen hatten. Er lauschte hin – er meinte, nun müsse die milde, feierlich sanfte Stimme ihr Säuseln beginnen –

»O«, seufzte er endlich unter hervorbrechenden Tränen, »ich bin ja gut, ich bin ja treu, ich bin ja dein Eigen ganz und gar. O sprich doch endlich einmal, mein Engelsbild, und sieh nicht immer so stumm und rätselhaft zu mir nieder.« –

Er weinte lange still und innig fort, wie er als Kind geweint hatte, wenn irgendein unverschuldetes Leid in sein freundliches, liebevolles Herz gefallen war. Als die Tränen endlich wieder stockten – ein Augenblick, vor welchem er sich gewöhnlich sehr zu fürchten pflegte –, lächelte ihm Nataliens Bild in die frei gewordenen Augen und der süßeste Trost ging in seinem Gemüte auf. Er fühlte klar, dieses Bild, auch in der äußern Anschauung, müsse er fortan besitzen, um jeden drückenden Augenblick zur milden Lichtesahnung zu verklären. Sehnsuchtsvoll blickte er nach Zeichner- und Malergerät umher.

Da stand eine vollkommen geordnete Staffelei zur Seite, die Leinwand noch unberührt; Palette und Pinsel lagen auf einem großen Mahagonitische daneben; zugleich auch Silberstifte, Pergament, Erdfarben und was man sonst zu flüchtigern Entwürfen aller Gattungen gebrauchen kann. Die Eile des Augenblicks – denn dass hier seines Bleibens nicht lange sein könne, empfand er deutlich – trieb unsern Georg einer schnellbeendigten Arbeit zu, und alsbald waren alle Vorrichtungen getroffen und eine Zeichnung blühte vom Pergamente auf, die durch ihr anmutiges Gelingen und beflügeltes Fortrücken den glühenden Künstler selbst in einzelnen Minuten des Suchens und Beschauens wunderbar überraschte.

Da störte ihn endlich ein wohl schon oft wiederholtes Regen und Scharren und leises Kratzen gegen eine Tapetentür. Er hörte einen Hund leise, wie freundlich bittend winseln. Von jeher allen Tieren mild und gütig und diesen insbesondre zugetan, zog er rasch den Riegel zurück und ein wunderschöner, hoher Windhund von zederngelber Farbe sprang herein, legte ihm die schlanken Vorderpfoten auf die Schultern und schmiegte ihm den langen, feinen Kopf schmeichelnd gegen die Brust. Dann sprang er wieder in ausgelassner Freude mit den gewandtesten Sätzen um ihn herum, dann legte er sich ihm zu Füßen und sahe aus den dunkel-freundlichen Augen wehmütig zu ihm auf, als wollte er ihn fragen: »Warum hast du mich denn aber auch so sehr lange alleingelassen? Ich wäre ja so sehr gerne mitgegangen!«

Eine unwiderstehliche Weichheit bemeisterte sich des Jünglings. Heiße Tränen strömten über seine Wangen. Er streichelte den guten Hund, er sprach in den rührendsten Worten mit ihm und konnte des Liebkosens und Weinens kein Ende finden. Endlich sank er in die Kissen eines Ruhebettes ermattet zurück. Da meinte der freundliche Hund, Georg wolle schlafen, und streckte sich, wie bewachend, vor dem Divan hin. Wirklich auch säuselte bald ein erquickender Schlummer auf des Jünglings verweinte Augen nieder.

Beim Erwachen fand er Kerzen im Gemache brennend; mit wohlgefälligem Lächeln stand ein kleiner, ältlicher Mann ihm gegenüber, Kleidungsstücke vor sich auf Tisch und Stühlen sorgfältig ausgebreitet, bei Georgs erster Bewegung so dienstbeflissen und ehrerbietig herankommend, dass in ihm der lang geübte, herzlich ergebne Kammerdiener des jungen Prinzen, den man hier wiedergefunden haben wollte, nicht zu verkennen war. Der Hund leckte demütig schmeichelnd Georgs herabhängende Hand, wofür der Kammerdiener ihm leise über das feine Rückenhaar strich, indem er gerührt sagte: »Ew. Durchlaucht können sich gar nicht vorstellen, wie es dem treuen Cesario immer wieder nach Ihnen gebangt hat. Es ist doch was Eignes um so ein ehrliches Tier.« – Und dabei trocknete er sich selbst die feuchten Augen, erinnernd, es sei nun wohl die höchste Zeit, dass Sr. Durchlaucht sich anzukleiden geruheten. Er habe dero süßen Schlummer nicht stören wollen, aber die Stunde zur Abendtafel nahe bereits heran. Halb schlaf-, halb wirklich lebenstrunken ließ Georg mit sich machen, was der treue Diener wollte, und erschrak fast, als er plötzlich aus einem großen Spiegel, in reicher Uniform, ein schönes Schwert an der Seite, das Johanniterkreuz an Brust und Hals, sich selber entgegen lächelte. Er trat unwillkürlich zurück, meinend, der echte Prinz sei nun wirklich gekommen und werde ihm über die Schulter sehn. Aber es war niemand im Zimmer als der getreue Diener und der getreue Hund. Voll der seltsamsten Bewegung schritt der Jüngling auf und nieder. Die Sporen klirrten mit ritterlichem Silberklange an seinen Füßen, das Schwert tönte anmutig von der schnellen Bewegung in seiner goldbeschlagenen Scheide. Er winkte den Kammerdiener hinaus, gleich darauf aber wieder zurück, fragend, wann es zur Abendtafel gehe. – »Wie Ew. Durchlaucht es gewohnt sind«, entgegnete der Alte. »Hier ist nichts aus dem gewohnten Geleise gekommen, als was uns allen das Teuerste war« – aber sogleich das gewagte Wort bereuend, zwang er sein inniges Gemüt in die Formen des Hergebrachten zurück, hinzufügend: »Wenn Ew. Durchlaucht sich also indes allergnädigst mit Früchten und Wein restaurieren wollten, ein anderthalb Stündchen sind es wohl noch hin.« – Er ging mit einem tiefen Bücklinge aus der Tür. –

»O dass Ihr mein wäret, dass ich Euch behalten dürfte, ritterlich hinstreifend mit Euch durch das Leben, das Schwert an dem Kreuze weihend, das Kreuz mit dem Schwerte behütend!« – So rief Georg, als er sich allein fand, in beinah stürmischer Begeisterung aus, mit der linken Hand den Orden, mit der rechten den Degengriff fassend. Unwillkürlich riss er die Klinge aus der Scheide; sie blitzte herrlich empor, alle Sieges- und Königsträume seiner Kindheit stiegen vor ihm auf. – Seufzend und langsam steckte er aber bald das Schwert wieder ein und sagte leise: »Es ist ja doch alles nur Gaukelei für mich. Höchstens darf ich dergleichen malen.«

Er öffnete ein Fenster und bot lechzend seine heiße Stirn und Brust den kühlenden Abendlüften entgegen. Reich und ernst sahen die hohen Ulmengänge des Schlossgartens, seine weiten Teiche und Wasserkünste, seine unter Tannen einsam lispelnden Springbrunnen im Silberlichte des Mondes herauf. Es war, als müssten nun bald die Herrschaften aus der uralten Vorzeit dieses berühmten Hauses wiederkommen und sich unter den hohen Baumhallen im sittig ernsten Gespräche ergehn. Georg lauschte

Friedrich de la Motte Fouqué. Stich von Johann Nepomuk Passini nach einer Porträtzeichnung von Wilhelm Hensel (1822)

fast ängstlich hinunter. Als nun aber alles still blieb und er sich recht besann, empfand er einen unwiderstehlichen Trieb, sich selbst einzutauchen in die Schatten der Gänge. Dort, meinte er, solle es ihm klar werden, was oder eigentlich wie er tun müsse, um diesem schmerzhaften Spiele das würdigste und schnellste

Ende herbeizuführen. Schnell drückte er den bei ihm liegenden Federhut aufs Haupt; Cesario sprang ihm freudig voran und so ging es zwischen präsentierenden Schildwachen durch die hallenden Gänge der Schlossburg in den Garten hinab.

Noch war er einen Ulmengang nicht ganz hinunter geschritten, als aus einer Seitengrotte zwei verhüllte Mannsgestalten rasch auf ihn zutraten. Der eine schlug alsbald den Mantel vom Antlitze zurück und Georg erkannte in dem langen, hagern Mann den Onkel Nataliens.

»Sie sind nicht so unwürdig, als ich mir Sie dachte«, sprach ihn der zürnende Alte an. »Aber ein unbegreiflicher Leichtsinn wirbelt Sie in halber Tollheit durch die Welt. Das kommt nun von Ihren Gaukelstreichen und Verkleidungen her. Nun ist Natalie durch einen vermummten Betrüger entführt.«

»Entführt!«, rief Georg und seine Hand fuhr an den Degen.

»So wallt dennoch echtes Ritterblut in diesen Ädern!«, rief der Alte. »Auf nun, zu Ross! Ich habe Spur, und Ihr Ansehn vermag hier unendlich mehr als die treueste und kühnste Bemühung jedes andern.«

Ohne weiter zu fragen eilte Georg mit den beiden nach einem halboffnen Torgitter, vor welchem sich einige gesattelte Pferde zeigten. Plötzlich aber stillstehend, sagte er wehmütig: »O der Fürst! Was soll er von meinem Verschwinden denken?« – »Sie haben recht«, erwiderte der Alte, »und ich freue mich dieser frommen Regung in Ihnen. – Hier ist meine Schreibtafel: Schreiben Sie einige Worte hinein. Mein Ehrenwort bürgt Ihnen dafür, dass dieser unser Begleiter noch vor der Abendtafel das Blatt ungelesen in des Fürsten Hände bringt. Aber nur schnell! Die Stunde eilt!«

Georg schrieb mit fast zitternder Hand in den Lichtern des Mondscheins:

> Ew. Durchlaucht mussten es früh oder spät erfahren, dass
> ich der Sohn nicht bin, den Sie suchen. In kurzem sehn
> Sie mich wieder hier, mich wegen so mancher, mir selbst

unbegreiflichen Irrung nach Kräften zu rechtfertigen.
Jetzt ruft mich Nataliens Rettung. Wer aber dazu hinaussprengt, ist – ich wiederhole es – nun und nimmer Ew. Durchlaucht Sohn, sondern

der Maler
Georg Haberland.

Der Verhüllte nahm das Blatt mit ehrerbietigem Neigen an und verlor sich in die Gänge des Schlossgartens. Georg aber und der Oheim schwangen sich auf zwei schlanke englische Pferde und jagten, von einigen bewaffneten Dienern begleitet, über die mondhelle Wiese davon. Lustig bellend sprang Cesario beiher.

Achtes Kapitel

Die Sonne ging eben auf, als sie aus einem großen Walde, durch den ihr Weg sie lange geführt, wieder ins Freie gelangten. Über den leichten Nebel, der auf dem Wiesengrunde vor ihnen lagerte, ragte in geringer Entfernung ein hohes Gebäude mit vier Türmen an den Ecken hell im Morgenlichte empor.

»Sie wissen doch nun, wo wir sind?«, rief der Onkel. »Von hier ist Natalie plötzlich verschwunden, und von hier aus müssen unsre Nachforschungen beginnen. Vielleicht erfahren wir hier manches, was sie leiten kann; vielleicht auch ist Nataliens Eltern schon weitere Nachricht zugegangen.«

Georg schwieg, denn je näher sie dem alten Schlosse kamen, desto lebhafter regte sich in seiner Seele eine dunkle Erinnerung, dass er das wunderliche Gebäu und seine Umgebungen schon sonst gesehn. Es war ihm zumute wie einem irrenden Wanderer bei Nacht, dem plötzlich der Mond, zwischen finstern Gewitterwolken heraustretend und wieder verschwindend, bald hier, bald dort einen Gegenstand aus der dunkeln Landschaft klar hervorhebt, ohne ihm jedoch ein deutliches Bild der Gegend zu gewähren und ihm auf den rechten Weg zu helfen.

Durch einen dunklen Lindengang, über eine niedergelassene Zugbrücke gelangten sie auf einen geräumigen Hof und stiegen von den Pferden. Kein Diener kam ihnen weder hier, noch auf dem schallenden Hausflur entgegen. »Was ist hier vorgegangen?«, rief der Onkel verwundert aus und stieg hastig die Treppe hinan. Georg folgte ihm, aufs Seltsamste angeregt.

Sie schritten flüchtig hin durch mehrere Gemächer und hochgewölbte Säle, alle mit Gemälden, Schnitzwerk und kostbaren Tapeten zwar ganz altmodisch, aber sehr reich verziert. Endlich erreichten sie ein Zimmer, dessen Fenster durch grünseidne Vorhänge dicht verhüllt waren; durch die halboffne Tür eines angrenzenden schimmerte ihnen Kerzenlicht entgegen. Der Onkel trat schnell hinein; es war auf gleiche Art dem Tageslicht unzugänglich gemacht und von einem an der Decke befindlichen Kronleuchter erhellt. Der Tür gegenüber stand ein Bett mit roten Gardinen, bei welchem die gesamte Dienerschaft des Hauses sich versammelt zu haben schien und traurig schweigend umherstand.

Vor den Hereintretenden öffnete sich ehrerbietig der Halbkreis: Georg sah eine Frau, bleich und starr, dem Anschein nach tot auf dem Bette liegen. Der Onkel schlug voll Entsetzen die Hände zusammen und blieb von dem Anblick versteinert lange ohne Regung stehen. Ein alter Diener näherte sich ihm endlich besorgt und sprach: »Wir haben alles versucht, wiewohl vergeblich, doch hoff' ich immer noch, dass es nur eine tiefe Ohnmacht ist; der Arzt, nach dem ich gleich geschickt, muss nun bald kommen.« Der Onkel ergriff seine Hand und ging mit ihm nach dem Fenster, wo sie leise miteinander sprachen.

Indem Georg ihnen mit den Augen folgte, bemerkte er jetzt erst einen alten Mann, der in Schlafrock und Nachtmütze auf einem großen mit grünem Tuch beschlagenen Sopha saß und unbekümmert, wie es schien, um alles, was um ihn her vorging, lediglich damit beschäftigt war, weiße und gelbe Stecknadeln, die

des höchsten Erstaunens einen Schritt zurück und rief: »Wie? Noch einmal? Und selbst hieher wagen Sie sich? Wo ist Natalie? Sie wissen es, Sie haben sie geraubt! Ist das mein Dank, Unwürdiger, für alles, was ich für dich getan?« Der Onkel trat schnell an ihn heran und sprach: »Sie verkennen ihn, Marchese! Dies ist der Prinz; und zu Nataliens Aufsuchung haben wir uns eben vereinigt.« – Der Italiener schüttelte den Kopf: »Der Prinz – nun ja doch, ja! Der Prinz und nicht der Prinz! Doch sei dem, wie ihm wolle: Ich habe ein heiliges Recht auf die Hand und den Besitz Nataliens, und wahrlich! nur mit meinem Leben gebe ich es auf.«

Georg aber vernahm von allem, was da gesprochen ward, gar wenig, denn seine Seele hing an den Lippen der Schlummernden, und die Erinnerung seiner Kinderjahre ging mit ihr zugleich zum Leben auf. Ja, als sie jetzt die Augen aufschlug und, mit halbem Leibe sich emporrichtend, umherschaute und sprach: »Wo ist denn Georg, mein teures Kind, das ich geliebt wie meinen Sohn und das ich so lange, lange nicht gesehn? Wo bist du Georg?« – Da blieb ihm kein Zweifel mehr, dass er die wohlbekannte Stimme der geliebten Mutter höre, wie durch einen Zauberschlag stand mit einem Male sein Leben in diesem Schlosse, sein frühes Zusammensein mit Natalie und alle Liebe und Huld der guten Mutter vor seinem Geiste, und er warf sich weinend an dem Bette nieder: »O du gute, teure Mutter«, rief er, »hier bin ich ja! Hier ist ja dein Georg, dein armer Georg, den du so lange nicht gesehn!« – und bedeckte ihre Hand mit Küssen und Tränen. Sie lächelte sanft auf ihn herab und sprach, ihm die blonden Locken aus der Stirn streichend: »Ja, ja, er ist's, er ist der Georg, ich kenn' ihn wohl, er ist's!«

»Welch neues Gaukelspiel!«, rief der Marchese voll Verdruss. – »Es ist der Prinz, liebe Schwester!«, sprach der Onkel leise, sich zu ihr niederbeugend.

»Der Prinz?«, wiederholte sie und legte die Hand nachsinnend an die Stirn. »Nein, nein, der ist es nicht, der ist es gewiss nicht! Ich kenne sie beide wohl.«

»Nein, mein teurer Oheim, ich bin es nicht!«, rief Georg sich aufrichtend. »Vergeben Sie, dass ich Sie wider meinen Willen einen Augenblick täuschte. Ich bin nichts als der arme Georg, den Sie ja einst auch Ihren Sohn genannt.«

Hier trat der Marchese, der indes ungeduldig auf- und abgeschritten war, schnell herbei, fasste den Onkel bei der Hand und zog ihn beiseite, wo sie beide leise, aber sehr hastig miteinander sprachen. Nach einer Weile winkte dieser mehrere von der Dienerschaft zu sich, denen er seine Befehle erteilte, worauf sie sogleich das Zimmer verließen.

Georg hatte sich neben dem Bette niedergesetzt und freute sich des Anschauens der geliebten Mutter, zu welcher sich nun alle froh herbeidrängten, jedes auf irgendeine Art bemüht, ihr seine Liebe und Teilnahme kundzugeben.

Je mehr ihm indes jetzt die ruhige Besonnenheit zurückkehrte, desto heftiger fühlte er sich von einer Menge Fragen bestürmt, von denen er aber keine einzige über seine Lippen zu lassen wagte, da sich ihm alles, was eben vorgegangen, immer mehr wie ein schöner Traum darstellte, den ein vorwitziges Wort vielleicht unwiederbringlich verscheuchen und zerstören könnte.

»Ist das nicht das Leben, Heinrich?«, sagte indem eine laute Stimme hinter ihm, und da er sich wandte, bemerkte er, dass der Mann auf dem grünen Sopha mit dem alten Diener sprach, der sich freudig aufmerkend zu ihm gesellte. – »Ist das nicht das Leben?«, fuhr er fort – »hier ein Knöpfchen, dort ein Knöpfchen, hinüber, herüber, kreuz und quer. Wer drin befangen, kurzsichtig drin verloren ist, der sieht überall nur Unordnung, Willkür, blinden Zufall und ängstigt sich ab in dem wilden Irrgarten; wessen Auge aber frei *darüber* schwebt, der sieht überall Zusammenhang, Gestalt, Bedeutung, Einheit! Das Ganze kann freilich nur der liebe Gott überschauen, allein stückweise wenigstens, soweit seine Kunst reicht, soll es auch der Künstler, wenn er ein rechter ist.«

Der Marchese und der Onkel kamen jetzt schnell auf Georgen zu, und der letztere sagte zu ihm: »Es ist jetzt nicht die

Zeit zu untersuchen, wer Sie eigentlich sind; ich hege aber die Erwartung von Ihnen, dass Sie Ihren Beistand zu Aufsuchung meiner Nichte unter keiner Gestalt versagen werden, und zu diesem Zwecke möchte es dienlich sein, dass Sie die alte Rolle noch eine Weile fortspielen. Doch jeder Augenblick ist kostbar. Frische Pferde stehn für uns bereit. Der Marchese wird uns begleiten. Kommen Sie!«

»Ja, mein Sohn«, rief Nataliens Mutter, »gehe hin, gehe hin mit Gott und bring mir meine Tochter wieder!«

Georg, den der Gedanke an Natalie und der Anblick ihrer Mutter mit neuer Kraft begeistert hatte, dass er selbst in diesem Augenblick die Begleitung des Marchese übersah, küsste die dargebotene Hand der verehrten Frau und verließ schnell mit den beiden Gefährten das Gemach.

Das Bild der Mutter

Karl Wilhelm Salice-Contessa

Erstes Kapitel

Es war an einem Sonntage gegen Abend, als Georg Haberland, der Maler, müde und durstig vor dem Wirtshause zum goldnen Bock anlangte.

Im Sonntagsschmuck, festliche Erwartung auf den Gesichtern, zogen Männer, Weiber und Kinder in bunten Scharen durch das weitgeöffnete Tor nach dem Hofraum. Vor der Haustür aber stand ein bepackter Reisewagen und vor dem Wagen ein ältlicher Herr, der eben einer darin sitzenden Dame die Hand zum Aussteigen reichte.

»Unter zwei Stunden keine Pferde!«, hörte ihn Georg sagen. »Sie müssen es sich nun schon so lange hier gefallen lassen, liebe Natalie! Der Zufall sorgt indes für unsere Unterhaltung. Eine wandernde Truppe hat den Thespiskarren in dieses Haus geschoben und eröffnet heut eben ihre Bühne.«

Während dieser Worte hatte er seiner Begleiterin den Arm geboten und führte sie langsam nach dem Hause. Es war eine schlanke, herrliche Gestalt. Ein Schleier entzog Georgen ihr Gesicht. – »Aber, lieber Onkel«, sprach sie auf Italienisch, indem sie an ihm vorüber gingen, »lieber Onkel, Sie wissen doch – in einer solchen Stimmung« – – »Mir zuliebe!«, unterbrach sie dieser – »Mir zuliebe, teure Natalie, und sich selbst zum Besten!«

Georg stand und sah ihnen nach. Die Stimme der Unbekannten hatte ihn auf eine seltsame Weise berührt. Noch nie, schien es ihm, hatte sein Ohr eine so wunderliebliche vernommen, und dennoch dünkte sie ihm bekannt, vertraut. Eine dunkle Erinnerung regte sich träumend in seinem Innern; all sein Nachsinnen aber war vergebens; er vermochte sie nicht zum klaren Erwachen zu bringen.

Als er endlich ins Haus trat, stellte sich ihm an dem Eingang zur Wirtsstube ein besonderer Auftritt entgegen.

Diesseits der Tür stand ein langer, hagerer Mann mit kahlem Kopfe, in einem grünen, mit goldpapiernen Streifen reich besetzten Kleide, welcher eine jenseits befindliche, kleine, breitschultrige Figur in Hanswursttracht beim Arm gefasst hatte und sich aus allen Kräften bemühte, dieselbe teils mit Gewalt, teils mit Bitten und Versprechungen über die Schwelle zu ziehen. Der Hanswurst aber stemmte den freien Arm gegen die Türpfoste und antwortete hartnäckig auf alle Bitten, Ermahnungen und Verheißungen nichts weiter als: »I will nit!« – und: »I spiel' nit!« –

Der Alte ließ ihn los und rannte mit verzweifelnder Gebärde aus dem Flur hin und wider. – »O Schicksal, du entsetzliches!«, rief er. »Wird denn dein eiserner Arm nie von mir ablassen? Ist es dir denn nicht genug, dass ich von Kindesbeinen an der wahre Sündenbock alles schlechten Gesindels auf Erden gewesen bin? Musst du auch jetzt noch sogar die Hanswurstjacke anziehen, um in der Person dieses Furcifer mich zu kujonieren? Teurer Junge!« – wandte er sich wieder zu jenem – »du wirst mich doch heut, doch nicht in diesem Augenblicke im Stiche lassen? Ein neues Trauerspiel wird gegeben, welches mich an neuen Dekorationen, Gold- und Silberpapier, Kolophonium und andern Requisiten ein Beträchtliches kostet; die Lichter brennen schon; hochverehrtes Publikum sitzt zahlreich auf den Bänken; Standespersonen sogar kommen angefahren und respektive angegangen und zahlen nach Belieben; und du willst nicht spielen? Du willst mich zuschanden machen vor aller Welt? Mein letztes Haar möchte ich mir ausraufen, wenn ich das Unerhörtentsetzliche bedenke!« – Er rannte wieder ein paar Schritte hin und her und kehrte dann zurück. – »Sei doch kein Esel, himmlische Seele!«, fuhr mit sehr weicher Stimme fort. »Du spielst ja doch überall die Hauptrolle. Ohne dich wär' ich ein geschlagener Mann. Das nächste Mal sollst du den Max spielen, ja den Tell, wenn du ihn haben willst; ich verspreche es dir. – O mein Schöpfer! Hörst du, wie die Hoch- und Höchstverehrten da hinten schon trommeln vor Ungeduld? Was begehrst du noch weiter? Was verlangst du? Wähle! Fordere! Meine Türkenpfeife? Meine rote Plüschweste, die du so oft concupisciert? Nimm sie hin, Satanas! Ich schenke sie dir, wenn sie dich glücklich macht, Geliebter!«

Da jener indes allzeit bei seiner Weigerung verharrte, so stieß ihn endlich der Alte zurück, drang selbst in die Stube und rief, sich auf einen Stuhl werfend, nach Wein. – »Sic erat in fatis!«, sprach er leise in gänzlicher Erschöpfung. »Ich ergebe mich! Es ist aus! Fahr hin! Mag nun tragieren und dirigieren, wer will: Mein Stündlein ist gekommen. An einem Hanswurst sollt' ich sterben: Ainsi soit-il!« Er schenkte ein und reichte dem andern das volle Glas hin; »Trink, nequam! Guter Junge, rascal, trink! Ich danke dir für deinen Todesstoß.

> Bald ist's vorüber und der Erde geb' ich,
> der ew'gen Sonne die Atome wieder,
> die sich zu Schmerz und Lust in mir gefügt,
> und von dem mächt'gen Talbot, der die Welt
> mit seinem Kriegsruhm füllte, bleibt nichts übrig,
> als eine Hand voll leichten Staubs! – So geht
> der Mensch zu Ende.«

Hanswurst ergriff das dargebotene Glas und leerte es auf einen Zug, indem sich sein Gesicht dabei auf eine höchst possierliche Art zum Weinen verzog. Der Alte reichte ihm schnell ein zweites und legte dann den Kopf über die Rücklehne seines Stuhls zurück. – »Hinauf! Hinauf!«, rief er – »Wie wird mir? Leichte Wolken – apropos! du sollst fortan Direktor sein, ich will es: Dem Narrenkönig gehört die Welt!« – Die hellen Tränen liefen dem Harlekin über die Backen. Er schenkte sich schluchzend das dritte Glas selber ein, stürzte es aus, ergriff dann schluchzend des Direktors Arm und schrie ihm ins Ohr: »Ihr hobt gemeint, i will nit spiele? I spiel'! 's kann angeh!« Und mit zwei großen Sprüngen war er aus dem Zimmer.

Der Alte richtete sich empor. »Bestia quadrata!«, sprach er, setzte die Flasche an den Mund und trank den Rest aus. – »Sehen Sie, Hochgeschätztester« – er wandte sich an Georg, welcher dieser Szene mit großem Behagen zugesehen hatte, »dieser Mensch hat sich entêtiert, durchaus die ersten Liebhaber- und Heldenrollen spielen zu wollen, und setzt mir auf vorgelegene Weise bei jedem neuen Stücke Daumschrauben an. O Schöpfer! ich versichre Sie, verehrter Herr, ohne die feste Hoffnung, dass jedem Schauspieldirektor *jenseits* der Himmel werden müsse, da ihm der liebe Gott auf Erden schon die Hölle zugewiesen – ich nehme jedoch ausdrücklich die Direktores von Hundekomödien aus, welche hienieden die wahrhaft paradiesische Wonne genießen, ihre malveillanten Akteurs mit der Peitsche zu korrigieren, während ich die meinigen nicht einmal ein wenig ausschimpfen darf, als etwa auf Lateinisch oder Englisch, was sie nicht verstehen –, ohne jene Hoffnung, glauben Sie mir, Werter, hätte ich schon längst nicht allein die Schauspielkunst an den Nagel gehangen, sondern auch mich selber mit. Aber das hält mich aufrecht! Nunc ingens iterabimus aequor!«

Er sprang auf: »Sie werden uns doch auch beehren, Ihro Gnaden? Ich darf Ihro Gnaden etwas mehr als Gewöhnliches versprechen. Mein erster Liebhaber, welcher der Verfasser des Stücks ist, sucht auch als Schauspieler seinesgleichen, und ich hoffe, dass alles zu einer eminenten Rekreation und Satisfaktion höchster Standespersonen prosperieren wird.« Er neigte sich bei diesen Worten abermals gegen den Maler und schritt mit vieler Würde zur Tür hinaus.

Georg folgte ihm, nachdem er von dem Wirt erfahren hatte, dass die fremde eben angelangte Herrschaft gleichfalls nach dem Theater sich begeben. Es war in einer geräumigen Scheune hinten im Hofe aufgeschlagen.

Das Glück wollte Georgen so wohl, dass er auf einer Bank dicht hinter dem Stuhl der Unbekannten noch ein Plätzchen fand. Indem er sich setzte, wandte sich die letztere nach ihm um; sie hatte den Schleier zurückgeschlagen. Georg schaute in ein jugendliches, aber bleiches Gesicht voll Milde und Hoheit wie in den klaren Himmel einer stillen Mainacht. Ein Blick aus den dunkeln Augen begegnete dem seinigen, und sein Herz bebte. Ach, er kannte dieses Auge wohl; er kannte diese siegenden Strahlen, die so bescheiden sich in die langen, schwarzen Wimpern hüllten; er kannte diese schönen Züge, er musste sie kennen! Er war dessen so gewiss, und doch konnte er sich nicht erinnern, wo, noch wann er sie gesehen!

Die schöne unbekannte Bekannte saß zwischen ihrem Oheim und einer ältlichen Frau, die gleichfalls zu ihr zu gehören schien. –

»Ich bin doch ein recht leichtsinniges Kind« – sprach sie nach einer Weile – »dass ich mich von Ihnen hieher führen lasse, um ein Trauerspiel zu sehen! Als hätte ich nicht schon überall der Trauer genug!« – »Lassen Sie sich nur durch den Namen nicht Angst machen!«, fiel jener ein. »Ich hoffe, dieses Trauerspiel soll uns bloß ein recht ergötzliches Spiel mit der Trauer und nicht wenig zu lachen geben.« »Desto schlimmer!«, entgegnete sie. »Ein solches Spiel hat für mich etwas Unangenehmes und wirklich Trauriges, ja Herzzerschneidendes.«

Indem fingen die zwei oder drei Violinen des Orchesters an zu knarren; eine Flöte, die einen halben Ton zu tief stand und hörbarlich am Asthma litt, wehklagte darein; unwillig grunzte der Bass; zwei Oboen wimmerten jämmerlich und eine aufgebrachte Trompete sprang alles niederschmetternd durch die höllische Harmonie. Endlich rollte der Vorhang in die Höhe, und nachdem Hanswurst als Prologus sein Publikum in behagliche Stimmung gesetzt und selbst in dem Maler eine günstige Erwartung erregt hatte, begann das Stück, ruhig, klar, in kräftigen Zügen auseinandersetzend, dann rascher fortschreitend, mit sich fortreißend in die Verwicklung. Das Interesse wuchs mit jeder Szene; immer gewaltiger regte sich der Sturm des Lebens; wie eine dunkle Gewitterwolke, aus welcher einzelne Blitze zuckten, zog die bange Ahnung einer ungeheuern Tat heraus und die kunstreich eingewebten Scherze der lustigen Person hoben nur umso kräftiger den furchtbaren Ernst. Ja sogar die armselige, zusammengeflickte Kleidung des größern Teils der Darstellenden sowie der schneidende Kontrast ihres Spiels mit den Worten, die aus ihrem Munde gingen, schienen fast der Wirkung des Ganzen beförderlich zu sein und dienten wenigstens dazu, das vollste Licht auf die Heldin des Stücks, den alten Direktor und einen jungen Schauspieler zu werfen, die ihre Rollen in überraschender Vollendung gaben.

Die Unbekannte war nicht minder von dem Inhalte des Stücks und der Darstellung sichtlich bewegt; doch schien ihre Teilnahme sehr bald sich in eine heftige Unruhe zu verwandeln, die immer höher stieg, je weiter das Spiel seiner Entwicklung entgegenging.

»Was ist das? Wohin haben Sie mich geführt? Welche Stimme!«, hörte sie Georg auf Italienisch zu ihrem Begleiter sagen, dessen anfängliche Heiterkeit gleichfalls verschwunden schien. – »Die Stimme«, sprach er verlegen, »ja, Sie haben Recht! Aber im Gesicht doch gar keine Ähnlichkeit!«– Georg merkte, dass diese Worte auf den jungen Schauspieler sich bezogen. Auch auf ihn hatte seine Erscheinung einen besonderen Eindruck gemacht, und es ward ihm endlich klar, dass er an Gestalt, Stimme und Bewegung die größte Ähnlichkeit mit einem Offizier an sich trug, der ihm in Rom einen sehr wichtigen Dienst erzeigt, ja dem er beinah das Leben zu verdanken hatte.

Indes bat der Oheim Natalien mehrmals dringend, sich mit ihm zu entfernen. Allein, wider Willen an ihren Platz gefesselt, saß Natalie, die Augen unverwandt auf die Bühne heftend; ihr Busen hob und senkte sich in stürmischer Bewegung. Sie sah die verbrecherische Liebe der beiden Brüder zu ihrer Stiefmutter in immer wilderer Glut gegeneinander streitend sich erheben, sie sah die entsetzlichen Flammen sich endlich drohend nach dem Leben des Vaters strecken und zwischen ihnen die unglückliche

Hildegunde im Kampfe mit der eignen strafbaren Neigung: Georg bemerkte, dass sie zitterte; ihre Hand fasste mehrmals ängstlich nach dem Arm ihres Begleiters.

Es ward Nacht auf der Bühne. Der alte Fürst lag im Hintergrunde auf einem Ruhebette schlummernd. Der Narr, der ihn mit Märchen in den Schlaf gelullt hatte, saß zu seinen Füßen auf der Erde; vor ihm lag der umgeworfene goldne Becher, den er geleert; der Schlummer hatte auch ihn beschlichen, sein Kopf neigte sich auf die Brust. Es war Todesstille ringsum. Eine Lampe, von der Decke herabhängend, verbreitete einen düsterroten Schimmer in dem Gemach. Von Zeit zu Zeit aber richtete der Narr aufschreckend sich empor und fuhr zwischen Traum und Wachen in dem angefangenen Märchen fort; doch schien er nicht über eine Stelle darin hinauskommen zu können, zu welcher er immer wieder alles durcheinanderwirrend zurückkehrte.

»Und der Eichbaum« – sprach er mit leiser, lallender Stimme – »und der Eichbaum, da er den Alten so ruhig schlummern sah in seinem Schatten und die Männer von weitem schaute, die ihn suchten, da rauschte eine böse Ahnung durch des Eichbaums Zweige, die Blätter zitterten und flüsterten leise:

Schlaf nit, schlaf nit, du alter Mann!
Ich schau' zwei Männer, die schleichen heran.
Ich schau' ihre Hände, die sind so rot.
Und was sie sprechen, das bringt dir Not.

Und der Nachtwind kam von der Heide herüber und wimmerte:

Schlaf nit, schlaf nit, du alter Mann,
Ich schau' zwei Männer, die schleichen heran.
Ich schau' ihre Hände, von Blut so rot.
Und was sie sprechen, das ist dein Tod.

Aber der Alte hörte nichts und schlief ruhig fort.«

Und indem der Narr dieses sein Sprüchlein zum zweiten Mal gesprochen hatte und ihm der Kopf wieder auf die Brust hinab nickte, da öffnete sich leise die Tür und der jüngste Sohn des alten Fürsten trat, von seinem blutdürftigen Wahnsinn getrieben, bleich, mit wildem Blick herein und trat an das Ruhebett; und als er des Vaters ehrwürdige Züge und sein greises Haupt erblickte, bebte er schaudernd zurück und es war an dem, dass er sich wendete zur Flucht. In dem Augenblick aber stürzte Hildegunde, von einem entsetzlichen Traum aufgeschreckt, in das Gemach; bei ihrem Anblick rafft die rasende Leidenschaft sich von Neuem empor: Er umschlingt die Geliebte, sie ist sein, nichts wird sie ihm entreißen, er schaudert vor keinem Verbrechen mehr; den Himmel hat er aufgegeben, der Hölle will er dienen um solchen Preis; und von der eigenen Neigung bedrängt, entzündet von der wilden Glut des Jünglings, wankt Hildegunde; der grässliche Augenblick ist nahe, wo sie erliegen wird; dazwischen stammelt der Narr wieder sein: Schlaf nit, schlaf nit, du alter Mann! Der Dolch blinkt in des Sohnes Hand; mit schwarzem Fittich rauscht der Mord über die Bühne; halb fortgerissen, halb dem Jüngling folgend schwankt Hildegunde mit ihm nach dem Ruhebette hin. –

Ein dumpfer Schrei rang sich aus Nataliens Brust; bewusstlos sank sie hintenüber. Georg fing sie auf; mit starkem Arme hob er sie empor und trug sie durch das Gedränge, über den Hof weg, nach ihrem Zimmer. In höchster Bestürzung folgte der Oheim.

Unter den Bemühungen ihrer Frauen schlug Natalie bald die Augen wieder auf. Der Oheim fasste des Malers Hand und sprach mit leiser Stimme: »Wir sind Ihnen großen Dank schuldig, junger Mann; doch vergeben Sie es wohl der Verwirrung des Augenblicks, wenn ich Sie bitte, sich jetzt zu entfernen.«

Er fragte nach seinem Namen, und als er ihn vernommen, rief er, ihm die Hand reichend: »Georg Haberland? Der Maler? Nun dann sehn wir ja recht bald uns wieder!«

Georg schlich wie ein Träumender nach seinem Zimmer. Er hörte das Klappern der Pferde, die vor den Wagen gelegt wurden, und riss das Fenster auf. Natalie trat, auf ihre Frauen gestützt, aus dem Hause und stieg ein. Das Posthorn schmetterte, und in der seltsamsten Bewegung schaute Georg, an das Fenster gelehnt, dem dahinrollenden Wagen nach hinaus in den dämmernden Abend.

Zweites Kapitel

Georg fand am andern Morgen, als er, im Begriff seinen Stab weiterzusetzen, in die Wirtsstube trat, den alten Schauspieldirektor schon beim Becher.

»Ich wünsche Ihnen Glück zu dem gestrigen Abenteuer!«, rief ihm dieser sogleich entgegen. »Eine schönere Last hat wohl nicht leicht eines Mannes Arm getragen, obwohl ich mich fast getraue zu behaupten, dass die Gräfin Mathilde, ihre Schwester, sie an Schönheit noch übertrifft.«

»Sie kennen sie?«, rief Georg hastig.

»Allerdings!«, entgegnete jener. »Es war die junge Gräfin Roseneck mit ihrem Onkel, dem Baron Freileben, dem edlen Mäzen jeder edlen Kunst.«

Höchst überrascht und nicht ohne Herzklopfen vernahm Georg den letzten Namen. Denn eben dieser Baron Freileben, der ihn nach seinem neu erbauten Schlosse beschieden, war ja die Ursach' seiner jetzigen Reise. Eine leise Hoffnung, Natalien wiederzusehn, ließ ihn nicht länger rasten. Er grüßte den Alten freundlich zum Abschied und wandte sich nach der Tür, als dieser von seinem Tisch aufspringend ihm in den Weg trat.

»Sis licet felix ubicunque mavis, et memor nostri vivas!«, rief er aus. »Sie sind zu etwas Hohem berufen, verehrter Herr, wenn mich diese Lineamente nicht trügen, und ich fühle mich versucht, mich im Voraus Dero Gnade zu rekommandieren. Der Himmel und der gute Genius der Kunst sei mit Ihnen. Wir sehen uns bald wieder, hoff' ich!«

Georg reichte ihm lächelnd die Hand, die jener mit einer tiefen Verbeugung an den Fingerspitzen ergriff, sie leise drückend, und machte sich dann mit raschen Schritten auf den Weg. Hoffnung und Verlangen begleiteten ihn, mit manchem bunten Feenschloss den Nebelvorhang der Zukunft ausschmückend, und die Prophezeiung des wunderlichen Alten ging, wie er nicht ohne Lächeln über sich selbst bemerkte, jenen beiden bei dieser Arbeit gar hülfreich und geschickt zur Hand.

Der dritte Abend, seitdem er das Wirtshaus zum goldnen Bock verlassen, fing schon an, die Wipfel der Bäume um ihn her und die Wolken über seinem Haupte zu vergolden, als er aus dem Walde, durch den ihn sein Weg einen großen Teil des Tages geführt, wieder ins Freie gelangte.

Ein heiteres Tal lag zu seinen Füßen. Jenseits des breiten Wiesenteppichs, der den Vordergrund der einmütigen Landschaft bildete, ragte auf einem flachen Hügel ein hohes Gebäude mit vier Türmen an den Ecken hell im Abendlicht empor. Die Straße schien hart daran vorüberzuleiten, und Georg schritt mit einem seltsamen Gefühl darauf zu. Denn je näher er kam, desto lebhafter sprach in seiner Seele eine dunkle Erinnerung, dass er das wunderliche Gebäu und seine Umgebungen schon sonst gesehen. Es war ihm fast zu Mut wie einem irren Wanderer bei Nacht, dem plötzlich der Mond, zwischen finstern Gewitterwolken heraustretend und wieder verschwindend, bald hier, bald dort einen Gegenstand aus der dunkeln Landschaft klar hervorhebt, ohne ihm jedoch ein deutliches Bild der Gegend zu gewähren und ihm auf den rechten Weg zu helfen.

In der Nähe des Schlosses trabte ihm aus einem Seitenwege, von einem Bedienten begleitet, ein Reiter entgegen, in welchem er alsbald den Baron Freileben erkannte. Auch dieser gewahrte ihn, hielt an, und indem er ihn freundlich begrüßte, lud er ihn zur Einkehr auf dem Schlosse seines Schwagers ein. »Ein besonderes Ereignis«, sprach er, »ruft mich plötzlich hieher zurück. Morgen hoff' ich, Sie nach Freileben zu führen. Sie finden indes hier noch eine Person, die Sie kennen, und die sich freuen wird, Ihnen selbst ihren Dank abtragen zu können.«

Durch einen dunkeln Lindengang über eine niedergelassene Zugbrücke gelangten sie auf einen geräumigen Hof. – Kein Diener kam ihnen weder hier, noch auf dem schallenden Hausflur entgegen. »Was bedeutet das?«, rief der Baron verwundert und stieg hastig die Treppe hinan. Georg folgte ihm.

Sie schritten flüchtig hin durch mehrere Gemächer und gewölbte Säle, alle mit Gemälden, Schnitzwerk und kostbaren Tapeten zwar ganz altmodisch, aber sehr reich verziert. Endlich erreichten sie ein Zimmer, dessen Fenster durch grünseidne Vorhänge dicht verhüllt waren. Durch die halboffne Tür eines angrenzenden schimmerte ihnen Kerzenlicht entgegen. Der Baron trat schnell hinein.

Der Tür gegenüber stand ein Bett mit roten Gardinen, bei welchem die gesamte Dienerschaft des Hauses sich versammelt zu haben schien und traurig schweigend umherstand. Vor den Hereintretenden öffnete sich ehrerbietig der Halbkreis: Georg sah eine Frau, bleich und starr, dem Anschein nach tot auf dem Bette liegen. Der Baron schlug voll Entsetzen die Hände zusammen und blieb von dem Anblick versteinert lange ohne Regung stehen. Ein alter Diener näherte sich ihm endlich besorgt und sprach: »Wir haben alles versucht, wiewohl vergeblich, doch hoff' ich immer noch, dass es nur eine tiefe Ohnmacht ist; der Arzt, nach dem ich gleich geschickt, muss nun bald kommen.« Der Baron ergriff seine Hand und ging mit ihm nach dem Fenster, wo sie leise miteinander sprachen.

Indem Georg mit den Augen ihnen folgte, bemerkte er jetzt erst einen alten Mann, der in Schlafrock und Nachtmütze auf einem großen, mit grünem Tuch beschlagenen Sopha saß und unbekümmert, wie es schien, um alles, was um ihn her vorging, lediglich damit beschäftigt war, weiße und gelbe Stecknadeln, die er in einem Kästchen neben sich stehen hatte, mit künstlerischer Wahl und Überlegung in den Sopha zu stecken und so der grünen Fläche einen Garten der seltsamsten arabeskenartigen Zeichen und Figuren entblühen zu lassen. Seine Blicke waren unverwandt auf die Arbeit gerichtet; und wenn er von Zeit zu Zeit mit etwas zurückgelegtem Oberleibe und seitwärts geneigtem Kopfe sein Werk überschauend betrachtete, dann flog ein höchst zufriedenes, seliges Lächeln verklärend über das ohnehin sehr freundlich gutmütige Gesicht.

Georg stand schwankend zwischen Erstaunen und wehmütiger Rührung. Die Frage beschäftigte ihn lebhaft, ob er hier wirklich Nataliens Eltern vor sich sehe; unwillkürlich näherte er sich dem Bette und aus den Zügen der darauf Ruhenden trat ihm, wenigstens in Hinsicht der Mutter, die Antwort sogleich deutlich entgegen, denn die Ähnlichkeit mit Natalien war auffallend groß; zugleich aber, wie er so in das bleiche Antlitz niederschaute, von dessen milder Hoheit im Leben selbst der Tod noch sprach, da stieg ihm ein schmerzlich süßes Gefühl an das Herz; er sah keine Unbekannte mehr vor sich liegen, es war ihm, der nie eine Mutter gekannt, jetzt auf einmal, als hätte er die geliebte, so oft vermisste Mutter endlich gefunden; heiße Tränen füllten seine Augen, er streckte die Arme voll Sehnsucht nach ihr aus; sein Herzblut hätt' er hingegeben, sich nur einmal noch Sohn nennen zu hören von diesen freundlichen Lippen, die nun doch vielleicht auf ewig sich geschlossen hatten! Ohne der Umstehenden zu achten, kniete er an dem Bette nieder und fasste leise, sie mit seinen Tränen benetzend, die kalte Hand, die einst, so kam ihm vor, seine Kindheit liebreich gepflegt und geleitet.

Als er sich emporrichtete, sah er Natalien neben sich stehn, deren Blicke mit Verwunderung auf ihm ruhten. Sie schien ihn sogleich zu erkennen; ein flüchtiges Rot überlief ihre Wangen. Georg stand auf und von der Empfindung des Augenblicks hingerissen, ergriff er gleichfalls ihre Hand und führte sie an seine Lippen. Natalie zog sie nicht zurück. – In diesem Augenblick rasselte ein Wagen in den Hof. »Der Marchese!«, rief der Baron hastig und eilte nach der Tür. Natalie erschrak sichtlich und ließ sich erbleichend auf einen Stuhl am Bette nieder.

Die Tür öffnete sich mit Geräusch; von dem Baron begleitet trat ein ältlicher Mann von hohem Wuchs und edlem Anstand rasch herein und ging ernst und feierlich grade auf das Bett zu. Georg wich unwillkürlich auf die Seite; auch Natalie stand auf und trat etwas zurück. Wenige Schritte von dem Bett blieb der Fremde stehen, streckte den Arm mit ausgespreizten Fingern nach der Liegenden aus und heftete unverwandt seine starren Blicke auf sie. Ringsum war alles still; kaum wagte ein halbunterdrückter Atemzug sich leise aus einer Brust. Selbst der Baron stand sehr ernst, erwartungsvoll dem Treiben des Fremden zuschauend.

Mit den mannigfachen Regungen seines Innern beschäftigt, nahm Georg erst wenig wahr von dem, was um ihn her vorging; eine dumpfe Bewegung jedoch, die mit halblauten Ausrufungen und leisem Geflister durch den Kreis der Umstehenden lief, zog bald seine Aufmerksamkeit wieder nach außen. Er sah alle Gesichter voll freudiger Erwartung nach dem Bette gerichtet, und als er hinblickte, bemerkte er, dass das Gesicht der darauf Liegenden nicht mehr wie eines Toten, sondern wie eines Schlummernden erschien. Die bleichen Wangen belebten sich; um den Mund zuckte ein mildes Lächeln; nach einer Weile bewegte sie die Lippen, als ob sie sprechen wollte. Der Marchese hob, Stille gebietend, die Hand auf. Endlich fing sie mit leiser Stimme an: »Seid nur ganz ruhig, liebe Kinder, es wird alles gut. Jetzt liegt alles klar vor mir. Auch meinen armen Georg hab' ich gesehen, den armen zweimal Verlornen. Er lebt. Habt nur Geduld; ich bring' ihn seinem Vater wieder.«

Georg machte eine schnelle Bewegung nach dem Bette zu, als er seinen Namen hörte. Der Marchese wandte sich unwillig gegen ihn und sein ernster Blick blieb, wie es schien, mit einiger Überraschung und Verwunderung auf ihm haften. So wenig Georg sonst Menschenfurcht kannte, so schlug er doch vor diesem Blick, der in die geheimsten Tiefen seines Wesens zu dringen schien, ein wenig scheu die Augen nieder und trat zurück. Darauf ergriff der

Fremde, sich umwendend, die Hand des Barons und zog ihn auf die Seite, wo er leise und hastig zu ihm sprach.

Der Mann auf dem grünen Sopha aber erhob jetzt seine Stimme und sagte zu dem alten Diener, der sich freundlich aufmerkend zu ihm gesellte: »Sieh, Heinrich, ist das nicht das Leben? – Hier ein Knöpfchen, da ein Knöpfchen, hinüber, herüber, kreuz und quer! Wer drin befangen, darin verloren ist, der sieht überall nur Unordnung, Willkür, blinden Zufall und ängstigt sich ab in dem wilden Irrgarten; wessen Auge aber frei darüber schwebt, der sieht überall Zusammenhang, Gestalt, Bedeutung und Einheit. Das Ganze kann freilich nur der liebe Gott überschauen, allein stückweise wenigstens, soweit seine Kunst reicht, soll es auch der Künstler, wenn er ein rechter ist!«

Natalie warf einen schmerzlichen Blick auf Georg und senkte ihn dann zur Erde. Indem trat der Marchese freundlich, doch mit leiser Stimme grüßend zu ihr; der Baron aber erklärte, wie derselbe wünsche, mit der Kranken allein zu bleiben; alle Gefahr sei vorüber und gänzlich ungestörte Ruhe das einzige, was nottue.

Georg schaute noch einmal in das ruhig lächelnde Antlitz der Schlummernden, dann neigte er sich gegen Natalien und den Marchese und ging, begleitet von dem Baron, der, dem alten Diener winkend, ihnen vorzuleuchten, seinen Gast selbst nach dem für ihn bestimmten Zimmer führte.

»Morgen«, sprach er, Abschied nehmend, »morgen muss ich Sie noch bitten, hier zu verweilen; dann aber hoffe ich, Ihnen ganz angehören und mit Ihnen mich vor dem Andrang des Lebens in das heitre Gebiet der Kunst retten zu können. Hier« – fuhr er fort und schloss die Tür eines anstoßenden Zimmers auf – »diese kleine Bibliothek gewährt Ihnen vielleicht indes einige Unterhaltung. Auch finden Sie dort alles erforderliche Malergerät, wenn etwa der Geist Sie treibt. Meine Nichten versuchen sich beide mit Liebe in Ihrer Kunst.«

Gern hätte Georg von ihm noch erforscht, wer der Georg sei, von dem die Kranke gesprochen, allein er wagte nicht zu fragen, da der Baron geflissentlich alle Erklärungen über das Vorgefallene zu vermeiden schien. Von dem alten Diener, der ihm beim Abendessen aufwartete, erfuhr er indes ungefragt, dass die Kranke ohne Zweifel einen Knaben gemeint habe, der einst bei Tagesanbruch auf der Türschwelle des Schlosses gefunden, mit den Kindern des Hauses auferzogen worden und endlich in einem Alter von 6 Jahren auf eine unbegreifliche Weise plötzlich verschwunden sei, und den die Gräfin sehr geliebt habe. Bei dieser Gelegenheit hörte er auch mit Verwunderung, dass der Marchese Nataliens Schwester zum Gemahl bestimmt und die Hochzeit ganz nahe sei.

An dem offnen Fenster, welches in den Garten schaute, brachte Georg einen großen Teil der Nacht zu. Die Luft war still und warm; eine finstre Wolke, von häufigen Blitzen durchfurcht, stand am fernen Horizont, und der leise Wind, der zuweilen durch die hohen Linden rauschte, wehte ihn mit dunkeln Ahnungen und Erinnerungen an.

Drittes Kapitel

Es mochte schon gegen Morgen gehen, als eine Reihe wunderlicher Traumgeschichten, auf dunkelm Grunde mit den lebhaftesten Farben anschießend, vor dem Schlummernden vorüberzog.

Er sah sich hoch oben auf einem mächtigen Gebirge sitzen, von einem hellen Lichte umgeben, welches aber nicht von der Sonne, denn es war Nacht, sondern von einem ungemein prächtig strahlenden und funkelnden Nordlicht herkam, das den ganzen Himmel mit seinem roten Feuer entzündet zu haben schien. Tief unter ihm hatte sich weithin gedehnt ein weißes Wolkenmeer gelagert und benahm ihm jede Aussicht in die Täler zu seinen Füßen. Nah und fern rings im Halbkreise ragten mehrere Gebirgsgipfel wie der seinige daraus hervor, und aus allen sah er riesenhafte, menschliche Gestalten sitzen – er selbst ward immer größer, je länger er saß –, von denen ihm verschiedene wie alte Bekannte vorkamen; ja, in seinem nächsten Nachbar glaubte er deutlich den alten Mann vom grünen Sopha, Nataliens Vater, zu erkennen, und er vernahm auch gleich darauf seine Stimme, die ihm zurief: »Nun, mein Bester, wir können froh sein, noch so gute Plätze bekommen zu haben; da unten im Parterre ist es zum Ersticken heiß! Es wird gleich angehen: Sehen Sie, dort wird schon die Ouvertüre heraufgeschoben.« Eine dunkele Gewitterwolke mit leuchtenden Säumen hob sich am jenseitigen Horizont empor. Einzelne Blitze zuckten herüber. »Hören Sie die Trompeten?«, rief der Alte. Je näher die Wolke kam, desto lebendiger und gewaltiger fing es darin an zu wogen; wunderbar herrliche Gestalten ballten sich zusammen und zerflossen, um wieder neuen Platz zu machen; der Glanz des Nordlichts aber gegenüber bildete aus der dunkeln Masse einen buntleuchtenden Regenbogen, der in siegender Klarheit über dem Drängen und Treiben unter ihm ruhte, und Georg sah nun, dass es die Ouvertüre des Don Juan war, welche die Wolke aufführte. Indem aber stürzte sie sich krachend, zischend und prasselnd in das Nebelmeer zu seinen Füßen, welches nun gleichfalls in heftiger Bewegung aufkochend, hin- und herwogend, bald hier, bald dort, bald nah und fern einen Fleck des darunterliegenden Landes enthüllte und wieder verdeckte, und so mit Blitzesschnelligkeit eine Folge der mannigfaltigsten Szenen vor Georgs Blicken vorüberführte.

Er sah ein altes Schloss von gotischer Bauart und in seinen hohen Hallen und weitläuftigen Gärten sich selbst als Kind mit zwei wunderschönen Mädchen spielen, und als er der einen in die dunkeln Augen schaute, da ward ihm mit einem Male klar, warum Natalie ihm so bekannt vorgekommen, denn diese und keine andere war eben das schöne kleine Mädchen. – Gleich darauf sah er sich in einem finstern Walde, eine verschleierte Frau von edler Gestalt eilte auf ihn zu, und sich vor ihm auf die Knie werfend schloss sie ihn heftig weinend an die Brust und nannte ihn ihren Sohn und führte ihn endlich nach einem Wagen, ein alter Mann hob ihn hinein und der Wagen rollte fort. – Das Haus des alten Lorenz Haberland zeigte sich, seines treuen Lehrers und Pflegers, den er bisher fälschlich, wie er in diesem Augenblick erfuhr, für seinen Vater gehalten hatte; das Haus verwandelte sich in das Innre einer Kirche, vor dem Altar kniete eine weibliche Gestalt, die ihm, so wie der Mann, der an ihrer Seite kniete, sehr bekannt vorkam, doch die Wolkenstreifen, die schnell wechselnd über das Ganze zogen, hinderten ihn, ihre Züge zu unterscheiden; ein Priester legte beider Hände ineinander und indem die Braut das verhängnisvolle Ja aussprach, sank sie ohnmächtig zur Erde. Georg glaubte in diesem Augenblick deutlich zu sehen, dass es Natalie war. »O Gott!«, rief er laut – »Verheiratet!«, und verhüllte sein Gesicht. Da erschallte über ihm in der Luft ein lautes, widerliches Gelächter, und als er sich voll Grimm und Abscheu wandte und in die Höhe schaute, sah er hoch über sich auf einem Gletscher – er stellte die Galerie vor – einen hässlichen Affen sitzen, und der Affe war niemand anders als der Hanswurst im goldnen Bock. »Das ist die Welt!«, rief er, lächerliche Fratzen schneidend, herunter. – Georgs Blicke fielen indem auf seinen Nachbar und er bemerkte, dass der alte Mann dort drüben bitterlich weinte.

Immer schneller und unzusammenhängender durcheinander jagten sich indes die Szenen aus dem großen Theater unten. Es erschien ein ungeheurer Spiegel ihm gegenüber, und als er hineinschaute, trat ihm statt seines eigenen Abbildes der junge Schauspieler, den er kürzlich gesehen, drohend mit gezücktem Dolche daraus entgegen; darauf sah er sich in einem Wäldchen am Ufer eines Sees, Natalie lag in seinen Armen, aus ihren Augen strahlte ihm das Morgenrot eines neuen Lebens, aus der holdseligen Knospe ihres Mundes brach das süße Geständnis ihrer Liebe; plötzlich wieder baute sich aus Wolken eine gewaltige Staffelei, er hatte Pinsel und Palette in der Hand, warf aber beides mit Entsetzen von sich, als er wahrnahm, dass an der Stelle von Nataliens Porträt, welches er malen wollte, eine abscheuliche Fratze unter seinem Pinsel sich auf der Leinwand gestaltete: Darüber erhob der hässliche Affe aus der Gletschergallerie von Neuem sein widerliches Gelächter, unter ihm aber erscholl eine Stimme heraus, die er alsbald für die Stimme des alten Schauspieldirektors erkannte, und die zornig rief: »Hier lacht man nicht!« – Indes hatte sich der Schauplatz schon wieder verändert. Wie der alte Fürst in dem Trauerspiel, welches Georg vor wenig Tagen gesehen, lag der Marchese schlummernd auf einem Ruhebette; dieselbe weibliche Gestalt, die vorhin als Braut vor dem Altare stand, trat herein, von dem jungen Schauspieler begleitet, dieselbe Szene aus dem Trauerspiel wiederholte sich, der Jüngling trat an das Bett und zielte mit dem blinkenden Dolche nach dem Herzen des Vaters. Darüber entstand in dem unsichtbaren Parterre ein entsetzlicher Tumult; tausend Stimmen schrien durcheinander, doch lauter als alle schrie der Schauspieldirektor: »Gewalt! Mord! Feuer! Lasst den Vorhang nieder! Löscht die Lichter aus!« – Heulend fuhr der Sturm aus den Klüften der Berge, die Erde bebte, das Nordlicht fiel prasselnd vom Himmel herab; Georg befand sich auf einmal unten im Tal, in großer Angst sich Bahn machend durch das Toben und Gedränge, denn hinter sich erblickte er den Schauspieler, jetzt in Uniform, und den Marchese, die ihn beide mit gezogenem Degen verfolgten, und welchen sich immer mehr und mehr von den Zuschauern anschlossen, bis endlich, lawinenartig fortgezogen, der ganze Haufe sich hinter ihm drein in Bewegung setzte; mitten darunter aber rennte der alte Schauspieldirektor und schrie: Er sei ein ruinierter Mann, das zerbrochene Nordlicht komme ihn allein über 50 Reichstaler zu stehen und sei im neusten Geschmack gewesen, die zerrissenen Dekorationen könne er noch gar nicht berechnen, man solle ihm seinen Schaden doch nur einigermaßen ersetzen! – So ging die tolle Jagd bergauf, bergab; immer höher stieg Georgs Angst, immer näher kamen ihm seine Verfolger, denn an seinen Füßen schienen bleierne Gewichte zu hängen; da nahm ein anmutiger Buchwald ihn auf, plötzlich ward es nun stille hinter ihm und fernab zur Seite verhallte der tosende Lärm. Erquickung und stiller Friede trat ihm aus den grünen Schatten entgegen und legte sich besänftigend an seine hochklopfende Brust. Ein Gefühl überkam ihn, als ob er sich einer geliebten Heimat nähere, und dennoch nahm alles um ihn her eine fremdartigere Gestalt an, je weiter er fortschritt. Unbekannte Bäume tauchten ihre Wipfel in den Morgenhimmel, Blumen von ungewöhnlicher Größe und Farbenpracht blühten zu seinen Füßen. Endlich trat er auf einen freien Platz, und vor ihm stand die schöne Frau mit dem Schleier, die er schon gesehen, und die ihn Sohn genannt. Ein sanfter Schimmer schien von der edlen Gestalt auszugehen, ihr Antlitz strahlte von seliger Verklärung. Mild lächelnd streckte sie die Arme ihm entgegen. Ergriffen, überwältigt von einer Empfindung, die jetzt zum ersten Mal seine Brust hob, sank er zu ihren Füßen nieder, schaute dann zu ihr empor und konnte sich nicht sattsehen an der unendlichen Liebe und Güte dieses holden Angesichts und an den dunkelblauen halb in Seligkeit und halb in Wehmut schwimmenden Augen. »Mutter, meine teure Mutter«, rief er, »meine arme Mutter!« Tränen benetzten seine Wangen. Sie neigte sich zu ihm hinab und lispelte: »Georg, mein geliebter Sohn, bringe deinem Vater und deinem armen Bruder meinen Gruß!« – Er wollte ihre Hand fassen, da wich sie zurück und entfernte sich immer weiter von ihm und weiter, und ihre Züge wurden immer undeutlicher, und immer dichter hüllte sie der lange Schleier ein, bis endlich die ganze geliebte Gestalt in ein lichtes Wölkchen zerfloss, das von der Morgensonne gerötet zum Himmel aufschwebte.

Von der heftigen Bewegung seines Innern erwachte er.

Viertes Kapitel

Die Sonne warf ihre ersten Strahlen auf die Wand des Zimmers. Eine goldne Wolke zog, langsam durch den blauen Himmel schiffend, eben vor dem hohen Fenster vorüber.

»Mutter! meine Mutter!«, rief Georg laut und streckte weinend, zitternd vor Freude, Schmerz und Sehnsucht seine Arme der Fliehenden nach.

Es dauerte lange, ehe er sich besinnen und sich überzeugen konnte, dass er nur geträumt; allein auch dann, als er endlich es sich eingestehen musste, blieb doch seine ganze Seele davon erfüllt und im Innersten ihres Wesens aufgeregt.

»Nein«, rief er, »nein, das war kein Spiel des erhitzten Blutes, das war keine Gaukelei des Zufalls! Ich habe sie gesehen wirklich und wahrhaftig, sie ist mir erschienen, es war meine Mutter, sie muss es sein! Was ist denn Wahrheit, wenn diese Gestalt, wenn dieses Auge, dieser Mund gelogen? Was ist denn Leben, wenn es dieser Traum nicht war? Nein, ich habe dich gesehen, du geliebte Mutter, du arme Mutter, der ich es niemals sagen konnte, wie ich sie liebe, die nur im Traum mich ihren Sohn genannt! Und ach, nun haben wohl deine Lippen sich für diese Welt auf immer geschlossen! Doch leben soll das Bild, das du mir zurückgelassen, auch außer mir; ich will es hinstellen, wie es in mir leuchtet und strahlt in seiner Anmut, Milde und Verklärung, dass alle Menschen, die es sehn, dich lieben sollen!«

Er sprang auf, zog sich dann hastig an und eilte, der gestrigen Weisung des Barons sich erinnernd, nach dem anstoßenden Zimmer. Er fand hier in der Tat alles, was er brauchte, und fesselte die Züge des teuern Bildes, das vor seiner Seele schwebte, in einer flüchtigen Zeichnung auf dem Papier. Dann aber konnte er sich nicht enthalten, es auch sogleich auf eine große, grundierte Leinwand überzutragen, die, auf der Staffelei stehend, ihn dazu einzuladen schien; auch fing er auf der Stelle mit dem Untermalen an.

Bei dieser Arbeit jedoch wurden nun auch die andern Gestalten seines Traumes wieder rege und drängten sich herbei. Natalie als Kind, Natalie in seinen Armen, sein Verhältnis zu dem Hause, worin er sich befand, sein Vater, der nicht sein Vater sein sollte, der Marchese und Nataliens Schwester – alles das stellte sich vor seine Seele und versetzte sie, indem es sich mit der Erinnerung an seinen Eintritt in das Schloss und an seine Empfindung bei dem Anblick von Nataliens Mutter verband, in eine immer steigende unruhige Bewegung.

Er ging eben, Pinsel und Palette noch in der Hand, mit hastigen Schritten im Zimmer auf und nieder, als die Tür sich öffnete und der Baron schnell eintretend ohne ein Wort zu sagen auf ihn zukam, vor ihm stehen blieb und ihm, wie es schien, von etwas Ungewöhnlichem ergriffen, doch sehr freundlich ins Gesicht schaute.

Georg wollte sich eben entschuldigen, dass er hier in der fremden Werkstätte als Herr und Meister schalte, als jener, ohne darauf zu hören, ihn unterbrach. »Ja«, rief er, »es trifft alles zu! Die blauen Augen mit den schwarzen Augenbraunen, die Narbe an der Stirn, auch der Name derselbe! Und wie alt sind Sie?«

»Dreiundzwanzig Jahr'!«, antwortete Georg verwundert und erwartungsvoll. Sein Herz klopfte.

»Sechs und siebzehn – Richtig!«, rief der Baron. »Und dieser unterstrichene Tag –?« – Er hielt ihm einen Zettel mit verblichener Schrift hin. Georg fing an zu lesen: »Dieser Knabe hat in der Taufe den Namen Georg erhalten und ist geboren den 12ten März – – – Das ist mein Geburtstag«, sprach er, »wie mein Vater mir gesagt!«

Der Baron streckte die Arme gegen ihn aus; seine Augen füllten sich mit Tränen. »So ist es wirklich wahr?«, sprach er endlich mit bewegter Stimme: »Unser guter Georg! Unser armer Georg! So haben wir dich wieder!« Er umarmte ihn und drückte ihn an seine Brust.

Georg stand wie ein Träumender. Er konnte sich in ein Verhältnis, das er geahnt, ja gewünscht hatte, jetzt da es ihm wirklich entgegentrat, nicht finden.

»Ach mein teurer Freund«, fuhr der Baron fort – »sehen Sie mich nicht mit dieser fremden Verwunderung an! Sie sind kein Fremdling mehr in diesem Hause. Von dem Augenblick an, wo Sie an seiner Schwelle mit diesem Zettel gefunden wurden, galten Sie für ein Kind desselben. Von meiner Schwester wurden Sie erzogen; wir alle haben Sie so herzlich geliebt. Und als Sie auf eine so unbegreifliche Weise plötzlich verschwanden, war es da nicht jedem von uns, als hätte er seinen eigenen Sohn verloren? Nun, Gott sei Dank, dass wir Sie wieder haben! Der kleine Georg hat sich freilich verändert und ist groß und stattlich geworden, doch unsere Liebe ist immer noch die alte geblieben!«

Georg fasste, gerührt von der Herzlichkeit, mit welcher der Baron sprach, die Hand desselben und drückte sie an sein Herz, indem er ihn bat, ihm seine Überraschung und sein Erstaunen zugutzuhalten, besonders da er noch immer nicht begreife, auf welche Art diese für ihn so wichtige Entdeckung geschehen sein könne.

»Ja so, das wissen Sie noch nicht?«, sagte der Baron. »Damit hätte ich freilich anfangen sollen. Die Geschichte ist ganz kurz diese. Einer von den Leuten des Marchese, der vor siebzehn Jahren in Diensten einer Frau von Wallenrodt stand, half damals, Sie aus diesem Schlosse entführen und begleitete dann seine Herrschaft zu dem alten Lorenz Haberland, welchem sie übergeben wurden, und dem er seit dieser Zeit eine Reihe von Jahren hindurch jährlich eine ansehnliche zu Ihrer Erziehung bestimmte Summe überbringen musste. Er sah Sie gestern, hörte Ihren Namen und hielt es für seine Pflicht, uns alles zu entdecken. Wer übrigens jene Frau von Wallenrodt eigentlich gewesen, das wissen wir ebenso wenig, als was sie vermocht, Sie uns zu rauben. Indes geht so viel aus der Erzählung des Dieners hervor, dass sie wirklich Ihre Mutter war und ebendieselbe, die Sie fünf Jahre früher auf der Schwelle unsers Hauses ausgesetzt hatte. Doch kommen Sie jetzt zu meiner Schwester, kommen Sie geschwind! Sie erwartet Sie mit Sehnsucht.«

Er zog ihn mit sich fort. Auf der Treppe begegneten sie dem Bedienten des Marchese. Georg wusste sich noch sehr deutlich zu erinnern, den alten Mann mehrmals in dem Hause seines Pflegevaters gesehn zu haben. Hundert Fragen drängten sich auf seine Lippen; allein der Baron ließ ihm jetzt keine Zeit dazu, sondern führte ihn in das Zimmer der Gräfin.

Sie saß auf dem Sopha, der Tür gegenüber. Natalie stand neben ihr. Georg fühlte sich beim Eintritt von einer Beklommenheit, ja selbst Verlegenheit ergriffen, die ihm sonst fremd war. Doch so wie er sich der Gräfin näherte und ihre Gesichtszüge ihm klar wurden, verschwand auch alsbald alle Scheu; denn Güte und Liebe kamen ihm wie alte Bekannte aus ihren freundlichen Augen entgegen, er fühlte sich nicht mehr fremd, siebzehn Jahre waren vergessen, und er war noch immer der geliebte Sohn dieser freundlichen, geliebten Mutter. Schweigend und durch Tränen lächelnd reichte sie ihm die Hand; er kniete innig bewegt vor ihr nieder und drückte ihre Hand bald an seine Lippen, bald an seine Brust. »O meine teure Mutter!«, rief er. »So darf ich Sie doch noch nennen?« Sie neigte sich gegen ihn und küsste ihn leise auf die Stirn. »Ja«, sprach sie sanft, »ich bin noch deine Mutter, wie ich es sonst gewesen; und du bist meiner Liebe wert geblieben; ich weiß es wohl; du bist mein wackrer Georg! Wir verlassen uns nicht wieder.«

»Sie sind glücklich, Gräfin!«, sprach eine fremde Stimme, und als Georg sich wandte, sah er den Marchese stehen, der indes hereingetreten war. »Sie sind glücklich!«, wiederholte er – »Sie haben einen Sohn!«

»Ihnen, lieber Marchese«, sagte die Gräfin sanft, »Ihnen hat die Natur gegeben, was mir das Herz. Sie dürfen mich um mein Glück nicht beneiden.«

Bitter lächelnd erwiderte er: »Sie unterscheiden richtig! Die Natur hat mir einen Sohn gegeben, aber sein Herz straft die Natur Lügen. Sein Herz weiß nichts von seinem Vater! Unglücklicher Vater! Zwei Söhne und doch kinderlos! Den einen hab' ich verloren, eh' er mich lieben konnte, den andern hab' ich verloren, weil er mich nie geliebt. Verloren! Verloren! Ich habe keinen Sohn!«

Es lag etwas Herzzerschneidendes in der anscheinenden Ruhe und in der fast tonlosen Stimme, womit der Marchese diese Worte sprach. Georg fühlte sich von innigem Mitleid ergriffen, und er hätte vor ihn hintreten und ihm sagen mögen: Du armer Mann, lass mich dein Sohn sein, ich will dich lieben!

»Marchese!«, rief die Gräfin erschüttert – »Sie haben Ihren Sohn verstoßen, wie kann er Sie lieben?«

Er richtete sich kalt empor; doch eine schnelle Glut, die seine Wangen überflog, zeugte von der Bewegung seines Innern. »Darum eben!«, sprach er, »Es ist vorbei. Ich habe keinen Sohn mehr!«

Die Tür ging auf. Ein Frauenzimmer trat herein, die Georg sogleich für die Gräfin Mathilde, Nataliens Schwester, erkannte. Der alte Schauspieler hatte nicht zu viel von ihr gesagt.

Der Marchese ging ihr schnell entgegen und ihre Hand ergreifend rief er: »Dies ist die Hand, die mir Ersatz bringt für alles, was ich verloren; dies ist der Friedensengel, der allen Streit schlichten wird in dieser Brust und mich sanft geleiten bis an die Pforte seiner Heimat!«

Georg glaubte zu bemerken, dass Mathilde erbleichte und zitterte; Natalie wendete sich ab und verbarg ihr Gesicht an dem Arm ihrer Mutter; die Gräfin und der Baron schlugen beide schweigend und verlegen die Augen nieder, und es entstand eine seltsame bange Stille von einigen Augenblicken, die Georgen befremdete.

»Nun, Mathilde«, rief endlich die Gräfin mit dem sichtlichen Bestreben, eine andere Wendung des Gesprächs herbeizuführen – »nun, meine Kinder, da habt ihr den treuen Spielgefährten eurer Kindheit wieder! Ihr hättet den kleinen Georg wohl nicht erkannt?«

Mathilde hob die großen, schwarzen Augen gegen ihn auf und sagte wehmütig lächelnd: »Es war eine gute Zeit, da wir drei noch Kinder waren!« Dann ging sie schnell auf Natalien zu und warf sich an ihre Brust. Natalie schloss sie mit heftiger Innigkeit in ihre Arme, und nun eilten beide zu ihrer Mutter und knieten zu ihren Füßen nieder, und die Mutter mit Blicken voll unendlicher Liebe und tiefer Rührung legte ihre Hände auf das Haupt der blühenden Töchter und liebkosete ihnen; Georg aber stand in dem Anschaun der reizenden Gruppe verloren.

»Ach, meine Mutter«, sprach Mathilde leise, »warum können wir nicht allzeit Kinder bleiben!«

Fünftes Kapitel

Georg war mit dem Baron hinausgegangen, den alten Diener des Marchese genauer zu befragen. Als er jetzt wieder zur Gräfin gerufen wurde, fand er den Marchese nicht mehr. Er war, wie es hieß, auf einige Tage verreist.

»Du hast uns viel zu erzählen, mein Sohn«, rief ihm lächelnd die Gräfin entgegen. »Setze dich nur zu uns. Wir haben einander lange nicht gesehen.« – Und Georg setzte sich und fing an zu erzählen von seinem Pflegevater, dem Maler Lorenz Haberland; wie dieser ihn geliebt als seinen eigenen Sohn, ihn sorgsam und in frommer Sitte erzogen, und da er in ihm Neigung und Anlage zu seiner eignen Kunst zu verspüren geglaubt, ihn ernst und treu zu derselben angeleitet; und indem er so erzählte, legte sich nach und nach das Klopfen seines Herzens, mit dem es im Anfang jedem Worte das Geleit gegeben hatte bis auf die Lippen; seine Blicke, begeistert durch die freundliche Teilnahme, die sie aus dem Gesicht des Barons und der Gräfin fanden, wagten sich nun auch mitunter seitwärts hinüber nach den schönen Spielgefährtinnen von ehemals, und je öfter dies geschah, desto wärmer ward es ihm in der Brust, desto lebendiger floss der Strom seiner Rede, und er wusste so viele Züge aus seinem Leben bei dem alten Maler so anschaulich hervorzuheben, er wusste diesen letztern selbst mit seiner schönen Begeisterung für die Kunst mit der frommen Kindlichkeit seines Herzens, mit der Liebe zu ihm, seinem Pflegling, und mit der seltsamen Unbehülflichkeit im gewöhnlichen Leben so wahr, so ergötzlich und so rührend zugleich zu zeichnen, er wusste ihn mit allen seinen Eigentümlichkeiten und Sonderbarkeiten so treffend und mit einer solchen Fülle von Leben darzustellen, dass er seine Zuhörer dadurch in die heiterste Stimmung versetzte.

»O führ' ihn her zu uns«, rief die Gräfin, »führ' ihn zu uns, den wackren Alten! Wie gern möcht' ich ihm danken für seine treue Liebe zu dir, mein Sohn!«

Georg schwieg einige Augenblicke und heftete seine Blicke an den Boden; dann sagte er leise mit bewegter Stimme: »Ach, liebe Mutter, er lebt nicht mehr! Ich war vergangnes Jahr noch in Rom«, fuhr er fort, »als ich einen Brief von ihm erhielt, worin er mich beschwor, schnell nach Deutschland zurückzukehren: Er fühle sein Ende herannahen und wünsche sehnlich, mich vor seinem Tode noch einmal zu sehen und mir etwas Wichtiges zu entdecken. Ich eilte sogleich zurück; doch ich kam zu spät: Als ich ins Haus trat, hatten sie den guten Vater schon hinausgetragen.«

Der Baron schüttelte nachdenkend den Kopf. »Und er hat Ihnen niemals einen Wink über Ihre Herkunft gegeben?«

»Nein; niemals«, erwiderte Georg. »Und ich ahne, dass ihn weniger irgendeine Verpflichtung dazu bewogen hat, als vielleicht die Furcht an meiner Liebe zu verlieren, wenn ich erführe, dass er nicht mein Vater sei. Seine Frau war frühzeitig gestorben und hatte ihm keine Kinder hinterlassen. Sein Herz fühlte das Bedürfnis, irgendetwas sein zu nennen und zu lieben auf der weiten Erde; es hing sich mit allen Kräften seines reichen Lebens an mich, den er seinen Sohn nannte, eine langjährige Gewohnheit und die herzliche Liebe, womit ich ihm die seinige vergalt, zogen das Band immer fester, ich war wirklich sein Kind, sein Sohn geworden, er *wollte* vergessen, wie er zu meinem Besitz gelangt war und entfernte geflissentlich alles, was seinem Herzen diese schöne Selbsttäuschung zu rauben drohte, ja er konnte selbst den Gedanken nicht ertragen, nach seinem Tode nicht als mein Vater in meinem Andenken fortzuleben; denn nur so kann ich es mir erklären, dass ich auch unter seinen hinterlassenen Papieren nicht die geringste Nachweisung über meine wahre Herkunft fand.«

»Die er doch ohne Zweifel hätte geben können!« – fuhr der Baron fort. »Denn nach der Aussage des alten Dieners hat jene Frau von Wallenrodt, die wir für Georgs Mutter halten müssen und die einige Jahre nach Georgs Entführung von hier in einer Herrnhuther-Kolonie gestorben ist, kurz vor ihrem Tode dem alten Lorenz Haberland ein versiegeltes Papier mit der Aufschrift: an meinen Sohn Georg, zustellen lassen.«

Die Gräfin reichte Georgen ihre Hand und sagte freundlich: »Ich kann dem guten Alten deshalb am wenigsten zürnen. Er hat mir dadurch *mein* Mutterrecht auf dich erhalten, und wer weiß, hätte ich es an seiner Stelle nicht eben so gemacht!«

Karl Wilhelm Salice-Contessa, anonyme Lithografie (1829)

»Ach, womit«, fragte Georg gerührt, »womit hab' ich so viel Güte, so viel Liebe verdient?«

»Du sollst dir meine Liebe auch noch erst verdienen«, entgegnete die Gräfin, »dadurch dass du mich eben so herzlich wiederliebst.«

»O meine Mutter«, rief Georg mit Begeisterung und drückte die dargebotene Hand an die von reiner, kindlicher Liebe und Dankbarkeit hochschlagende Brust – »meine teure Mutter, dann hab' ich sie schon verdient!«

Sechstes Kapitel

In vertraulichem Gespräch und lebendiger Mitteilung, von teuren Erinnerungen und genussreicher Gegenwart gleich lebhaft in Anspruch genommen, war der Tag vergangen. Manche Vermutung war aufgestellt und verfolgt, mancher Entwurf für die Zukunft gemacht worden, und Georg fing allmählig an heimisch zu werden in dem schönen Kreise. Allein ob er gleich des seltsamen Traumes der vergangenen Nacht erwähnt und die Erscheinung seiner Mutter erzählt hatte, so entschlüpfte ihm doch kein Wort von der entworfenen Zeichnung und von dem angefangenen Gemälde, und dazu bewog ihn weniger künstlerische Eitelkeit, als ein nicht ganz klares, aber eben darum desto lebhafteres Gefühl in seiner Brust, welches sich dagegen sträubte, das Bild der Mutter, das in dem Glanze einer himmlischen Erscheinung vor seiner Seele stand, als einen unvollkommenen und dürftigen Entwurf vor fremde Blicke zu bringen. Nur in möglichster Vollendung, mit allen Zaubern der Kunst gerüstet, in der Verklärung der Farbe sollte es vor die Augen der Welt treten und mehr noch als ihre Bewunderung sich ihre *Liebe* ersiegen.

Jetzt stand er spät am Abend dieses reichen Tages wieder vor dem Bilde, mit klopfendem Herzen, mit hochaufatmender Brust, von Furcht und von Hoffnung, von Sehnsucht und Entzücken, von Schmerz und Lust bewegt; und wie ein Schiffender, der in den gegeneinander streitenden Wogen eines wild aufgeregten Meeres unterzugehen fürchtet, zu seinem Schutzheiligen um Hülfe ruft, so hob er Augen und Hände flehend zu der Mutter.

Der zarte Keim der Liebe, den schon das erste Zusammentreffen mit Natalien in seinem Herzen geweckt hatte, war heut in dem Frühlingsatem ihrer Gegenwart, in dem milden Sonnenstrahl ihrer Blicke schnell emporgeschossen und entfaltete sehnsüchtig seine Blüten. Allein der Gedanke an Nataliens Stand und an seine eigne zweideutige Herkunft fuhr wie ein eisiger Nordwind darüber hin und griff schmerzlich zerstörend an ihr innerstes Leben.

»Du armer Findling«, sprach er leise für sich hin – »Du armer Findling!«

Er trat an das offne Fenster. Die Nacht war still und warm. Der Mond schaute hell aus dunkelm Gewölk hervor. Georg fühlte sich eingeengt zwischen seinen vier Wänden; draußen im Freien, hoffte er, sollte seine Brust auch sich freier und leichter heben und das ungestüm klopfende Herz sich beruhigen.

Er löschte sein Licht aus und schlich sich die Treppe hinab, um in den Garten zu gehen. Doch er fand die dorthin führende Tür schon verschlossen und war eben, unmutig darüber, im Begriff, den Rückweg nach seinem Zimmer anzutreten, als er jemand sacht die dunkle Treppe herab sich entgegenkommen hörte. Er stand still. Der Entgegenkommende auch. Gleich darauf aber fühlte er sich beim Arm gefasst, und eine leise Stimme sagte mit vertraulichem Tone zu ihm: »Sie wollen wohl auch zum König Hans?« – Georg wusste nicht, was er denken sollte. – »Wir sind auf gleichem Wege!«, fuhr die Stimme fort. »Belieben Sie mir nur zu folgen. Ich weiß Bescheid.« – Der Sprechende trat jetzt von der Treppe herab in den etwas helleren Hausflur, und Georg glaubte zu seinem nicht geringen Schreck, den alten Grafen zu erkennen. Ehe er sich indes besinnen und zu einem Entschluss kommen konnte, hatte ihn dieser schon über den Flur hinweg in einen Seitengang gezogen. Der Mond schien durch die hohen Fenster; Georg sah, dass er sich nicht getäuscht hatte: Es war wirklich der alte Graf.

Er fühlte sich in der größten Verlegenheit. Sollte er um Hülfe rufen? Es war schon spät in der Nacht, das ganze Haus, wie es schien, in tiefem Schlafe; der Lärm, der unausbleiblich daraus entstand, musste die Frauen aufs Heftigste erschrecken, ja er konnte für die kaum genesene Gräfin von den übelsten Folgen sein. Sollte er versuchen, den Grafen selbst wieder nach seinem Zimmer zu bringen? Es war vorauszusehn, dass er Widerstand leisten würde, und dann dasselbe zu befürchten. Ängstlich blickte er auf allen Seiten umher und horchte nach einem lebendigen Laut. Es war alles still; nichts regte sich als der Widerhall ihrer Schritte in den hohen sich durchkreuzenden Gängen, durch die ihn der Graf unaufhaltsam mit sich fortriss.

»Aber um Himmelswillen, Herr Graf?«, rief Georg mit halblauter Stimme, »wohin wollen Sie? Es ist späte Nacht! Ich dächte – –«

»Wohin? Wohin?«, unterbrach ihn jener hastig, doch ebenfalls leise – »Wohin wir alle gehen müssen: zum König Hans, mein werter Freund! Dorthin müssen wir alle, alle, sag' ich Euch. Früh oder spät, wir gehen alle diesen Pfad. Seid Ihr etwa ein König, guter Freund? Ihr müsst zum König Hans: Er ist mächtiger als Ihr. Seid Ihr ein Kaiser? Kann Euch nichts helfen; Ihr müsst zum König Hans! Alles Leben ist dem König Hans verfallen. Kann Ihnen nicht helfen, Sire! Sie selbst sind nur sein Lehnsträger. Hei, Hei, Hei! Fort, fort! Drückt Euch die Krone fest! Stolpert nicht über Euren Purpurmantel! Nun geht's ans Fliegen! Husch! Spüren Ew. Majestät die Flügel an den Beinen? Husch – – sch –!«

Der Graf spreitete die Arme weit aus, doch ohne seinen Begleiter loszulassen, und machte halbspringend gewaltige Schritte. Eine kleine Anwandlung von Entsetzen rieselte Georgen kalt über den Nacken. Es war ihm fast, als fingen die Gedanken in seinem eignen Kopfe an sich zu drehen und untereinander zu wirren.

Der Graf hielt plötzlich seine Schritte an. »Ihr seid ein Künstler«, sprach er, »ich besinne mich, ein Maler. Ein Maler! Und Ihr wollt den König Hans nicht kennenlernen? Der Künstler soll das *Leben* studieren: richtig! Aber, ihr beschränkten Toren, der kennt das Leben ja nur halb, der nicht den *Tod* auch kennt! Kommt. Es ist jetzt die rechte Stunde. Um Mitternacht speist König Hans zu Nacht mit den Gespenstern, und die Welt hat einen Augenblick Ruhe; aber nur einen Augenblick: Dann fasst er wieder nach der Sense und das rote Leben wird von Neuem bleich. Seht Ihr, wenn wir diesen Augenblick ergreifen können, dann ist ein großer Schatz unser, der da drin in den Gräbern begraben liegt. Aber nehmt Euch in Acht! Ich habe von Leuten reden hören, die dabei wahnsinnig geworden sind. Nehmt Euch in Acht!«

Sie standen jetzt vor einer kleinen eisernen Tür. Der Graf schwieg und schien sich auf etwas zu besinnen. Georg hoffte, dass hier endlich das Ziel des nächtlichen Spaziergangs sein und es ihm nun gelingen werde, seinen Begleiter zur Rückkehr zu bewegen. Allein er hatte sich geirrt. Der Graf zog mit geheimnisvollen Gebärden einen Schlüssel hervor und winkte Georgen, damit aufzuschließen. Nun regte sich doch die Neugier bei diesem, zu wissen, was denn hinter dieser kleinen eisernen Tür verborgen sei: Er nahm den Schlüssel und versuchte zu öffnen. Das Schloss war ganz eingerostet, und nur Georgs angestrengter Kraft gelang es endlich, seinen Widerstand zu überwinden. Knarrend tat sich die Tür auf; der Graf legte behutsam den Finger an den Mund, schritt zuerst hindurch und zog Georgen hinter sich her.

Sie befanden sich im Innern einer Kirche, nicht weit von dem Altare. Zu beiden Seiten des Schiffs hinab an den Pfeilern schienen Grabmale, mit mannichfaltigem Bildwerk geziert, zu stehen. Ihnen grade gegenüber, halb in die Wand eingemauert, hob sich die riesige Gestalt eines geharnischten Mannes. Der Mond warf eben von der Seite ein helles Licht darauf und es sah aus, als schritte der alte Ritter mit drohender Gebärde aus der Wand ihnen entgegen.

»Seht ihn nur gar nicht an!«, sagte der Graf leise. »Nicht wahr, er droht und schneidet uns Gesichter? Lasst es Euch aber nicht anfechten. Bevor die Glocke zwölfe schlägt, kann er nicht heraus aus der Mauer, dann aber geht er zur Tafel.«

Indem ließ sich an der entgegengesetzten Seite der Kapelle ein Geräusch vernehmen. Die große Flügeltür öffnete sich schnell und schloss sich wieder. Der Graf winkte Georgen mit der Hand Stille zu und zog ihn nach einem nicht weit von ihnen an der Wand stehenden Betstuhl. Georg folgte ihm, begierig auf die neue Wendung, welche die Sache zu nehmen schien.

Eine lange hagre Mannsgestalt näherte sich mit eiligen Schritten. Der Graf drängte sich dichter an Georg und flüsterte ihm zu: »Das ist der König Hans! Haltet Euch ruhig um Gotteswillen! Er ist heut nur in Zivilkleidern«, fuhr er fort, »aber ich kenne ihn doch. Hört nur, wie das alte Knochengeripp' klappert bei jedem Schritt!«

Je näher die Gestalt kam, desto bekannter schien sie Georgen. In der Mitte der Kapelle blieb sie stehen und sah sich wie etwas suchend rasch nach allen Seiten um. Der Mond schien ihr hell ins Gesicht; Georg konnte beinah nicht mehr zweifeln, dass es der alte Schauspieldirektor war.

Die Flügeltür im Hintergrunde knarrte abermals sich öffnend; die Gestalt in der Mitte lief schnell nach einem der Grabmale zur Seite, kletterte mit ängstlicher Behändigkeit daran in die Höhe und verschwand hinter den darauf stehenden Steinbildern. Georgs Erstaunen und begierige Erwartung wuchs mit jedem Augenblick. Zwei neue Personen traten ein. Eine derselben trug eine Blendlaterne. »Nun geht's bald zu Tisch«, sagte der Graf. »Die Gäste kommen schon. Wenn sie uns nur nicht merken, sonst müssen wir mitessen. Habt Ihr Hunger?« – Die beiden Männer schritten den mittlern Gang heraus nach dem Altare zu. Sie waren in lange Mäntel gehüllt. Vor dem Grabmal, auf welchem der alte Schauspieldirektor saß, blieben sie stehen. Der eine brachte zwei Kerzen unter dem Mantel hervor, zündete sie an seiner Laterne an und steckte sie auf die zwei Leuchter eines kleinen Altars, der vor dem Grabmale stand und mit demselben durch einen in großen Falten und Bogen herabwallenden Umhang von schwerem Seidenstoffe verbunden war. Nachdem dies geschehen, gingen sie auf den Hauptaltar zu. Schweigend wurden hier gleichfalls zwei brennende Kerzen aufgesteckt, sodann wandten sie sich rückwärts nach dem in der Wand eingemauerten Steinbilde des alten Ritters. Der eine warf seinen Mantel ab und legte Hacke und Spaten, die er darunter verborgen getragen hatte, neben sich auf den Boden. Georg sah ein völlig unbekanntes Gesicht. Als aber nun der andre auch den Mantel von den Schultern fallen ließ, zwei entblößte Degen und ein großes Buch darauf legend, da schrak Georg zurück wie vor einer gespenstischen Erscheinung, denn er sah, dass es niemand anders war als der Marchese.

Der alte Graf an seiner Seite, der bisher alle diesem mit gespannter Aufmerksamkeit zugeschaut hatte, stand jetzt hastig von seinem Sitze auf; seine Augen rollten wild; über das sonst so freundliche Gesicht zog jetzt erst der Wahnsinn seine furchtbare Larve. Georg schauderte; doch sich gleich wieder ermannend fasste er mutig und mit Kraft den Arm seines Begleiters. Allein als nun eben der Marchese und sein Gefährte die zwei eisernen Ringe einer Steinplatte fassten, die zu den Füßen des Ritterbildes lag, um sie emporzuheben, da stieß der Graf einen so grässlich gellenden Schrei aus, dass Georg in der Verwirrung und im Schreck des Augenblicks nicht anders meinte, als die Mauern müssten davon bersten und das Gewölbe über ihren Häuptern zusammenbrechen, riss sich los von ihm und stürzte aus dem Betstuhl hervor gerade auf den Marchese zu. »Halt! Halt! Ihr Räuber!«, schrie er. – »Das ist mein, was da unten liegt; das hat der alte Udo für mich aufgehoben! Fort mit euch, fort!« Und schnell eins von den auf der Erde liegenden Schwertern ergreifend hieb er in toller Wut um sich herum. In höchster Bestürzung wichen die beiden von ihm zurück. Auch Georg, der ihm schnell gefolgt war, wagte nicht sich zu nähern.

In diesem Augenblick wurde es plötzlich ganz hell um sie her; zu gleicher Zeit vernahm Georg die Stimme des alten Schauspieldirektors, der aus aller Macht um Hülfe schrie, und als er sich wandte, sah er das Grabmal, welches jener zu seinem Versteck erwählt hatte, in vollen Flammen stehn. Es sei nun, dass eine der Kerzen, dem seidnen Umhange zu nahe gestellt, diesen angezündet, oder dass sie, vielleicht nur lose aufgesteckt, umfallend das Altartuch in Brand gesetzt hatte? Die eine Seite brannte schon über und über, hoch schlug die Lohe empor, ein dicker Qualm wirbelte sich bis an die Wölbung. Auf der andern, noch unversehrten Seite aber hing der Schauspieldirektor in verkehrter Stellung mit halbem Leibe über den Sims herab, indem seine Beine sich unterwärts vergeblich abmüheten, einen sichern Standpunkt zum Hinunterklettern zu gewinnen. Dabei schrie er aus Leibeskräften immerfort: »Hülfe! Feuer! Rettung! Feuer!« Auch wiederholte er dieselben Worte mitunter auf Englisch oder Italienisch, Georg wusste nicht, wohin er sich zuerst wenden sollte. Da tat sich grade zur rechten Zeit schnell die kleine eiserne Tür auf und herein trat der Baron, begleitet von mehreren Bedienten, die Fackeln trugen. Nur einen Augenblick stutzte dieser, überrascht von dem seltsamen Schauspiel, dann eilte er mit seinen Leuten auf den alten Grafen zu, und indem er ihm von hinten in den Arm fiel, wusste er ihn geschickt zu entwaffnen. »Marchese!«, rief er sehr ernst zu diesem hinüber, der finster die Blicke an den Boden heftete – »Marchese, noch nicht genug seid Ihr gewarnt durch diesen?«

Georg aber, der nun den Grafen in Sicherheit sah, lief sogleich mit den Leuten des Barons nach dem brennenden Altar, um seinem alten Freunde, dem Schauspieldirektor, beizuspringen. Diesem war es unterdessen gelungen, mit seinen Füßen eine von den zu Seiten des Grabmals stehenden kolossalen Bildsäulen zu erreichen – sie stellte die Hoffnung vor –, und er hatte in der Eile dergestalt auf ihrem Nacken sich festgesetzt, dass seine Beine ihr rechts und links über die Schultern hinab auf die Brust hingen, während er mit beiden Armen ihren Hals umklammert hielt. Die flackernde Beleuchtung von der Seite her schien die Figur zu beleben. Es sah aus, als ob sie, höchst erschrocken über die ungewohnte Last mit schmerzlicher Gebärde um Hülfe flehend, zum Himmel aufstöhnte, und neben dem bleichen, steinernen Gesicht schaute nun die vor Furcht und Schreck beinah ebenso bleiche, wunderliche Maske des Alten herüber, der in höchster Verzweiflung und in allen Zungen die Bedienten anrief, sich seiner zu erbarmen und ihn nicht hier oben auf der Hoffnung verbrennen zu lassen. Die Bedienten konnten sich des lauten Lachens nicht enthalten, und selbst Georg widerstand kaum einer heftigen Anwandlung davon. Doch sprang er ohne Säumen zu, und mit seinem Beistand gelang es dem alten Freunde endlich wieder sichern Boden unter seinen Füßen zu gewinnen. Während dieser Zeit rissen die Bedienten den seidnen Umhang vollends herunter und taten so dem Feuer schnell Einhalt.

»Aber um Gotteswillen«, rief der Baron, der indes auch herbeigekommen war, »liebster Haselmayer, Sie sind es? Wie kommen Sie hierher und welcher böse Geist treibt Sie, um Mitternacht auf dem Grabmale unsers Urgroßvaters Komödie zu spielen?«

Der Schauspieldirektor stammelte und stotterte und konnte keine Worte finden zu seiner Entschuldigung.

»Nun, nun, Sie sind erschrocken!«, sagte der Baron. »Legen Sie sich zu Bett. Wir sprechen morgen weiter. Was Sie auch hierhergeführt hat, Sie sind mir jederzeit willkommen!« – Und damit fasste er den alten Grafen unter den Arm, der jetzt in einem Zustande stumpfer Abspannung ihm willig folgte, befahl, die Flügeltür der Kapelle von innen zu verriegeln, und trat mit dem ganzen Zuge, den Marchese und seinen Begleiter ausgenommen, die sich schon früher entfernt hatten, durch die kleine Pforte den Rückweg an. Im Gehen erzählte ihm Georg den Verlauf der Sache. Er hörte schweigend zu. Vor den Zimmern des Grafen sagte er seinen Gästen gute Nacht. Der alte Schauspieldirektor aber, nachdem er sich sein Zimmer anweisen lassen, hing sich an Georgs Arm und folgte ihm in das seinige, wo er sich wie an allen Gliedern zerbrochen in einen Lehnstuhl warf und in höchster Erschöpfung die Augen schloss.

Siebentes Kapitel

Es mochte beinah eine Viertelstunde vergangen sein, und noch immer lag der Alte in derselben Stellung unbeweglich mit geschlossenen Augen im Lehnstuhl; er erwiderte alle Fragen, die Georg besorgt an ihn tat, nur mit einem ganz leisen, schmerzlichen Kopfschütteln. Da trat ein Bedienter herein, setzte eine Flasche mit zwei Gläsern auf den Tisch und sprach: Der Baron lasse Herrn Haselmayer recht sehr bitten, ein paar Gläser von diesem alten Weine zu trinken, indem er dadurch am sichersten allen übeln Folgen des gehabten Schrecks zuvorkommen würde. Jener rührte sich nicht. Doch als der Bediente das Zimmer wieder verlassen hatte, öffnete er matt das linke Auge ein wenig, warf einen Blick nach dem Tisch hinüber und schloss es dann gleich wieder. Georg schenkte schnell ein, brachte ihm das volle Glas und bat ihn gleichfalls, die heilsame Vorschrift des gütigen Wirtes zu befolgen. Langsam hob der Alte den Arm empor, doch ohne die Augen aufzumachen, tappte mit der Hand nach dem Glase, fasste es, kostete und trank es aus.

»Ich bin verloren!«, hob er mit leiser Stimme an – »Vernichtet! Eine Null! Ja, wenn mich einer mit dem Minusstrich bezeichnen will, ich habe nichts dawider. Streicht in Gottes Namen! Ich muss es dulden. Ich bin ja weniger als ein Mensch: Ich bin ein Tier, ein Esel! Streicht!«

»Verehrter Herr« – hier stand er auf und stellte sich mit gefalteten Händen dicht vor Georg – »haben Sie die Barmherzigkeit und geben Sie mir Nasenstüber. Honny soit qui mal y pense! Ich hab's verdient, und vielleicht lässt das Schicksal durch diese

Büßung sich versöhnen. Denn ach! was werde ich meinem hohen Freunde und Gönner, dem Baron, nun morgen sagen? Ich muss ihn belügen! Und wird er mir glauben? Was wird er von mir denken?«

Er lief an den Tisch, schenkte sein Glas voll und stürzte es hastig aus. – »Verwünscht«, rief er, »sei alle Gutmütigkeit und Gefälligkeit auf der Welt. Gutmütigkeit ist der Packesel, der aller Welt Schätze zuträgt und nichts davon hat als Disteln und Prügel. Gutmütigkeit, glauben Sie mir, ist das wahre Laster, das seinen eignen Herrn schlägt. Sehen Sie – Ihnen will ich mich anvertrauen; Sie werden mir raten, Sie werden mir helfen, denn ich sehe es Ihnen an – dieses runde Kinn, dieser volle, weichgeformte Mund, diese mildgerundete kleine Überschwänglichkeit am Ende der Nase – ja, mein Teuerster, Sie sind auch einer von den gutmütigen Narren! – Nun sehen Sie, da ist der erste Liebhaber bei meinem Schauspielverein – Sie kennen ihn – dieser junge Mensch sieht vergangnes Jahr im Bade die Gräfin Mathilde; eine unselige Leidenschaft ergreift ihn mit entsetzlicher Gewalt; sie lässt ihm nicht Ruhe, noch Rast, sie verzehrt ihn, ja sie wird ihn töten, wenn sie nicht befriedigt wird. Ich sehe das mit an, und von weibischem Mitleid bezwungen, getrieben von nichtswürdiger Gutmütigkeit und Gefälligkeit, lasse ich mich bereden, ihm hierher zu folgen und hier mit meinen grauen Haaren, oder respektive gar keinen, den Kundschafter und postillon d'amour zu spielen. Und wie ich nun so in stiller Nacht auf Iltisfüßen durch den Garten schleiche, da kommen zwei Männer in Mäntel gehüllt auf mich zu, und an der Sprache erkenne ich schon von weitem den Marchese, den ich weit entfernt glaubte. Und, Herr! dieser Marchese ist des jungen Menschen *Vater*, und dieser Marchese ist der Gräfin Mathilde zum Gemahl bestimmt! In meinem tödlichen Schreck trete ich eilig den Rückzug an; die beiden Männer folgen mir auf dem Fuße; ich finde die Tür der alten Schlosskapelle halboffen stehn, ohne Besinnen werfe ich mich hinein und glaube mich sicher. Vergebens! Auch hierher verfolgen mich die Männer, und mir bleibt nichts übrig, als mich auf jenem unglückseligen Grabmal zu verbergen. Das Übrige wissen Sie.«

»Der Marchese ist der Vater des jungen Schauspielers?«, rief Georg voll Erstaunen. »Der Marchese?«

»St! sprechen Sie nicht so laut«, sagte der Alte und legte den Finger auf den Mund. »Zu Ihnen nur hab' ich's gesagt. Sie werden mich nicht verraten, mich und ihn nicht unglücklich machen. Er ist sein Vater. O mir grauset vor diesem Marchese! Nachdem er eine geliebte Gemahlin und seinen jüngern Sohn auf eine seltsame Weise und, wie man erzählt, nicht ohne seine Schuld verloren, hat er auch diesen Erstgebornen verstoßen und hängt nun sein verwaistes Herz an das unheimliche Verkehr mit geheimen Wissenschaften und Künsten; nachdem er seinen Himmel weggeworfen, hat er sich der Hölle hingegeben, und alles, was ihm nahet, muss mit hinab. Den alten Grafen hat er auch verlockt zu seinem dunklen Treiben, und sehen Sie, in einer Nacht da sind die beiden einst hinabgestiegen in die Schlosskapelle und haben den Stein gehoben von dem Grabe des alten Udo, dessen Bild dort eingemauert steht in der Wand und von dem die Sage geht, dass er, in der schwarzen Kunst hoch erfahren, das Pergament, worauf er sein Geheimnis niederschrieb, mit hinabgenommen in seinen Sarg. Was nun weiter dort geschehen, das hat niemand je erfahren, aber wahnsinnig ist der alte Graf seit jener Nacht. Und jetzt, um Gotteswillen, lieber Herr, jetzt diese unglückliche Verbindung des Marchese mit der Gräfin Mathilde! Was kann daraus entstehen? Mir ist, als schaute ich in einen dunkeln Abgrund. Wie man sagt, so haben in früherer Zeit, in einer Stunde schwärmerischer Begeisterung, der Graf und der Marchese sich mit einem furchtbaren Eide zugeschworen, sie wollten, ihr Bündnis zu besiegeln, auch ihre Familien miteinander verbinden, und da sich jetzt der Marchese für kinderlos achtet, will er, noch in seinem Alter von heißer Liebe zu Mathilden besiegt, selbst erfüllen, was er geschworen. Die Gräfin Mathilde aber glaubt sich gebunden durch den Eid ihres Vaters und unterwirft sich in frommer Ergebung dem Willen des Himmels. Und jetzt merken Sie wohl? – jetzt grade muss der Sohn, der verstoßene Sohn die Braut des Vaters finden und muss sie lieben, und ach! wenn mich nicht alles trügt, so wird er wiedergeliebt! Da sehn Sie sie, die schwarzen Fäden, die das Schicksal ausgelegt, damit die Zeit ein grässliches Verbrechen daraus webe! Das Schiffchen fliegt, die Räder schwirren, schwarz reihen sich die Fäden aneinander, immer schwärzer, und nun kommt der Augenblick, der den blutig roten Einschlag dazwischen wirft und so das Stück vollendet. Schwarz, schwarz und rot, blutrot, so seh' ich's vor mir liegen – so wird es kommen! Denn

> es geht ein finstrer Geist durch dieses Haus
> und schleunig will das Schicksal mit ihm enden!«

Der Alte hatte über dem fremden Schicksal ganz sich selbst vergessen. Seine Stimme und Gebärde war allmählig von der kleinlauten Mattigkeit der Erschöpfung, immer lebendiger werdend, endlich in das höchste tragische Pathos übergegangen, und Georg schrak jetzt beinah, von seltsamem Graun erfasst, vor ihm zurück, wie er hoch aufgerichtet vor ihm stand, mit wilden Blicken in die schwarze Zukunft hinaus starrend, die sich vor ihm aufgeschlossen zu haben schien, und seinen bleichen bebenden Lippen die prophetischen Worte entströmten, die Georg, durch mehr als ein zartes Band an dieses Haus gefesselt, mit banger Ahnung, ja mit Entsetzen vernahm.

»Und ach! vielleicht«, fuhr jener fort, »vielleicht in diesem Augenblick schon geschieht das Entsetzliche! Denn ist er nicht hier, der junge Marchese? Wird er, durch mein Außenbleiben befremdet, mich nicht suchen, sich selbst in den Garten wagen? Wenige Schritte vielleicht trennen ihn jetzt eben nur noch von seinem Vater! Und wenn nun Sohn und Vater, beide mit dem bittern Groll, mit der brennenden Leidenschaft in der Brust, sich treffen! – Ach, und ich kann nicht hinaus, ich bin in Banden, ich bin gefangen, ich kann nicht schützen, abwenden helfen! – Horch! Was war das? Hörten Sie nicht einen dumpfen Schrei?« – Er sprang an das

Fenster. – »Nein, es ist alles still, und wie ein Leichentuch liegt die schwarze Nacht über dem Garten. Nur ein dumpfes Rauschen geht durch die Lüfte. Mir ist, als hört' ich den fernen Flügelschlag eines ungeheuern Schicksals, das sich langsam naht. Ach, und ich, der alte Freund und treu ergebne Diener dieses Hauses, kann es nicht abwenden, was ich kommen sehe. Wie? Abwenden? Ach! Abwenden sagst du, Elender! Du, der du selbst dem finstern Fatum zur Hand gehest, der du selbst bei Nacht wie ein Marder dich einschleichst in dieses Haus, um seinen Frieden zu erwürgen, der du selbst die verderbenschwangere Leidenschaft des Jünglings nährst und pflegst und ihr behülflich bist, du selbst Hebamme des Entsetzlichen! O dass es nie Tag würde, oder dass dieser Tag mein letzter wäre! Quand on a tout perdu, quand on n'a plus d'espoir, la vie est un opprobre, la mort un devoir! Mit welchem Lichte wird mich dieser Tag beleuchten? Wie werd' ich dem Baron erscheinen, ihm, meinem Gönner, meinem Beschützer, meinem Mäzen, der mich bis jetzt geachtet und wert gehalten? Mit dem Fuße wird er mich nun von sich stoßen wie ein giftiges Reptil! Ach! Und der schöne Kontrakt, den ich eben auf so treffliche Bedingungen mit ihm abschließen wollte, um bei der Hochzeit des Marchese auf seinem Schlosse zu spielen, er ist dahin, in Nichts zerronnen wie ein Sommernachtstraum, und die vollwichtigen Dukaten – mein Teuerster, glauben Sie mir, in dem Golde liegt noch irgendein wunderbares Geheimnis verborgen, und nah verwandt ist es mit unserm innersten Wesen – und ach, diese herrlichen, vollwichtigen Dukaten, die ich schon wiederbelebend in meiner früh hingewelkten Tasche klingen hörte, ach! Sie haben sich verflüchtiget gleich Quecksilber in dem Schmelztiegel meiner gutmütigen Nichtswürdigkeit! Das ist das Los des Schönen auf der Erde! – Beschimpft, verachtet, ein Spion, ein Lump, ein Bettler steh' ich da; jede hohe Familie bedenkt sich künftig, mich in ihrem Hause zuzulassen; so hab' ich selbst mein Glück zu Tode gejagt und alle meine Hoffnung wie eine schlechte Mähre zuschanden geritten. Ja, zuschanden geritten! Weh mir! Ja, das tat ich. O du teuflischer Hohn des Zufalls! Ja, ich tat's! Denn sagen Sie, mein teurer Freund, Sie haben es gesehen, sagen Sie, saß ich nicht rittlings auf der Hoffnung, und diese verruchten Beine schlugen ihre Brust? Ha, wer über solche Dinge nicht den Verstand verliert, der hat keinen zu verlieren! – Ich will schlafen gehn. – Zu Bette! zu Bette!« – Er ergriff mit hoher, tragischer Würde die Weinflasche, steckte sie unter den linken Arm und nahm sein Licht. – »Gute Nacht, Mutter!«, sprach er mit Hamlets Worten, und so ging er in gemessnem Kothurnschritt zur Tür hinaus nach seinem Zimmer und ließ den Maler in höchster Verwunderung versteinert zurück.

Achtes Kapitel

Als Georg am andern Morgen erwachte, brachte ihm der alte Bediente des Hauses einen Abschiedsgruß von dem Schauspieldirektor, der mit Hinterlassung eines Briefes an den Baron bei Tagesanbruch bereits das Schloss verlassen hatte. Der Alte fügte noch hinzu, wie ihn Georgs Name, den er ihm abgefragt, aufs Lebhafteste überrascht zu haben schien, und wie er mehrmals ausgerufen: Georg Haberland! Georg Haberland! Also dieser war es! Wie seltsam! Hätt' ich das doch eher gewusst!

»Nun, Sie werden bald Gelegenheit finden«, fuhr der Alte geschwätzig fort, »ihn über die Ursach' dieser Verwunderung selbst zu befragen, denn, wie ich gehört habe, kommt er mit seiner Truppe zur Vermählung unsrer jungen Gräfin auf das Schloss des Herrn Barons. Das wird ein großes Fest geben! Und wenn mich nicht alles trügt, so feiern wir dann an diesem Tage ein doppeltes. Denn Gräfin Natalie wird sich schon noch besinnen.«

Georg starrte ihn an und wiederholte kaum vernehmlich: »Gräfin Natalie!«

»Ei freilich!«, erwiderte jener. »Der junge Fürst, dessen Güter an das unsrige grenzen, wirbt um sie; und ob sie gleich erklärt hat, dass sie das väterliche Haus nicht verlassen würde, so lange ihre Eltern noch lebten, so zweifle ich doch gar nicht an ihrer endlichen Einwilligung, denn ihre Frau Mutter wünscht es selbst, und der Fürst ist ein gar schöner und angenehmer Herr.« Und nun fing er an, die Person und den Charakter des jungen Fürsten zu beschreiben, rechnete seine weitläuftigen Besitzungen her und setzte die Vorteile einer solchen Verbindung auseinander; Georg aber hörte nichts mehr von alledem, was er sagte, sondern saß ohne Bewegung, den Kopf auf die Hand gestützt und schaute starr auf einen Fleck vor sich hin.

Irgendein Märchen erzählt von einem, der in einen großen Wald geriet und dort unter einem Baume einschlief. Der Wald aber war ein bezauberter, und während der junge Mensch schlummerte, kamen mancherlei seltsam gestaltete Vögel herbeigeflogen, die stahlen ihm allen Mut und alle Freude und alle Hoffnung aus der Brust heraus und trugen sie davon, ja endlich raubten sie ihm alle Sinne und alle Gedanken; nur allein das Herz mussten sie ihm lassen, denn das hatte der Liebesgott mit seinem schärfsten Pfeile durchstochen, dass sie es nicht forttragen konnten; und so fühlte der Unglückliche beim Erwachen mit tausend Qualen sein ganzes Leben und Dasein nur einzig und allein noch in dem durchbohrten, gemarterten Herzen.

Dieses Märchens erinnerte sich jetzt Georg, als der Alte, müde, seine Worte an einen Stummen und Tauben zu verschwenden, endlich kopfschüttelnd das Zimmer verlassen hatte. Doch kam es ihm vor, als hörte er es von einer fremden Stimme sich erzählen, und als diese es geendigt hatte, sprach sie: Das ist dein Schicksal! Das bist du selbst! Und Georg nickte mit dem Kopfe und sagte leise: »Ja! Allen Mut und alle Freude und alle Hoffnung!«, und stützte den Kopf wieder auf die Hand und starrte wieder auf den Tisch vor sich hin.

Doch plötzlich sich ermannend sprang er vom Stuhle empor, und indem er mit hastigen Schritten auf und ab ging, ward der Entschluss in ihm fest, das Haus zu verlassen und Natalien nicht wiederzusehen; er sann nur noch auf einen schicklichen Vorwand, diesen Entschluss ungesäumt zu vollführen.

Nichts konnte ihm daher erwünschter kommen als der Baron, der bald nachher mit dem Vorschlage zu ihm ins Zimmer trat, ihn heute noch nach seinem Schlosse Freileben zu begleiten.

»Ich habe einmal auf Sie und Ihre Kunst gerechnet«, sprach er, »und wir haben keine Zeit zu verlieren.«

Georg seufzte, und nachdem jener ihn verlassen hatte, eilte er, sein angefangenes Gemälde samt der Zeichnung einzupacken; denn der Baron hatte ihm versprechen müssen, es gleichfalls noch heut nach seinem Schlosse zu befördern. Dann ging er hinab, um Abschied zu nehmen von der Gräfin.

Sie war allein mit Natalien. Beide schienen geweint zu haben. Georg musste ihr sein Abenteuer der vergangnen Nacht nochmals erzählen, und indem er in seiner Verwirrung dabei ängstlich nach Worten suchen und das kaum Geschehene wie eine längst vergangene Geschichte sich mühsam ins Gedächtnis zurückrufen musste, fiel ihm der Unglückliche in dem Märchen wieder ein, dem die Zaubervögel sogar alle Sinne und alle Gedanken davongetragen hatten.

Die Gräfin erzählte ihm dagegen, dass endlich diesen Morgen der Arzt aus der Stadt erschienen sei, den Zustand des Grafen nichts weniger als bedenklich gefunden habe, ja selbst aus dem Umstand, dass er seit der gewaltsamen Erschütterung dieser Nacht wieder anfange, in einzelnen hellen Blicken sich der Vergangenheit bewusst zu werden, die beste Hoffnung zu seiner Wiederherstellung schöpfe.

Indem trat der Baron reisefertig ins Zimmer, begleitet von Mathilden und dem Marchese. Georg stand auf, die letztern zu begrüßen; da schritt der Marchese ernst auf ihn zu, fasste seine Hand, sah ihm lange starr in die Augen und ließ sie dann mit einem leisen wehmütigen Kopfschütteln wieder los. Georg aber, welchen dies in diesem Augenblick weiter gar nicht befremdete, wandte sich schnell Abschied nehmend zur Gräfin und zu Mathilden. Doch als er sich nun auch Natalien näherte, ihr Lebewohl zu sagen, überwältigte ihn der Gedanke, dass dies ein Lebewohl auf ewig sei: Er drückte ihre Hand an seine hochschlagende Brust, dann an seine heißen, zitternden Lippen, und Tränen stürzten aus seinen Augen. Natalie sah ihn erschrocken fragend an; doch plötzlich flog eine dunkle Glut über ihre Wangen, sie schlug die Augen nieder, und mit einem ganz leisen flüchtigen Druck, der fast nur ein unwillkürliches Zucken schien, entzog sie ihm die Hand, kehrte sich ab und trat ans Fenster. Georg verbarg seine nassen Augen durch eine tiefe Verbeugung, die er den Übrigen machte, eilte hinaus, und sich auf eins von den im Hofe bereitstehenden Pferden schwingend, jagte er davon, dass der Baron ihm kaum zu folgen vermochte.

Auf einer Anhöhe machte ihn sein Begleiter auf die malerische Ansicht des Schlosses aufmerksam. Von einem flüchtigen Sonnenstrahl, der eben durch den düstern Wolkenhimmel brach, aufs Hellste beleuchtet, prangte es mit seinen vier Türmen unten im dunkeln Tale. »Allen Mut und alle Freude und alle Hoffnung!«, sagte Georg leise für sich hin, nachdem er es lange betrachtet, wandte sein Pferd und ritt langsam den Hügel hinab, und als er einen Augenblick nachher noch einmal rückwärts schaute, war Schloss und Tal verschwunden, und vor ihm, wohin der Weg führte, dehnte sich trüb und grau die unbekannte Ferne.

Neuntes Kapitel

Auf Schloss Freileben fanden sie alles in großer Tätigkeit. Der Bau des neuen geräumigen und prächtigen Hauses, welches der Baron am Fuße des Schlossberges aufgeführt hatte, aus dem noch die stattlichen Ruinen der alten Burg prangten, war vor kurzem erst vollendet worden; die Ausschmückung der Zimmer beschäftigte noch eine Menge

Menschen. Georg musste nach dem Wunsche des Barons, der hin- und herreisend nur immer auf kurze Zeit zugegen war, die Leitung dieser Arbeiten übernehmen und legte überall umso tätiger mit Hand an, als er von dieser Beschäftigung wirksamen Beistand gegen eine Leidenschaft erwartete, die selbst aus der Entfernung nur neue Nahrung zu ziehen schien.

Dabei aber vergaß er sein angefangenes Gemälde nicht. In einem an sein Zimmer stoßenden Kabinette, zu welchem er den Schlüssel stets bei sich trug, hatte er es vor jedem fremden Blick verborgen aufgestellt und arbeitete unausgesetzt in den frühesten Morgenstunden daran. Hier verlebte er seine schönsten Augenblicke, und das einsame Kabinett ward ihm zum stillen Heiligtum nicht allein seiner Kunst, sondern auch seiner Liebe. – Nach seinem Entschluss, Natalien nicht wiederzusehen, flüchtete das verwaiste, wunde Herz zu der geliebten Mutter; sie allein war seine Vertraute, sie allein kannte seine Liebe, mit ihr allein durfte er von der Geliebten sprechen, und wenn nach dem Geräusch des Tages, das sie betäubte, der Abend wieder von Neuem den Schmerz und die Sehnsucht weckte in seiner Brust, und er sein Heiligtum aufschloss und vor die zuerst entworfene und nun vollendete Zeichnung oder vor das Gemälde trat, das sich mit jedem Tage kräftiger aus der Leinwand heraus dem Leben entgegenhob, dann ging von den klaren milden Zügen, aus den freundlichen Augen wie von dem Sternenhimmel einer Sommernacht Trost und Beruhigung auf ihn herab, ja oft schienen ihm die sanft geöffneten Lippen eine leise Hoffnung zuzulispeln, die er sich selbst kaum gestehen mochte und doch mit Entzücken durch sein innerstes Wesen beben fühlte.

Trotz dieser Hoffnung aber, die er selbst kindisch schalt und sich ihr doch so gern überließ, und die, er wusste selbst nicht wie und warum, immer lauter ward, je mehr das Bild seiner Vollendung zuschritt, trotz dieser leisen Hoffnung hielt er dennoch männlich seinen Entschluss fest, Natalien nicht wiederzusehen, und widerstand jedem Vorschlage des Barons zu einem Besuch bei der Gräfin, seiner Schwester, unter mancherlei Vorwand. Nur sein Gemälde wollte er noch hier beendigen, dem Baron wollte er die Anordnungen zu dem Hochzeitfeste nur noch vollbringen helfen, dann aber am Vorabend desselben das Schloss verlassen. Das erste Ziel seiner Wanderung in die weite Welt hinaus sollte die Herrnhuther-Kolonie sein, wo seine Mutter ihre letzten Tage zugebracht hatte. So waren einige Wochen vergangen, als der Baron, eines Morgens nach Hause kommend, unerwartet die Nachricht brachte, dass wegen der plötzlich notwendig gewordnen Abreise des Marchese nach Italien die Vermählung binnen wenigen Tagen stattfinden werde. Georg erblasste.

»Sie erschrecken«, sprach der Baron, »und in der Tat, auch mir rückt das Fest ein wenig zu schnell ins Haus. Und doch, wenn ich Ihnen die Wahrheit gestehen soll, bin ich eigentlich froh darüber, dass es so schnell geschieht. Der Marchese ist ein trefflicher Mann, dem unsere Familie große Verbindlichkeiten hat; ich freue mich über die Verbindung mit ihm; ich bin überzeugt, dass er Mathilden sehr glücklich machen wird: Dennoch, ich weiß nicht warum, bin ich dieser Hochzeitfeier bis jetzt nicht mit einer fröhlichen, sondern mit einer bangen Erwartung entgegengegangen. Eine wunderliche Ahnung, über die ich ebenso wenig Herr zu werden vermag, als ich sie mir erklären kann, drückte mit jedem Tage schwerer auf mich. Doch im Grunde geschieht uns das ja mit jedem Dinge, das wir aus der dunkeln Zukunft auf uns zuschreiten sehen. Etwas Unheimliches, ja Gespenstisches hat es doch immer an sich, und ganz so, wie wir es erwarten, sieht es wenigstens niemals aus. Genug, ich bin froh, dass diese Zukunft sich so schnell in Gegenwart verkehrt und so mit einem Male allen dunkeln Ahnungen und Träumereien die Nahrung abschneidet. Sparen Sie kein Geld, um wenigstens das Notwendigste noch anständig zu vollenden, besonders empfehle ich Ihnen unser kleines Theater. Auch der Marchese liebt das Schauspiel, und ich habe bereits Eilboten nach unserm alten Freund Haselmeyer ausgesendet.«

»Und Gräfin Nataliens Hochzeit –?«, sagte Georg mit schwankender Stimme. Die Frage, die ihm schon so lange auf dem Herzen gelegen, hatte sich nun endlich über die Lippen gewagt, und er horchte zitternd, mit niedergeschlagnen Augen und zurückgehaltenem Atem auf die Antwort.

Der Baron sah ihn eine Weile verwundert an, dann sagte er mit einem halbunterdrückten Lächeln, das um seinen Mund zuckte: »Nein, mein Georg! Nataliens Hochzeit wird für diesmal noch nicht mitgefeiert. Sie hat sich noch gestern erst sehr bestimmt gegen jede Verbindung erklärt, die sie von ihren Eltern trennen möchte.«

Georg wendete sich ab, die Glut zu verbergen, die er auf seine Wangen steigen fühlte; und indem er, seiner Bewegung einen Vorwand leihend, nach einem auf dem Tisch liegenden Zirkel und Maßstab griff, versicherte er den Baron, dass er mit ihm zufrieden sein sollte, und sprang aus dem Zimmer.

An seinen Sohlen schienen plötzlich Flügel gewachsen zu sein. Er wusste selbst kaum, wie er die Treppe hinabgekommen war, und da ihm auf dem Hausflur der dicke Zimmermeister begegnete, konnte er sich in der Freude seines Herzens nicht enthalten, ihn kräftig zu umarmen.

»Ei, ei, mein lieber Herr Haberland«, sagte der alte Mann lachend – »was steht denn heut für ein Tag im Kalender? Oder von welcher Himmelsleiter kommen Sie denn gradewegs herabgestiegen?«

Georg schämte sich ein wenig vor dem Alten und recht sehr vor sich selbst, nachdem er ihn daher versichert, dass von keiner Himmels-, sondern nur von einer Theaterleiter die Rede sei, und ihn gebeten hatte, gleich auf der Stelle wieder mit ihm hinaufzusteigen, sprach er vor ihm herschreitend zürnend zu sich: »Du alberner Tor, was jubilierst du denn? Was für ein Heil ist dir denn widerfahren? Wenn nun auch Natalie den Fürsten nicht heiratet, ändert dies das Mindeste in deinem Verhältnis zu ihr? Und bleibst Du drum denn minder der arme Findling?«

Allein er hatte gut reden: Das unverständige Herz jubilierte dennoch fort, und der feste Entschluss, Natalien nicht wiederzusehen, war gewaltig ins Schwanken gekommen.

Zehntes Kapitel

Unter den mancherlei Arbeiten, die Georg nun in diesen Tagen in Anspruch nahmen und selbst einen Teil der Nächte hindurch rastlos beschäftigten, hatte er sich selbst und alle seine übrigen Verhältnisse beinah ganz aus den Augen verloren. Fleißigen Bergleuten gleich aber, die fern vom Lichte des Tages und von den Blicken der Menschen, unbekümmert um das Treiben der Oberwelt, in dunkler Tiefe still und emsig ihr Tagewerk fördern, hatten indes auch seine Neigungen, Wünsche, Hoffnungen und Leidenschaften tief in der Brust unbemerkt geschäftig ihre Arbeit fortgesetzt, und als er jetzt spät am Morgen des letzten Tages vor dem Hochzeitfeste erwachte, anfangs, erschrocken über den hohen Stand der Sonne, schnell aufspringen wollte, dann aber, sich besinnend, dass ja alles nach dem Wunsche des Barons bereits vollendet sei, mit einer gewissen Behaglichkeit in die Kissen zurücksank und nun erst wieder sich einem ruhigen und klaren Bewusstsein seiner selbst überließ, da fand er fast mit einiger Verwunderung statt des alten Entschlusses, Natalien nicht wiederzusehen, den ganz neuen, ihre Ankunft abzuwarten und erst nach der Hochzeit abzureisen, fertig ausgearbeitet und wohlbegründet vor seiner Seele stehen.

»Ja«, rief er nach einer Weile, »ja, das will ich! Noch einmal will ich sie sehn, noch einmal diese herrliche Gestalt, diese geliebten Züge mit meinen Augen fassen, sie tief und unauslöschlich in mein Herz graben und dann mit der köstlichen Beute, die niemand mir nehmen kann, hinauseilen in das dürftige Leben und die Armut einer ganzen Zukunft ernähren mit dieser reichen Erinnerung!«

Doch wie der Mensch nun einmal das recht eigentliche Warum seiner Handlungen vor der Welt, ja vor sich selbst zu verschweigen pflegt, so mochten auch hier wohl noch andre Ursachen des veränderten Entschlusses in seiner Seele verborgen lauschen und die Trostaugen des mütterlichen Bildes in diesen letzt verflossenen Tagen ihm manches freundliche und hoffnungsreiche Wort zugelächelt haben.

Dieses Bild selbst gehörte wenigstens gewiss unter die Hauptgründe seines Bleibens. Es war nun beinahe ganz vollendet und durfte sich fremden Blicken zeigen. Wie konnte es dem Künstler verdacht werden, wenn er es selbst in die Welt einzuführen, wenn er selbst Zeuge des Eindrucks zu sein wünschte, den es auf ihm so teure Personen und besonders auf Natalien machen würde? Sein erstes Geschäft, nachdem er aufgestanden, bestand auch sogleich darin, das Gemälde nach einem hellen und geräumigen Zimmer zu schaffen, das auf der einen Seite an das seinige, auf der andern an den Schauspielsaal stieß, und es dort in dem gehörigen Lichte aufzustellen.

Er war noch nicht damit fertig, als er fernes Peitschenknallen und Wagengerassel auf dem Steindamm vor dem Schlosshofe vernahm. Das Herz fing ihm an zu klopfen; er ahnete die Ankunft der Gräfin mit ihren Töchtern und eilte nach dem Fenster. Peitschenknall und Wagengerassel kamen näher. Das Herz klopfte stärker. Jetzt polterte der Wagen dumpf dröhnend durch das gewölbte Hoftor. Georg erwartete nun den raschen Schimmelpostzug der Gräfin zu erblicken: Doch siehe! Da wanden sich vier schwarze, magre Bauerrösslein langsam aus der dunkeln Wölbung hervor, ein hochbeladner Wagen schwankte hinterdrein, halb mit einem schwarzen, halb mit einem roten Teppich überdeckt. Mancherlei besondere Gerätschaften, Waffen, Fahnen und Rossschweife hingen an den Seiten herab oder ragten ausgerichtet darüber empor; vorn aber saß darauf der breitschultrige Hanswurst, angetan mit der endlich errungenen roten Plüschweste, und schien bitterlich zu weinen. Georg begriff nun wohl, dass Freund Haselmeyer seinen Einzug hielt, doch indem ihm jetzt auch die Erinnerung an die seltsame Nacht schnell zurückkehrte, wo er jenen zuletzt gesehn, und er alles dessen gedachte, was der Alte ihm damals anvertraut und was er verkündigt, so überfiel ihn eine plötzliche Bangigkeit; fast schaudernd sah er den schwarz und rot behangenen, wunderlich bepackten Wagen langsam über den Hof dem Schloss sich nähern, er kam ihm wie ein wandelnder Katafalk vor, und die prophetischen Worte des Alten tönten in seiner Seele wider! Schwarz, schwarz und rot, blutrot, so wird es kommen! – Er trat von dem Fenster zurück und ging unruhig auf und nieder. Er machte sich Vorwürfe darüber, dass er den Baron nicht gewarnt, und nahm sich fest vor, ihm wenigstens, wenn der Sohn des Marchese die Verwegenheit haben sollte, auch hier seine Rolle als fahrender Schauspieler fortspielen zu wollen, dann ohne Rückhalt alles zu entdecken.

In dieser Überlegung wurde er durch die Ankunft des Schauspieldirektors unterbrochen, der hastig ins Zimmer trat und, die gefalteten Hände ihm entgegenstreckend, ihn anflehete, schnell mit ihm hinunter zu kommen. »Mein teuerster Freund«, rief er, »kommen Sie, stehen Sie mir bei, helfen Sie mir, den Unhold von dem Wagen schaffen! O Gott, es ist mein Tod! Der Kerl will nicht herunter. Was *soll* ich anfangen? Der Baron wünscht, dass ich schon heut Abend eine Vorstellung geben möchte, das hohe Brautpaar zu unterhalten, das bald eintreffen soll, und nun wirft grade heut der schwarze Dämon, der mich verfolgt, wirft eben heut meinen Pudel unter die Räder eines Wagens und tötet ihn, und dieser Pudel war der Liebling meines Hanswursts, an den er sein ganzes Herz gehangen, den er gepflegt, geliebt mit wahrhaft mütterlicher Zärtlichkeit. Ja, es ist wahr, der Unglückliche, er liebte dieses arme Tier wie einen Sohn! Und nun sitzt er auf dem Wagen, gleich der Niobe, den Leichnam in den Armen, und weint nun schon seit einer Stunde ohne Unterbrechung, dass die Steine schmelzen möchten, und weigert sich herabzusteigen, und noch viel weniger wird er spielen wollen. Ach und, zum Teufel! ich kann den Satan nicht weinen sehen, ohne mitzuweinen. O kommen Sie, stehen Sie mir bei, mein teuerster Freund, mein geliebtester Georg Haberland! O wüssten Sie, wie teuer mir dieser Name ist und wie ich mich freue, dass ich Sie endlich gefunden, den ich so lange gesucht! Ich habe Ihnen Wichtiges mitzuteilen. Doch davon nachher. Jetzt kommen Sie und helfen Sie mir, ich bitte!«

Mit diesen Worten fasste er Georgen unter den Arm und zog ihn mit sich fort aus dem Zimmer, die Treppe hinab auf den Hof. Hier stand der große Wagen vor der Tür; die Pferde waren abgespannt; doch oben darauf saß richtig noch der Hanswurst, die Pudelleiche auf dem Schoß, und weinte stille für sich fort. Der Baron, der eben damit beschäftigt war, die übrigen Schauspieler und ihre Sachen unter Dach und Fach bringen zu lassen, kam auch herbei. Der Schauspieldirektor trat an den Wagen und bat den Daraufsitzenden leise, doch wie man aus seinen Gebärden abnehmen konnte, sehr dringend, doch nun endlich abzusteigen, indem er ihn dabei, wie es schien, auf die Gegenwart des Barons aufmerksam machte. Hanswurst aber saß unbeweglich, ohne zu antworten, ja ohne nur die Augen aufzuschlagen, und greinte nur noch erbärmlicher.

»Aber in drei Himmelsnamen!«, rief der Alte endlich, »mein guter Sohn, willst du denn ewig da oben sitzen bleiben?« Hanswurst nickte mit dem Kopfe. »Nun sehen Sie, um Gotteswillen«, schrie jener, indem er sich zu Georg wendete, »sehen Sie: Der Belial nickt mit dem Kopfe! Er will ewig dort oben sitzen bleiben! – Du unvernünftiger Stock, hast du denn schon jemals nachgedacht, was ewig heißt, caudex? Und wenn du dein ganzes noch übriges Leben dort oben sitzest, so ist dies gegen die Ewigkeit grade so viel, als ob eine Laus einen Elefanten totbeißen wollte, du Tropf! Denn gegen die Ewigkeit gehalten ist es ganz das Nämliche, ob du jetzt in diesem Augenblick absteigst oder erst in hundert Jahren. Drum steig herab, Kabliau, mein lieber! Alles Menschliche ist endlich. Schmerz und Freude haben ihre Grenzen. Steig herab, mein guter Junge!« – Hanswurst saß wie eine Mauer. – »Ich will dir ja gern zugeben«, fuhr der

Alte fort, »dass Mylord es wert ist, dass du um ihn weinst. Es war ein herrliches Vieh! Es war eine Menschenseele in Tiergestalt! Und wie liebte er dich, wie hast du ihn wiedergeliebt! Du hast ihn gepflegt, genährt, du hast ihn erzogen, ja, ich weiß es wohl, du redliches Gemüt, du hast Mutterstelle bei ihm vertreten, denn seine Mutter starb bald nach der Geburt – ja, du treue Seele, weine nur, ich weiß es wohl, du hast ihn auch geliebt wie eine Mutter!« – Hier ward seine Stimme sehr weich und schwankte bebend in tiefer Rührung. Hanswurst schluchzte laut. – »Doch«, hob jener nach einer kleinen Pause wieder an, »das Schicksal fragt nicht nach unsrer Liebe. Das Schicksal zertritt Pudelherzen wie Königsherzen, und was bleibt dem armen Menschen anders, als sich ihm in Demut zu unterwerfen? Jetzt ruft uns die Pflicht, mein Sohn. Wir sollen diesen Abend spielen.« – Hanswurst schüttelte unwillig den Kopf. – »Wir sollen spielen vor unserm gnädigen Mäzen und seinen hohen Gästen. Drum fahr wohl!« Er ergriff eine herabhängende Hinterpfote des Pudels – »Fahr wohl, Mylord! Der Tränen schuld'gen Zoll

Will ich Euch redlich nach der Schlacht entrichten;
Jetzt aber ruft mich das Geschick. –
Kurz ist der Abschied für die lange Freundschaft.

Steig herunter, geliebte Seele, wir wollen unsern Freund begraben, komm, lass dich nicht länger bitten, goldner Sohn, steig ab!« –

Er reichte ihm die Hand hinauf, um ihm herabsteigen zu helfen. Der Baron konnte sich des lauten Lachens nicht länger erwehren. Hanswurst aber sah ihn grimmig von der Seite an, stieß die Hand des Schauspieldirektors hinweg und rief von Schluchzen unterbrochen: »Geht's! Lasst mi ungehudelt! I bleib' sitze!«

Nun verwandelte sich die Rührung des Alten plötzlich in den heftigsten Zorn. Wie ein Besessener sprang er hin und her, warf seinen Hut an die Erde und trat ihn mit Füßen. »Marterholz! carnifex!«, schrie er dem Hanswurst zu – »Verdammtes Folterbrett, an das das Schicksal mich gebunden, willst du denn meine Seele aus allen Fugen renken?! Ungetüm! Verwünschte Missgeburt, im Grimm der launischen Natur erschaffen mir zur Qual! Warum hab' ich nicht schon längst dich erwürgt mit diesen Händen! Beelzebub!«

Der Baron winkte schnell einen Bedienten herbei, der eben mit einem Weinkorb in das Haus gehen wollte, und fragte ihn mit lauter Stimme, ob das Frühstück für die eben angekommenen Gäste schon bereitet sei. Der Diener bejahte es und meinte lächelnd, die Herren und Damen würden wohl schon bei der Arbeit sein; er wolle eben den Wein hineintragen.

»Nun denn, mein Lieber«, wandte sich der Baron nach dem Wagen hinauf, »wollen Sie nicht auch daran teilnehmen? Ich meine, Sie haben keine Zeit zu verlieren, und mein Wein wünscht, auch bei Ihnen sich Ehre einzulegen.«

Der Anblick der Weinflaschen hatte, gleich den Augen der Klapperschlange, den Hanswurst bereits ganz unwillkürlich ein gutes Stück von seinem hohen Sitze nach unterwärts gezogen; die Worte des Barons führten seine Füße bis auf die Deichsel herab, wo er zweifelnd und unentschlossen stehen blieb. Der alte Schauspieldirektor aber, da er ihn so weit sahe, sprang, seinen Vorteil wahrnehmend, plötzlich wie ein Wütender auf ihn los, riss ihn vollends herunter und schleppte ihn halb tragend, halb vor sich hinschiebend trotz allem Sträuben mit ungemeiner Behändigkeit rasch ins Haus. Der Baron hielt sich die Seiten vor Lachen.

Eilftes Kapitel

Georg war dem wunderlichen Paare in den Saal nachgefolgt, wo die ganze Gesellschaft versammelt saß; denn es lag ihm am Herzen zu wissen, ob der Sohn des Marchese mitgekommen sei. Er fand ihn nicht darunter.

Als er beruhigt und froh darüber wieder auf den Hof trat, vernahm er zum zweiten Mal Peitschenknall und Wagengerassel. Und diesmal betrog ihn seine Erwartung nicht. Denn bald nachher leuchteten die Schimmel aus der dunkeln Wölbung des Hoftors hervor. Es war der Wagen der Gräfin.

Georg erschrak beinah selbst über den Aufruhr, der sich in diesem Augenblick in seinem Innern erhob. Er fühlte, wie das Blut ungestüm nach seinem Herzen schoss, gleich als wollte wetteifernd jeder Tropfen der erste sein, der diesem die frohe Kunde überbrächte. Sein Atem stockte, seine Füße wankten. Er musste sich an eine von den Säulen der Türhalle lehnen, um sich zu halten. Der Baron, der neben ihm stand, sah ihn verwundert von der Seite an.

Jetzt hielt der Wagen vor der Tür. Beide eilten hinzu. Georg öffnete den Kutschenschlag und reichte der Gräfin die Hand zum Aussteigen. Er warf einen Blick auf Natalien. Seine Augen begegneten den ihrigen, und sie senkte sie errötend zur Erde. Sie trug den Schleier, den sie bei ihrem ersten Zusammentreffen getragen. Noch nie meinte er sie schöner gesehn zu haben. Seine Hand zitterte so heftig, dass die Gräfin ihn besorgt fragte, ob er krank sei.

Indem fuhr ein zweiter Wagen vor. Der Marchese, in Uniform, sprang heraus. Ein junger Mann, gleichfalls in Uniform, folgte ihm, und während Georg die Gräfin ins Haus führte, bemerkte er zurückblickend noch, dass der junge Offizier schnell herbeieilte, Natalien aus dem Wagen half und ihr den Arm bot.

Als die Frauen sich in ihr Zimmer zurückgezogen hatten, bat ihn der Baron, alles aufzubieten, damit die Schauspieler noch desselben Tages eine Vorstellung geben könnten, was er aus mehr als einem Grunde wünsche, besonders da sein Schwager, der alte Graf, der jetzt auf dem besten Wege zur vollkommenen Genesung sei, gleichfalls diesen Nachmittag noch eintreffen werde, und teilte ihm hierauf seine Meinung über einige Einrichtungen mit, die deshalb zu machen sein möchten. Allein Georg hörte kaum, was zu ihm gesprochen wurde, und gab zum Teil so verkehrte Antworten, dass der Baron ihn mit Befremdung ansah und am Ende kopfschüttelnd fortging.

Bei Tische ward es noch schlimmer. Es waren noch einige Gäste gekommen. Der junge Offizier hatte seinen Platz an Nataliens Seite erhalten, und Natalie schien sehr aufmerksam und freundlich gegen ihn. Georg fühlte sich auf der Folter; die Anstrengung, die er aufbieten musste, um die Unterhaltung mit seiner Nachbarin wenigstens notdürftig fortzuführen, vermehrte noch seine Pein. Er verwünschte die Schwäche seines Herzens, die seinen ersten Entschluss geändert und ihn zum Bleiben verkettet hatte; er kannte in diesem Augenblick kein anderes Begehr, als weit, weit entfernt von dieser Stelle zu sein. Und doch, als gegen das Ende der Mahlzeit der Schauspieldirektor ihn durch einen Bedienten hinaus rufen ließ, konnte er sich von seiner Qual nicht trennen und blieb wie gebannt an seinen Platz noch immer zögernd sitzen, bis eine zweite Botschaft die vorige Bitte aufs Dringendste und Inständigste wiederholte, worauf er sich denn endlich unwillig erhob und nach dem Vorsaal begab.

Hier empfing ihn der Alte sogleich mit Klagen über den Mangel vieler notwendigen Erfordernisse zum heutigen Schauspiel, überreichte ihm einen großen Requisitenzettel und ersuchte ihn, schleunig mit nach dem Theater zu kommen, wo er sich noch über vieles mit ihm zu verständigen habe, was durchaus keinen Aufschub leide. Statt der Antwort fragte ihn Georg hastig, ob er den fremden Offizier gesehn, der heut mitgekommen, ob er ihn kenne, und ob es vielleicht der junge Fürst aus der Nachbarschaft sei?

Der Alte verneinte das Letztere bestimmt und meinte, soviel ihm bekannt, sei der Offizier ein sehr naher Anverwandter der Familie.

Mit etwas leichterm Herzen trat Georg in den Theatersaal. Er fand hier sämtliche Schauspieler versammelt, die ihn sogleich umringten und mit neuen Bitten und Forderungen bestürmten. Jeder wünschte vor den hohen Personen, denen sie sich heut zeigen sollten, mit Anstand und wo möglich mit einigem Glanze zu erscheinen; jeder suchte seine Wünsche und seine

Ansprüche vor den übrigen geltend zu machen. Einem leichten Schifflein gleich, das auf ungestümem Meere von Welle zu Welle geworfen wird, ging Georg aus einer Hand in die andere, bis der alte Schauspieldirektor sich zürnend in die Brandung warf und ihn mit mächtgem Arm herausriss. Doch geschah dies nur, um ihn sogleich für sich zu verwenden. Der Zimmermeister mit seinen Gehülfen musste herbei; alles, was im Hause der Nadel mächtig war, wurde aufgeboten; Musiker und Statisten wurden vorgeladen; das ganze Schloss geriet in Bewegung.

Bei diesem Treiben behielt Georg kaum so viel Zeit, sich an des Schauspieldirektors Versprechen zu erinnern, ihm etwas Wichtiges zu entdecken, ja als er sich daran erinnerte, blieb ihm kaum so viel Atem, ihn danach zu fragen. Doch der Alte bat um Gottes willen, ihn jetzo zu verschonen, da seine ganze Seele, fast möchte er sagen alle seine Glieder, nur zwischen der hohen Ehre, die ihn heut Abend erwarte, und zwischen dem Bestreben, sich ihrer würdig zu zeigen, wie Perpendikel hin- und widergingen.

Georg bat ihn dagegen wenigstens um eine Erklärung des lebhaften Anteils, den er an seinem Namen zu nehmen schiene.

»Wie!«, rief der Alte aus, »ich sollte nicht Anteil nehmen an dem Namen eines der trefflichsten Menschen, den die Welt je verkannt oder nicht gekannt hat? Glauben Sie denn, mein junger Freund, meinen alten Lorenz ganz allein geliebt zu haben? Nun, so wissen Sie denn, der alte Lorenz Haberland war mein Schwager, er war mein vielgeliebter, treuer, ja ich mag wohl sagen, der einzige Freund, den ich je gehabt auf Erden!«

»Ihr Schwager?«, rief Georg voll Erstaunen. »So sind Sie derselbe Grisaldi – –?« – »Von dem er gewiss oft gesprochen!«, fiel jener ein. – »Ja, ich bin's. Seine Schwester war meine Frau. In diesen beiden Menschen lebt' ich einst, mein Freund; ja damals lebt' ich! Jetzt treibt nur noch ein verworfner Schatten meines bessern Ichs sein elend jämmerliches Wesen auf der Welt.« Er sprach diese Worte mit tiefer Rührung. Eine Träne schlich sich aus den gesenkten Augen über die Wange herab. Indem ging einer von den Schauspielern vorüber, der ein altes Staatskleid aus der Garderobe des Barons angezogen hatte, und stellte sich damit vor den Spiegel. Der Alte sprang rasch hinzu, heftete dem Menschen den Rock vor der Brust zusammen und gab ihm den seidnen Chapeaubas gehörig unter den Arm. »Lasst Euch einen Stern an die Brust nähen!«, sagte er. »Es gibt ein Ansehn, wo keins ist. Gepudertes Haar, Locken, Haarbeutel, Schnallenschuhe! Ich werde ein Paar weißseidne Strümpfe herausgeben.« – Er kehrte zu Georg zurück, und als ob er durch nichts unterbrochen worden wäre, fuhr er fort: »Wir hatten uns in fünfzehn Jahren nicht gesehn, mein alter Lorenz und ich. Der Tod meiner Frau hatte mich hinausgetrieben in die weite Welt. Als ich nun wieder über seine Schwelle trat, da dachte ich: Nun, zur Hälfte lebst du wenigstens noch! – Ich fand meinen alten Freund auf dem Sterbebette. – Was er noch zu mir gesprochen, wie er sich gesehnt nach Ihnen, was er endlich mir aufgetragen an Sie – –«

»Wie?!«, unterbrach ihn Georg, »einen Auftrag haben Sie an mich von meinem lieben, lieben Vater Haberland? O ich bitte, sprechen Sie, ich beschwöre Sie!«

Der Alte drückte ihm die Hand und sprach: »Wo denken Sie hin? Jetzt! Hier! In diesem Wirrwarr! Nein, das Andenken unsers Freundes ist einer bessern Stunde wert. Heut Abend nach dem Schauspiel komme ich auf Ihr Zimmer. Dann sollen Sie alles wissen und erhalten.«

Mit diesen Worten entfernte er sich schnell von ihm, und Georg musste sich umso mehr damit begnügen, da auch er bald wieder in den Strudel mit hineingezogen wurde und jeden Augenblick benutzen musste, um noch vor dem Schauspiel alles, was ihm oblag, zustande zu bringen und die an ihn gemachten Forderungen zu befriedigen.

Zwölftes Kapitel

So war endlich der Abend und die zum Anfang des Schauspiels festgesetzte Stunde herbeigekommen. Georg ließ die Fensterladen des Theatersaales schließen und befahl, die Lichter anzuzünden. Indem es nun aber dunkel und dunkler ward, und dann wieder allmählig ein neuer künstlicher Tag um ihn aufdämmerte, schien ihm wie bei einem Menschen, der seine Augen vor dem Licht der Außenwelt verschließt, während die fantastische bunte Welt des Traumes in seinem Innern sich entzündet, ein neues wunderbares Leben in dem Raume um ihn her rege zu werden und die Ahnung von etwas Ungewöhnlichem und Außerordentlichem leise flüsternd durch den Saal zu gehn. Alles, was er in der letzten Zeit gewünscht, gehofft und befürchtet, drängte sich jetzt vereint von Neuem in seine Seele. Er betrachtete den heruntergelassenen Vorhang des Theaters, vor welchem er stand, mit einer ängstlichen Scheu; es kam ihm vor, als ob hinter dieser dünnen Scheidewand irgendein besonderes Ereignis verborgen lausche, bereit mit jedem Augenblick, er wusste nicht, ob Heil, ob Unheil bringend, auf ihn und auf das Haus des Grafen hervorzubrechen; und als er endlich von dem Schauspieldirektor an die Zeit erinnert wurde, ging er mit einer gewissen bangen Feierlichkeit zur Gesellschaft hinab, um den Beginn des Schauspiels zu melden, und bot der Gräfin den Arm, sie hinaufzuführen.

Alles nahm voll Erwartung Platz. Auch der alte Graf war gekommen und saß zwischen Natalien und ihrer Mutter. Neben Natalien saß Mathilde; hinter ihr aber Georg, den das Glück begünstigt wie damals beim Schauspiel im goldnen Bock. Das Orchester, welches wegen der geringen Erhöhung des Theaters nicht *vor* demselben, sondern zur Seite seine Stelle erhalten hatte, bestand aus einer zu dem Feste gedungenen Truppe böhmischer Musikanten, die noch von einigen Leuten des Barons unterstützt wurden. Es begann jetzt eine rauschende Symphonie, die sicher, rund und kräftig durchgeführt wurde. In Georgs Brust zogen die Töne mächtig aufregend und begeisternd ein und trieben die Spannung seines ganzen Wesens immer höher. Jetzt flog der Vorhang auf. Georg schrak zusammen. Als er aber auf der Bühne den Hanswurst als Bedienten in einem Lehnsessel schlummernd und schnarchend sitzen sah, hatte er Lust, über sich selbst zu lächeln; allein es wollte ihm damit nicht recht gelingen, und selbst die Scherze des kleinen Lustspiels, das nun zuerst gegeben wurde, erschienen ihm voll ernster Beziehung, fernem Wetterleuchten ähnlich, das herannahende Gewitter verkündigend.

Der Baron war während des Spiels abgerufen worden und hinausgegangen. Als jetzt der Vorhang fiel und er immer noch nicht wiederkehrte, meinte Georg, es konnte etwas auf dem Theater vorgefallen sein, was seinen Beistand willkommen machte, und eilte hinaus. Der Schauspieldirektor, schon im Kostüm seiner Rolle, kam mit ausgebreiteten Armen ihm entgegengelaufen, blieb vor ihm stehen und rief: »So ist's denn wirklich wahr? So ist denn meine Ahnung, meine Hoffnung wirklich in Erfüllung gegangen? Mein teurer Freund – wenn ich Sie noch so nennen darf – welcher Stunde gehen Sie entgegen!«

»Mein Gott!«, rief Georg erschrocken. »Was wollen Sie? Was ist – –?«

»Nicht *mich* fragen Sie«, unterbrach ihn jener – »nicht *jetzt* fragen Sie, ich beschwöre Sie, nicht jetzt, nicht hier! Das Trauerspiel soll eben beginnen. Ich habe alle Kräfte und Gedanken vonnöten, um meine Neuseeländer gehörig zu handhaben und es mit Ehren durchzuführen. Ich bin ein verlorner Mann, wenn es verunglückt. Ich bitte Sie um Gotteswillen, gehn Sie, gehn Sie, suchen Sie den Baron auf! Der Baron weiß alles, der Baron hat die Papiere, die Sie betreffen.« – –

»Welche Papiere?«, rief Georg. »Reden Sie! Ich gehe nicht von der, Stelle, bis ich weiß!« – –

Der Alte rang die Hände. »O du Vater und Herr! Schreien Sie nicht so! Die Papiere mein' ich, die der alte Lorenz Haberland mir für Sie anvertraut. Als ich meinen Koffer öffne, um aus seinem untersten Grunde ein Paar weißseidne Strümpfe für meinen Minister herauszulangen, fällt das versiegelte Päckchen mir in die Hände. Die Siegel haben sich gelöst. Ich erschrecke; doch werf' ich einen Blick hinein, einen einzigen, und siehe! da steht es, was ich schon bei Ihrem ersten Anblick dunkel ahnte, was ich Ihnen prophezeite, da steht es auf der ersten Seite! Meine Hände beben. Ich mag nichts weiter lesen. Keinen Augenblick länger mag ich das verhängnisvolle Papier bewahren. Ich lasse den Baron rufen und ihm vertrau' ich's an. Gehn Sie, eilen Sie, suchen Sie den Baron auf, er hat es mitgenommen, er sucht Sie vielleicht – o Himmel, da fängt die Musik schon an! Gehn Sie! Von ihm erfahren Sie alles!«

Georg eilte wieder hinab in den Saal. Der Baron war noch nicht da. Die Gräfin winkte ihn an ihre Seite, fragte gleichfalls nach ihrem Bruder und teilte ihm mit Freudentränen in den Augen den glücklichen Erfolg der Probe mit, welche der Arzt mit ihrem Gemahl vorgeschlagen. Der alte Graf hatte dem Schauspiel mit großer Aufmerksamkeit und Teilnahme zugesehen und sich darüber auf das Verständigste geäußert. Er wandte sich jetzt zu Georg und reichte ihm freundlich die Hand herüber. Indem wurde der Vorhang aufgezogen; das Trauerspiel begann. Die Gräfin wünschte, dass Georg selbst Zeuge des Eindrucks sein sollte, den es auf ihren Gemahl machen würde. Doch Georg war viel zu sehr von den Worten des alten Schauspieldirektors aufgeregt, sein Verlangen, den Inhalt der ihn betreffenden Papiere zu erfahren, war viel zu heftig, als dass er ein ruhiger Zuschauer und Beobachter hätte sein können. Gleich nach den ersten Szenen daher, und nachdem er den ersten Auftritt des Haupthelden des Stücks, eines jungen Schauspielers abgewartet, den er noch nicht kannte, der aber in seiner Gestalt viel Ähnlichkeit mit dem Sohn des Marchese hatte, teilte er der Gräfin seine Absicht mit, den Baron aufzusuchen, und verließ eilig den Saal. Allein vergebens durchflog er das ganze Haus, vergebens durchsuchte er selbst den Garten: Er war nirgends zu finden, niemand hatte ihn gesehn. Atemlos vor beklommner Erwartung, fast verzweifelnd vor Ungeduld trat er wieder in den Schauspielsaal; ebenso vergeblich irrten auch hier wieder seine ängstlich suchenden Blicke hin und her. Doch in diesem Augenblick fesselte sie ein besonderes Ereignis, und seine ganze Aufmerksamkeit wurde wider Willen nach dem Theater gezogen.

Der zweite Akt des Trauerspiels hatte bereits begonnen. Die Zuschauer schienen davon lebhaft ergriffen zu sein. Alles schaute gespannt in größrer Stille nach der Bühne hinauf, und der eben abgehenden Schauspielerin folgte manche Träne aus schönen Augen nach. Da erhob sich auf einmal ein besonderes Geräusch hinter den Kulissen. Georg glaubte einen heftigen, doch leise geführten Wortwechsel und dazwischen die ängstliche Stimme des alten Schauspieldirektors zu unterscheiden. Die Bühne blieb ganz leer. Endlich trat hastig der Schauspieler ein, der die Hauptrolle gab, blieb einen Augenblick stehn, gleich als ob er die heftige Bewegung, in der er sich befand, gewaltsam niederdrücken und sich sammeln wollte, und schritt dann rasch bis ins Proszenium, von wo seine Blicke wie etwas suchend wild durch den Saal schweiften. Georg folgte mit misstrauischen Augen allen seinen Bewegungen, die ihm, er wusste selbst nicht warum, etwas Unheimliches zu verraten schienen. Doch wie ward ihm, als jener aus der gepressten, atemlosen Brust jetzt die ersten Worte hauchte! Es war nicht die Stimme des jungen Schauspielers, den er vorhin gesehn, obgleich Gestalt und Kleidung ganz dieselbe! Als er ihn jetzt noch schärfer ins Auge fasste, bemerkte er auch deutlich die Verschiedenheit der Gesichtszüge. Eine entsetzliche Vermutung hatte kaum Zeit, in seiner Seele zum Bewusstsein zu kommen, als die nächsten Worte des Schauspielers, mit lauterer, ruhigerer Stimme gesprochen, sie schon zur vollen Gewissheit erhoben. Es blieb kein Zweifel: Der Mensch dort oben auf den Brettern war der Sohn des Marchese! Eine kalte Hand fasste an Georgs Herz. Sein erster Gedanke war Natalie und ihre Schwester. Er sah hin. Beide schienen etwas zu ahnen. Mathilde hatte sich entfärbt und starrte erschrocken nach der Erscheinung auf der Bühne. Natalie schaute rasch nach allen Seiten umher; dann blieb ihr Blick ängstlich fragend auf Georgen haften und schien ihn zur Hülfe aufzufordern. Auch der Marchese war sichtlich von der bekannten Stimme getroffen, und immer steigende Unruhe zeigte sich auf seinem Gesicht. Doch was sollte Georg nun beginnen? Der Baron, der hier allein raten konnte, war nicht zu finden, und irgendetwas ohne seinen Willen zu unternehmen, hielt Georg für umso bedenklicher, da bei der Verwegenheit des jungen Menschen, die ihn selbst hierher unter die Augen des Vaters führte, das Dazwischentreten eines Fremden leicht eine gewaltsame Entwickelung des Spiels veranlassen konnte, die sonst aller Wahrscheinlichkeit nach gar nicht in dem Plane des kecken Spielers lag.

Während er nun so zweifelnd und fürchtend, in banger Ungewissheit und angstvoller Erwartung schwankend stand, führte jener auf der Bühne seine Rolle weiter. Alles, was unglückliche Liebe und Verzweiflung Rührendes und Erschütterndes hat, schien sich aus den geheimsten Tiefen einer gequälten Brust gewaltsam ans Licht zu ringen. Einem mächtigen Strome gleich, der aus geöffneten Schleusen rauscht, drangen seine Worte an das Herz des Hörers und rissen es mit sich fort in das empörte Meer der Leidenschaft. Es war hier von keinem Spiel, von keiner Täuschung mehr die Rede; es war die Wahrheit selbst, die mit geharnischter Hand an jeden Busen schlug und das Leben an seinen innersten Wurzeln fasste. Die gewaltigste Wirkung zeigte sich unten im Saal. Kein Auge blieb trocken. Mathilde hatte krampfhaft den Arm ihrer Schwester ergriffen und lehnte sich halb ohnmächtig an ihre Schulter. Auch Georg fühlte sich tief erschüttert und mit fortgerissen in den Strom. Was jener dort oben so mächtig aussprach, er hatte es ja selbst empfunden, ach! er empfand es bebend ja in diesem Augenblick noch! – Und immer fesselloser regte sich auf der Bühne der Sturm der Leidenschaft. Bald schien die Rede nicht mehr hinreichend, ihn zu fassen und zu gestalten. Nur abgerissene Worte drängten sich noch aus der ringenden Brust des Unglücklichen. Jetzt trat er schweigend vor bis an den Rand des Theaters. Seine Blicke, bald erlöschend, bald wieder auflodernd in wilder Glut, hefteten sich auf Mathilden. In seiner Seele schien ein furchtbarer Kampf zu toben. Er zitterte und wankte. Seine Knie bebten. Dann wieder spannten sich alle Muskeln krampfhaft an. Doch jetzt siegte die Leidenschaft: Er sank in die Knie; er riss eine Maske ab, die einen Teil seines Gesichts bedeckte, Tränen brachen aus seinen Augen; er streckte die zitternden Arme nach Mathilden aus; dann aber plötzlich, mit einem schmerzlichen Schrei, raffte er sich empor, sprang von dem Theater hinab und warf sich zu Mathildens Füßen hin. »Hier lasst mich sterben!«, rief er erschöpft. »Nur ihres Kleides Saum lasst mich berühren! Nur einmal lasst mich ihr sagen, dass ich sie liebe! Dann will ich sterben! Ach, ich will's so gern! Ich muss ja sterben! Marchese, tötet Euern Sohn! Ihr übt Barmherzigkeit. Was soll das Leben ihm, das Ihr verstoßen und verflucht? Ach! Das Ihr um seinen schönsten Preis betrogen?«

Der Marchese hatte, zum Steinbild erstarrt, bleich und regungslos gesessen; jetzt zog eine dunkle Röte auf sein Gesicht, er erhob sich, und mit bebenden Lippen rief er: »Elender Komödiant! Verächtlicher Bube!« – – Da sprang rasch der Sohn empor, seine Hand fasste nach dem Degen an seiner Seite; doch auf halbem Wege sank sie zurück, und mit halb erstickter Stimme, die zornglühenden Blicke fest auf den Vater gerichtet, sprach er: »Wenn ich es wäre, wer trüg' die Schuld?«

Der Marchese, mit Anstrengung seinen Grimm zurückhaltend, trat auf ihn zu und fasste seinen Arm: »Was wir miteinander zu sprechen haben, leidet keine Zeugen. Folgt mir!«

»Wohl!«, erwiderte jener – »ich scheue mich nicht, Rechenschaft zu geben von meinem Tun!« – Er beugte sich über die Hand Mathildens, die ohnmächtig in Nataliens Armen lag, drückte sie an seine Lippen und folgte seinem Vater schnell nach der nahen

Tür des Seitenzimmers. Der Marchese stieß die Tür auf, und beide verschwanden.

Jetzt erst erhielt Georg Besinnung und Bewegung wieder, die ihm das Entsetzen geraubt hatte. Der Sohn des Marchese war richtig, wie er es früher vermutet, sein Retter in Rom. Er hatte ihn erkannt, ohne den allgemeinen Aufstand weiter zu beachten, der sich nun erhob, ohne auf den alten Schauspieldirektor zu hören, der händeringend auf dem Theater stand und, ihn erblickend, seinen Namen rief, flog er jetzt nach dem Seitenzimmer. Die Tür war von innen verriegelt. Doch Georg, sich schnell besinnend, dass dieses Gemach auf der andern Seite an das seinige stieß – es war dasselbe, wo er sein Bild aufgestellt hatte –, eilte aus dem Saal, durch den Korridor nach seinem Zimmer. Hier fand er den Baron, Papiere vor sich ausgebreitet, am Tische sitzend und emsig lesend. »Mein Georg!«, rief dieser, »Mein teurer Georg!«, und kam ihm mit ausgebreiteten Armen entgegen. Doch jetzt wurde im Nebenzimmer die wütende Stimme des Marchese laut, der seinem Sohn zuschrie: »Zieh, Elender, verteidige Dich!« – »Um Gotteswillen!«, rief Georg – »helfen Sie, retten Sie!«, und stürzte nach der Seitentür. Er riss sie auf und wich erstarrend zurück vor dem entsetzlichen Anblick.

Der Marchese hatte den Degen gezogen und drang wutschnaubend und laute Schmähungen ausstoßend auf seinen Sohn ein, und eben jetzt riss auch dieser endlich, auf das Äußerste getrieben, wütend seinen Degen aus der Scheide, und der grässliche Kampf zwischen Vater und Sohn entbrannte. Doch der gute Engel dieser Stunde stand ja sichtbar über ihnen und zwang die aus der Hölle aufzüngelnde Flamme wieder in den Abgrund zurück!

Der Luftzug, durch das schnelle Aufreißen der Tür entstanden, hatte den Vorhang ergriffen, womit Georg das Bild seiner Mutter verhüllt; er gleitete herab und fiel mit einigem Geräusch zur Erde. Ein flüchtiger Blick des jungen Marchese, der dem Bilde grade gegenüberstand, traf darauf. Wie von einem Blitzstrahl berührt bebte er zurück; schnell wich aus seinem Gesicht der Zorn dem freudigen Staunen. »Meine Mutter!«, rief er und streckte die Arme nach dem Bilde und eilte darauf zu, und wieder rief er: »Meine Mutter!« – Der Marchese hatte sich betroffen gewendet, und da er das Bild erblickte, bebte auch er zurück, und Staunen und Überraschung nahmen ihm die Sprache. Doch endlich stürzte er mit dem lauten Rufe: »Rosamunda!« gleichfalls nach dem Bilde hin und hob in heftiger Bewegung die Arme zu ihm empor, und wie mit einem Schrei des Schmerzens rief er: »Rosamunda!« Und Rosamunda schaute wehmütig lächelnd herab auf Vater und Sohn. Der junge Marchese aber verstand das wehmütige Lächeln und schleuderte plötzlich den Degen weit von sich weg und stürzte hin zu des Vaters Füßen und umschlang seine Knie und weinte laut. »Mein Sohn! Mein Sohn!«, sagte der Vater leise mit hervorbrechenden Tränen – »Rosamunda! Du gibst mir meinen Sohn wieder?« – Und er neigte sich hinab, und wollte ihn aufheben und vermochte es nicht, und schwankte zitternd. Da flog Georg, voll freudiger Rührung und noch freudigerer Ahnung, tief bewegt herbei und fing den Vater in seinen Armen auf und legte das Haupt an des Vaters Brust. Und auch der Baron trat jetzt hinzu und rief: »Du glücklicher Vater! Ja, wie könnt' ich es dir verschweigen! Auch dieser, dieser ist dein Sohn!«

Staunend, ja fast erschrocken starrte ihn der Marchese an. Doch jener hielt ihm schnell die Papiere hin, die er in der Hand trug, und sprach: »Kennen Sie Rosamundens Hand? Dies enthält ihr Vermächtnis an ihren Sohn Georg, und dieser ist es. Zweifeln Sie nicht, glücklicher Vater, es ist Ihr Sohn!« Georg sank neben seinen Bruder zu den Füßen des Vaters. Der Marchese griff hastig nach den Papieren, sein Auge durchflog die ersten Zeilen; er drückte die Blätter an seine Lippen; dann hob er Augen und Hände zum Himmel und rief: »O Gott, es ist zu viel, zu viel! Ich hab' es nicht verdient!«, und neigte sich hinab zu seinen Söhnen und segnete sie; dann hob er sie empor, küsste beide auf die Stirn, umschlang sie mit seinen Armen und schloss beide an das nun nicht mehr verwaisete Herz. Durch das Fenster aber warf die Abendsonne ihre letzten, goldnen Strahlen auf das Bild, und von leichten Wolken emporgetragen, von überirdischem Glanz umflossen, stand die Mutter in seliger Wonne und Verklärung und lächelte segnend herab auf den Vater mit seinen Söhnen.

»Hier nimm«, sprach der Marchese endlich, »nimm das teure Vermächtnis. Ich will die letzten Worte der geliebten Mutter nicht länger von dem Herzen zurückhalten, an das sie gerichtet sind. Geh und lies. Ich will mir indes erzählen lassen. Und wenn diese Blätter«, fuhr er fort, indem er Georgs Hand ergriff – »wenn sie dir die Schuld deines Vaters enthüllen, so richte nicht zu hart; denn, sieh nur hin, *sie* hat mir ja vergeben!«

Georg nahm die Papiere und umarmte seinen Bruder. »Ich darf nicht erst dich lieben lernen«, sagte er zu diesem – »du hast es mich ja schon längst gelehrt!«

Er ging nach seinem Zimmer. Hier entfaltete er mit zitternden Händen die Blätter und fing an zu lesen. Doch als der freundliche, liebevolle Gruß der Mutter, recht aus der innigsten Tiefe des mütterlichen Herzens quellend, gleich in den ersten Zeilen ihm entgegentrat, da überwältigte ihn die Rührung; seine Brust, von dem schnellen Wechsel der Ereignisse und Empfindungen bedrängt, erleichterte sich in sanften Tränen. Ach, wenn die Hand, die diesen Gruß niederschrieb, nun auch schon längst verwest war, dennoch, das fühlte er in diesem Augenblick, die Liebe, die ihn sendete, sie lebte noch, sie umgab ihn mit ihrer Gegenwart, und vertrauend hob er seine Augen auf zum Himmel, wo sie wohnte.

Er fand nun auf den ersten Blättern seine Herkunft festgestellt, die Herkunft und Erziehung seiner Mutter und ihre Verbindung mit seinem Vater erzählt.

Von protestantischen Eltern geboren, hatte sie in ihrem siebzehnten Jahre sich mit dem Marchese gegen den Willen ihrer Eltern vermählt, die in der Verschiedenheit der Religion ein unübersteigliches Hindernis dieser Verbindung fanden. Sie war ihrem Gemahl nach Italien gefolgt. Im ersten Jahre ihres dortigen Aufenthalts war der älteste Sohn Fernando geboren worden; zwei Jahre später Georg, der nach ihrem Vater genannt wurde. In dieser Zwischenzeit aber schien eine unglückliche Veränderung sowohl in ihr selbst, als auch in dem Verhältnis zu ihrem Gemahl vorgegangen zu sein. Mit großer Zartheit, um nicht den Vater bei dem Sohne anzuklagen, war hier die Ursache derselben nur leise berührt, doch erriet Georg aus dem Ganzen, dass eine neue Leidenschaft den Marchese gefesselt und ihn seiner Mutter entfremdet haben mochte. Von dem Gram darüber geweckt, hatte nun erst das Gefühl der Verlassenheit im fremden Lande sie ergriffen, nun erst fand sie von den fremden Sitten, von den fremden Religionsgebräuchen, sie allein die Protestantin unter Katholiken, sich schmerzlich verletzt, die Weigerung ihrer Eltern vollkommen gerechtfertigt, und der Fluch derselben, mit dem sie sich beladen glaubte, drückte mit jedem Augenblick lastender ihre Seele nieder. Mit der Bewilligung ihres Gemahls trat sie endlich eine Reise nach Deutschland an, um ihre Eltern zu versöhnen, und nahm ihren Sohn Georg mit, der damals erst ein Jahr alt war. Sie fand ihren Vater tot, ihre Mutter auf dem Sterbebette. Noch in den letzten Augenblicken aber vermochte diese sie zu dem feierlichen Versprechen, wenigstens den jüngstgebornen Liebling in *der* Religion zu erziehen, zu der sie sich selbst so eifrig bekannte, und durch welche sie allein sein Heil gesichert wähnte. Die Einwilligung des Marchese dazu war indes auf keinen Fall vorauszusetzen; daher beschloss Rosamunde, ihr Kind der geliebtesten Freundin ihrer Jugend, der Gräfin Roseneck anzuvertrauen. Doch sollte diese selbst nichts von seiner wahren Herkunft ahnen. So geschah's, dass Georg als ein Findling auf Schloss Roseneck erzogen wurde. Der Marchese ward durch die falsche Nachricht seines Todes getäuscht. Rosamunda kehrte nach Italien zurück. Allein zu tief hatte die Spaltung zwischen beiden Gemütern schon gerissen, als dass ihre Rückkehr nicht noch schroffere Trennung hätte herbeiführen sollen. Da erhob sich endlich in ihrer Seele der Gedanke, freiwillig auch das äußere Band eines Verhältnisses zu zerreißen, das in seinem innersten Leben längst zerstört war, ihrem Gemahl die Freiheit wieder zurückzugeben, die ihn allein glücklich machen zu können schien. Lange kämpfte dieser Entschluss in der Brust der unglücklichen Mutter mit der Liebe zu ihrem ältesten Sohn, den sie verlassen sollte; jener siegte endlich, da die Sehnsucht nach ihrem jüngsten an seine Seite trat. Den Tod im Herzen nahm sie schriftlich Abschied von dem Marchese und war wenigstens für *ihn* wirklich von diesem Augenblick an gestorben. Sie reiste nach Deutschland. Unter dem Namen einer Frau von Wallenrodt lebte sie verborgen in der Nähe des Schlosses Roseneck und sah hier heimlich und unerkannt zuweilen ihren Sohn. Indes aber war die alte Liebe zu ihr, jetzt da er sie wirklich verloren hatte, in dem Herzen des Marchese neu erstanden; die schmerzlichste Reue verfolgte ihn; er zerbrach die unwürdigen Fesseln, die sein bessres Selbst so lange niedergedrückt, und eilte nach Deutschland, Rosamunden aufzusuchen. Sie floh vor ihm nach Frankreich. Als sie von dort endlich zurückkehrte, fand sie den Marchese, der sie nun wirklich für tot hielt, auf Schloss Roseneck als den vertrautesten Freund des Grafen. Die Furcht, dass ein Zufall ihr Geheimnis verraten, dass ihr Gemahl seinen Sohn erkennen möchte, bewog sie, diesen von dort zu entführen und zu dem Maler Lorenz Haberland zu bringen, der ein Freund ihres Vaters gewesen war. Sie selbst begab sich nach einer Herrnhuther-Kolonie, dort ihr Leben zu beschließen. Hier hatte sie einige Jahre später das Glück, ihren ältesten Sohn, der mit dem Vater nach Deutschland kam, durch Vermittelung des alten Lorenz Haberland noch einige Mal heimlich zu sehn und zu umarmen. Der Knabe hatte das Geheimnis der Mutter treu bewahrt. –

So weit war Georg gekommen, als der Baron ihn unterbrach, indem er ihn von dem Verlangen seines Vaters, ihn zu sehn, unterrichtete.

Er fand nun auch alle Übrigen in dem Nebenzimmer um das Bild versammelt. Die Gräfin kam ihm entgegen und schloss ihn tief bewegt in ihre Arme. »Sohn meiner geliebtesten Freundin«, sagte sie leise, »auch mein geliebter Sohn! Deswegen also hab' ich dich so sehr geliebt vom ersten Augenblicke an!«

Mathilde, auf den Arm ihrer Schwester gelehnt, trat jetzt herein. Der Marchese ging mit festem Schritte auf sie zu und fasste ihre Hand. »Ich bin so reich geworden, meine Mathilde«, sprach er, »dass ich daran denke, Schätze zu vergeben! Darf ich für meinen Sohn um diese teure Hand werben, die mich beglücken wollte? Dem Glücke seines Kindes kann der Vater nicht im Wege stehen. Sein Sie der Schutzengel des armen Verstoßenen! Sie können es.« – Mathilde stand zitternd, errötend und erbleichend. Der Baron eilte hinzu und führte Mathilden und Natalien zu ihren Eltern; dann zog er Georg und seinen Bruder herbei und sprach: »Wenn ich Blicke zu deuten verstehe, so liegt hier noch ein Glück in der Knospe, das nur euern Segen erwartet, um aufzublühen.« Natalie verbarg die Glut ihrer Wangen an der Brust der Mutter, und lächelnd legte diese die Hand ihrer Tochter in die Hand des glücklichen Georg.

»Felicissime, beatissime, ter et amplius!«, schrie der Schauspieldirektor, der mit seinem Hanswurst im Hintergrunde gestanden hatte. Er trat jetzt schluchzend hervor und sagte: »Vergebung, höchstverehrte gnädige Versammlung, dass ich so ungebührlich schreie! Aber wenn ward je ein *solches* Bild vollendet, und wenn ward jemals einem Künstler ein *solcher* Lohn? Erlauben Sie mir, dass ich in der Freude meiner Seele wenigstens diesen Stock an mein Herz drücke!« – Er umarmte den Hanswurst, der gleichfalls weinte. »O Animal di Sant' Antonio di Padua!« – rief er – »was heulst du? Freue dich, jubiliere, du Schildkröte! Ich will dir meine Türkenpfeife schenken!« –

Die Doppeltgänger

E. T. A. Hoffmann

Erstes Kapitel

Der Wirt zum silbernen Lamm riss seine Mütze vom Kopf, warf sie auf die Erde und rief, mit beiden Füßen darauf herumstampfend: »*So* – *so* – trittst du alle Rechtschaffenheit, alle Tugend, alle Nächstenliebe mit Füßen, du ehrvergessener Gevatter, du gottloser Wirt zum goldnen Bock! – Hat der Kerl nicht lediglich mir zum Tort seinen verwünschten Bock über dem Tor mit schweren Kosten so gleißend neu vergülden lassen, dass mein niedliches silbernes Lämmlein nun ganz ärmlich und bleich dagegen absticht, und alle Gäste mir vorbei nach dem funkelnden Tier ziehen? – Alles mögliche Gesindel von Seiltänzern, Komödianten und Taschenspielern reißt der Spitzbube an sich, damit sein Haus nur immer von Menschen wimmle, die sich erlustieren und seinen essigsauren doppelt geschwefelten Wein saufen, statt dass ich meinen vortrefflichen Hochheimer und Nierensteiner selbst aussaufen muss, um ihn nur loszuwerden an einen Mann, der echten Wein zu schätzen weiß. Kaum verlässt die Komödiantenbande den vertrackten Bock, als die kluge Frau einkehrt mit dem Raben, und alles strömt wieder hin und lässt sich wahrsagen und ruiniert sich mit Essen und Trinken. Und wie der heillose Nachbar oft seine Leute, die bei ihm einkehren, behandeln mag, kann ich mir wohl denken, denn der junge hübsche Herr, der erst vor wenigen Tagen dort war und heute zurückkam, ist doch richtig nicht bei ihm, sondern bei mir eingekehrt. – Aber er soll auch bedient werden fürstlich. – Ach! – Ach! – Teufel! – Da geht er ja hin, der junge Herr, nach dem goldenen Bock – die verfluchte weise Frau, die wird er sehen wollen. Es ist Mittagszeit – der Hochwohlgeborne strebt nach dem goldnen Bock – verschmäht alle Speisung des silbernen Lämmleins! – Gnädiger Herr! – Ihr Gnaden!« –

So schrie der Wirt zum offnen Fenster heraus, aber Deodatus Schwendy (das war der junge Mann) überließ sich dem Strom der Menschenmenge, der ihn unaufhaltsam fortriss in das unfern gelegene Wirtshaus.

Dicht gedrängt stand alles in Flur und Hofraum, ein leises erwartungsvolles Geflüster lief hin und wider. Einzelne wurden in den Saal gelassen, andere traten heraus, bald mit verstörten, bald mit nachdenklichen, bald mit frohen Gesichtern.

»Ich weiß nicht«, sprach ein alter ernster Mann, der sich mit Deodatus zugleich in eine Ecke geflüchtet hatte, »ich weiß nicht, weshalb diesem Unfug nicht von Obrigkeitswegen gesteuert wird.« »Warum!«, fragte Deodatus. »Ach«, fuhr der Mann fort, »Ach! Sie sind fremd, Ihnen ist daher unbekannt, dass von Zeit zu Zeit ein altes Weib herkommt, die das Publikum äfft mit wunderbaren Prophezeiungen und Orakelsprüchen. Sie hat einen großen Raben bei sich, der den Leuten über alles, was sie wissen wollen, wahr- oder vielmehr falschsagt. Denn ist es auch richtig, dass mancher Ausspruch des klugen Raben eintrifft auf sonderbare Weise, so bin ich doch überzeugt, dass er dagegen hundertmal ins Gelag hineinlügt. Sehn Sie nur die Leute an, wenn sie herauskommen, und Sie werden leicht merken, dass das Weib mit dem Raben sie ganz und gar berückt. – Muss denn in unserm, dem Himmel sei Dank! – aufgeklärten Zeitalter solch ein verderblicher Aberglaube« –

Weiter hörte Deodatus nichts von dem, was der in vollen Eifer geratene Mann schwatzte, denn eben trat der bildschöne Jüngling, totenbleich, helle Tränen in den Augen aus dem Saal heraus, in den er vor wenigen Minuten heiter, froh lächelnd hineingegangen.

Da war es dem Deodatus, als sei hinter jenen Vorhängen, durch die die Menschen hineinschlüpften, wirklich eine dunkle, unheimliche Macht verborgen, die dem Fröhlichen die unheilbringende Zukunft enthülle und *so* schadenfroh jeden Genuss des Augenblicks töte. –

Und doch stieg in ihm der Gedanke auf, selbst hinzugehen und den Raben darum zu befragen, was ihm die nächsten Tage, ja die nächsten Augenblicke bringen könnten. Auf geheimnisvolle Weise war Deodatus von seinem Vater, dem alten Amadeus Schwendy, aus weiter Ferne nach Hohenflüh geschickt worden.

Hier auf die höchste Spitze des Lebens gestellt, sollte sich seine Zukunft entscheiden durch ein wunderbares Ereignis, das ihm der Vater in dunklen geheimnisvollen Worten verkündet. Mit leiblichen Augen sollte er ein Wesen schauen, das sich nur wie ein Traum in sein Leben verschlungen. Er sollte nun prüfen, ob dieser Traum, der aus einem in sein Inneres geworfenen Funken immer frischer und strahlender emporgekeimt, wirklich heraustreten dürfe in sein äußeres weltliches Treiben. Er sollte, war dieses, eingreifen mit der Tat. – Schon stand er an der Türe des Saals, schon wurden die Vorhänge gelüpft. Er hörte eine widrig krächzende Stimme, ein Eisstrom glitt durch sein Inneres, es war, als dränge ihn eine unbekannte Gewalt zurück, andere kamen ihm zuvor und so geschah es, dass er, ohne daran zu denken, unwillkürlich die Treppe emporstieg und in ein Zimmer geriet, wo man das Mittagsmahl für die zahlreichen Gäste des Hauses bereitet hatte.

Der Wirt kam ihm freundlich entgegen. »Ei, sieh da! Herr Haberland! – Nun, das ist schön. Sind Sie gleich da drüben in dem schlechten Hause, in dem silbernen Lamm eingekehrt, so können Sie sich doch nicht der weltberühmten Wirtstafel des goldnen Bocks entziehen. Ich habe die Ehre, diesen Platz für Sie zu belegen.«

Deodatus merkte wohl, dass sich der Wirt in seiner Person irrte, allein ganz und gar befangen von der großen Unlust zu sprechen, die jede heftige Anregung aus dem Innern heraus erzeugt, ließ er sich nicht darauf ein, den Irrtum aufzuklären, sondern setzte sich stillschweigend an seinen Platz. Die weise Frau war der Gegenstand des Tischgesprächs und es herrschten die verschiedensten Meinungen, indem manche alles für ein kindisches Gaukelspiel erklärten, andere dagegen ihr in der Tat die vollkommenste Erkenntnis der geheimnisvollen Verschlingungen des Lebens zutrauten und daraus ihre Sehergabe herleiteten.

Ein kleiner, alter, etwas zu dicker Herr, der sehr oft aus einer goldnen Dose, nachdem er sie auf dem Rockärmel gerieben, Tabak nahm und dabei ungemein klug vor sich hinlächelte, meinte, der hochweise Rat, dessen geringes Mitglied zu sein er die Ehre habe, werde bald der verdammten Hexe das Handwerk legen, vorzüglich weil sie eine Pfuscherin sei und keine wahre ordentliche Hexe. Denn dass sie jedes Lebenslauf in der Tasche habe und in nuce wiewohl in absonderlichen schlecht stilisierten Redensarten durch den Raben hersagen lasse, sei übrigens kein solch großes Kunststück. Wäre doch noch zum vorigen Jahrmarkt ein Maler und Bilderhändler am Orte gewesen, in dessen Bude ein jeder sein wohlgetroffenes Porträt habe finden können.

Alles lachte laut auf. »Das ist«, rief ein junger Mann dem Deodatus zu, »das ist etwas für Sie, Herr Haberland. Sie sind ja selbst ein tüchtiger Porträtmaler, aber so hoch haben Sie Ihre Kunst doch wohl nicht gesteigert!«

Deodatus, schon zum zweiten Mal als Herr Haberland, der, wie er nun vernommen, ein Maler sein musste, angesprochen, konnte sich eines innern Schauers nicht erwehren, indem es ihm plötzlich vorkam, als sei er mit seiner Gestalt und seinem Wesen der unheimliche Spuk jenes ihm unbekannten Haberlands. Aber bis zum Entsetzlichen wurde dieses innere Grauen gesteigert, als in dem Augenblick, noch ehe er dem, der ihn als Haberland angeredet, antworten konnte, ein junger Mensch in Reisekleidern auf ihn zustürzte und ihn heftig in seine Arme schloss, laut rufend: »Haberland – liebster bester George, hab' ich dich endlich getroffen! Nun können wir fröhlich unsern Weg fortwandern nach dem schönen Italia! Aber du siehst so blass und verstört?« –

Deodatus erwiderte die Umarmung des ihm unbekannten Fremden, als sei er in der Tat der längst gesuchte und erwartete Maler George Haberland. Er merkte wohl, dass er nun wirklich in den Kreis der wunderbaren Erscheinungen trete, die ihm sein alter Vater in mancherlei Andeutungen verkündet hatte. Er musste sich hingeben allem dem, was die dunkle Macht über ihn beschlossen. Aber jene Ironie des tiefsten Grimms gegen fremde unerreichbare Willkür, in der man Eignes zu bewahren und zu erhalten strebt, erfasste ihn gewaltig. In verzehrendem Feuer erglüht hielt er den Fremden fest bei beiden Armen und rief: »Ei, du unbekannter Bruder, wie sollt' ich nicht konfus aussehen, da ich soeben mit meinem Ich in einen andern Menschen gefahren bin wie in einen neuen Überrock, der hin und wieder zu eng ist oder zu weit, der noch drückt und presst. Ei, du mein Junge, bin ich denn nicht wirklich der Maler George Haberland?«

»Ich weiß nicht«, sprach der Fremde, »wie du mir heute vorkommst, George. Bist du denn wieder einmal von deinem wunderlichen Wesen befangen, das über dich kommt wie eine periodische Krankheit? Überhaupt wollt' ich fragen, was du denn mit all dem unverständlichen Zeuge haben willst, der deinen letzten Brief anfüllt.«

Damit holte der Fremde einen Brief hervor und schlug ihn auseinander. Sowie Deodatus hineinblickte, schrie er auf wie von einer unsichtbaren feindlichen Macht schmerzhaft berührt. Die Handschrift des Briefes war ja ganz genau seine eigene.

Der Fremde warf einen raschen Blick auf Deodatus und las dann langsam und leise aus dem Briefe:

Ach lieber Kunstbruder Berthold! Du weißt nicht,
welch eine düstere, schmerzende und doch wohltuende
Schwermut mich befängt, je weiter ich fortwandere. Sollst
Du es wohl glauben, dass mir meine Kunst, ja all mein

> Leben, Tun und Treiben oft schal und dürftig vorkommt? Aber dann erwachen süße Träume aus meiner fröhlichen frischen Jugendzeit. Ich liege in des alten Priesters kleinem Garten ins Gras hingestreckt und schaue hinauf, wie der holde Frühling auf goldnen Morgenwolken dahergezogen kommt. Die Blümlein schlagen, von dem Schimmer geweckt, die lieblichen Augen auf und strahlen ihre Düfte empor wie ein herrliches Loblied. Ach Berthold! – Mir will die Brust zerspringen vor Liebe, vor Sehnsucht, vor brünstigem Verlangen! Wo finde ich sie wieder, die mein ganzes Leben ist, mein ganzes Sein! – Ich gedenke Dich in Hohenflüh zu treffen, wo ich einige Tage verweile. Es ist mir, als müsse mir eben in Hohenflüh was Besonderes begegnen, woher dieser Glaube, weiß ich nicht! – –

»Nun sage mir«, sprach der Kupferstecher Berthold – das war eben der Fremde – weiter, nachdem er dies gelesen, »nun sage mir nur, Bruder George, wie du in frischer fröhlicher Jugend auf der vergnüglichen Reise nach dem Kunstlande solcher weichlicher Schwärmerei nachhängen magst.«

»Ja, lieber Kunstbruder«, erwiderte Deodatus, »es ist mit mir ein ganz tolles absonderliches Ding. So wie das nun gleich gar possierlich ist, dass ich recht aus der tiefsten Seele das geschrieben, was du eben lasest und dass ich dennoch gar nicht der Georg Haberland bin, den du« –

In dem Augenblick trat der junge Mann hinein, der schon früher den Deodatus als Georg Haberland begrüßt hatte, und meinte, Georg habe Recht getan, dass er der weisen Frau halber noch einmal zurückgekehrt sei. Er solle sich an all das Geschwätz bei Tische gar nicht kehren, denn wollten auch die Weissagungen des Raben eben nicht viel bedeuten, so sei es doch höchst merkwürdig, wenn sie, die weise Frau, selbst auftrete wie eine zweite Sybille oder Pythia und in beinahe wilder Begeisterung geheimnisvolle Sprüche hersage, indem dumpfe geheimnisvolle Stimmen sie umtönten. Sie gebe heute in dem geräumigen Bosket des Gartens eine solche Darstellung, die Georg durchaus nicht versäumen müsse.

Berthold ging, um manches Geschäft, das ihm in Hohenflüh oblag, abzutun. Deodatus ließ es sich gefallen, mit jenem jungen Mann ein paar Flaschen zu leeren und so die Zeit bis zum Sonnenuntergang hinzubringen.

Die Gesellschaft, die im Zimmer versammelt, brach endlich auf, um sich nach dem Garten zu begeben. Da strich auf dem Flur ein langer hagrer, vornehm gekleideter Mann, der eben angekommen schien, bei ihnen vorüber. Im Begriff, in die Zimmer hineinzutreten, wandte er sich noch einmal um, sein Blick fiel auf Deodatus und den Türdrücker in der Hand, blieb er wie eingewurzelt stehen! Wildes Feuer blitzte aus seinen düstern Augen, während Totenblässe sein krampfhaft zuckendes Antlitz überzog. Er trat einen Schritt vorwärts auf die Gesellschaft zu, doch wie plötzlich sich besinnend kehrte er wieder um, rannte hinein in das Zimmer und warf dröhnend die Türe hinter sich zu. Was er zwischen den Zähnen murmelte, konnte niemand verstehen.

Mehr als dem jungen Schwendy war dem Andern das Betragen des Fremden aufgefallen, Deodatus hatte nicht sonderlich darauf geachtet. Man begab sich nach dem Bosket. –

Die letzten Strahlen der Abendsonne fielen auf eine hohe, von Kopf bis zu Fuß in ein weites erdgelbes Gewand gehüllte Gestalt, die den Zuschauern den Rücken zugewendet hatte. Neben ihr auf der Erde lag ein großer Rabe wie tot, mit gesenkten Flügeln. Alle wurden von dem fremden grauenhaften Anblick erfasst, das leise Geflüster verstummte und in dumpfen, die Brust belastenden Schweigen erwartete man, was die Gestalt beginnen werde.

Ein Säuseln strömte wie Wellengeplätscher wunderbar klingend durch das dunkle Gebüsch und wurde zu Tönen, zu vernehmbaren Worten:

»Phosphorus ist bezwungen. Der Feuerkessel glüht auf im Westen! – Nachtadler! Schwing' dich empor zu den erwachten Träumen.«

Da erhob der Rabe das gesenkte Haupt, schlug mit den Flügeln und stieg krächzend in die Höhe. Die Gestalt breitete beide Arme aus, das Gewand fiel herab und eine hohe wunderherrliche Frau stand da im weißen faltenreichen Kleide, mit einem Gürtel von funkelnden Steinen und schwarzen, hochaufgenestelten Haaren. Hals, Nacken und Arme zeigten entblößte, jugendlich üppige Formen.

»Das ist ja nicht die Alte!«, so flüsterte es durch die Reihen der Zuschauer. –

Jetzt begann eine ferne dumpfe Stimme:

»Hörst du, wie es im Abendwinde heult und jammert?«

Eine noch fernere Stimme murmelte:

»Die Klage beginnt, wenn der Glutwurm leuchtet!«

Da ging ein entsetzlich herzzerschneidender Jammer durch die Lüfte. Die Frau sprach:

»Ihr fernen Klagetöne, habt ihr euch losgewunden aus der Brust des Menschen, dass ihr vermöget, frei euch zu erheben im gewaltigen Chor? – Aber verhallen müsst ihr in Lust, denn die in segensreichen Himmeln thronende Macht, die euch gebietet, ist ja die Sehnsucht.«

Die dumpfen Stimmen heulten stärker:

»Die Hoffnung ist gestorben! Der Sehnsucht Lust war die Hoffnung. Sehnsucht ohne Hoffnung ist namenlose Qual!«

Tief aufseufzte die Frau und rief wie in Verzweiflung:

»Die Hoffnung ist der Tod! – Das Leben dunkler Mächte grauses Spiel!«

Da schrie Deodatus unwillkürlich aus dem Innersten heraus: »Natalie!«

Rasch wandte sich die Frau um und ein altes fürchterlich verzerrtes Weiberantlitz starrte ihn an mit glühenden Augen. Grimmig mit ausgespreizten Armen auf ihn losfahrend, kreischte das Weib: »Was willst du hier? – Fort! Fort! – Der Mord ist hinter dir her! – Rette Natalien!« – Der Rabe rauschte durch die Bäume herab auf Deodatus und krächzte grässlich: »Mord – Mord!« Von wildem Entsetzen gepackt, halb sinnlos, rannte Deodatus fort nach seiner Wohnung.

Der Wirt sagte ihm, dass währenddessen ein fremder reich gekleideter Herr mehrmals nach ihm gefragt, indem er seine Person genau beschrieben, ohne seinen Namen zu nennen und endlich ein Billet zurückgelassen habe.

Deodatus erbrach das Billet, das ihm der Wirt einhändigte und das richtig an ihn adressiert war. Er fand folgende Worte:

> Ich weiß nicht, ob ich es unerhörte Frechheit oder Wahnsinn nennen soll, dass Sie sich hier blicken lassen. Sind Sie nicht, wie ich es jetzt glauben muss, ein ehrloser Bösewicht, so entfernen Sie sich augenblicklich aus Hohenflüh oder erwarten Sie, dass ich Mittel finden werde, Sie von Ihrer Tollheit auf immer zu heilen.
>
> Graf Hektor von Zelies

»Die Hoffnung ist der Tod, das Leben dunkler Mächte grauses Spiel!« – So murmelte Deodatus dumpf in sich hinein, als er dies gelesen. Er war entschlossen, sich durch die Drohungen eines Unbekannten, die noch dazu auf irgendeinem unerklärlichen Irrtum beruhen mussten, durchaus nicht aus Hohenflüh vertreiben zu lassen, sondern mit festem Mut, mit männlicher Kraft dem entgegenzutreten, was irgendeine dunkle Macht über ihn verhängt. Sein ganzes Inneres war erfüllt mit banger Ahnung, die Brust wollte ihm zerspringen, hinaus sehnte er sich aus den Mauern ins Freie. Die Nacht war eingebrochen, als er eingedenk des unbekannten bedrohlichen Verfolgers seine geladenen Pistolen einsteckte und forteilte durch das Neudorfer Tor. Schon war er auf dem freien Platz, der vor diesem Tore befindlich, als er sich von hinten gefasst und zurückgezogen fühlte: »Eile – eile, rette Natalien, die Zeit ist da!« – So murmelte es ihm in die Ohren. Es war das grässliche Weib, die ihn gefasst hatte und die ihn unaufhaltsam mit sich fortriss. Ein Wagen hielt in geringer Entfernung, der Schlag war geöffnet, die Alte half ihm hinein und stieg nach. Er fühlte sich von weichen Armen umfangen und eine süße Stimme lispelte: »Mein geliebter Freund! Endlich! – Endlich kommst du!« – »Natalie, meine Natalie!« So schrie er auf, indem er halb ohnmächtig vor Entzücken die Geliebte in die Arme schloss.

Rasch ging es nun fort; im dicken Walde schimmerte plötzlich heller Fackelglanz durch das Gebüsch. »Sie sind es«, rief die Alte; »noch einen Schritt weiter und uns trifft Verderben!« –

Deodatus, zur Besinnung gekommen, ließ halten, stieg aus dem Wagen und schlich leise, die gespannte Pistole in der Hand, auf den Fackelglanz zu, der augenblicklich verschwand. Er eilte zurück zum Wagen, aber erstarrt vor Entsetzen blieb er eingewurzelt stehen, als er eine männliche Figur erblickte, die mit seiner Stimme sprach: »Die Gefahr ist vorüber!«, und dann einstieg.

Nachstürzen wollte Deodatus dem schnell fortrollenden Wagen, als ihn ein Schuss aus dem Gebüsch zu Boden warf. –

Zweites Kapitel

Es ist nötig, dem geneigten Leser zu sagen, dass der ferne Ort, von dem her der alte Amadeus Schwendy seinen Sohn nach Hohenflüh schickte, ein Landhaus in der Gegend von Lucern war. Das Städtlein Hohenflüh im Fürstentum Reitlingen, lag aber ungefähr sechs bis sieben Stunden von Sonsitz, der Residenz des Fürsten Remigius, entfernt.

Ging es in Hohenflüh laut und lustig her, so herrschte dagegen in Sonsitz solch ein allgemeines Piano wie etwa in Herrnhuth oder Neusalz. Alles trat leise wie auf Socken daher und selbst ein notwendiger Zank wurde mit gedämpfter Stimme geführt. Von den gewöhnlichen Vergnügungen der Residenz, von Bällen, Konzerten, Schauspielen war gar nicht die Rede und wollten sich die armen, zur Traurigkeit verdammten Sonsitzer einmal vergnügen, so mussten sie hinüberziehen nach Hohenflüh. Dies alles kam daher: Fürst Remigius, sonst ein freundlicher, lebenslustiger Herr, war seit mehreren Jahren, es konnten wohl über die zwanzig sein, in furchtbar tiefe, an Wahnsinn grenzende Melancholie versenkt. Ohne Sonsitz zu verlassen, sollte sein Aufenthalt einer Einöde gleichen, in der das düstre Stillschweigen der lebensmüden Trauer herrscht. Nur seine vertrautesten Räte und die notwendigste Dienerschaft mocht' er sehen, und selbst diese durften es nicht wagen zu sprechen, wenn der Fürst sie nicht angeredet. In einer dicht verschlossenen Kutsche fuhr er daher und niemand durfte auch nur durch eine Gebärde merken lassen, dass er den Fürsten in der Kutsche wisse.

Über die Ursache dieser Melancholie gab es nur dumpfe Gerüchte. So viel war gewiss, dass damals, als die Gemahlin des Fürsten den Erbprinzen geboren und das ganze Land von freudigem Jubel ertönte, wenige Monate nachher Mutter und Kind verschwanden auf unbegreifliche Weise. Manche meinten, Gemahlin und Sohn wären als Opfer einer unerhörten Kabale entführt worden, andere behaupteten dagegen, der Fürst habe beide verstoßen. Diese bezogen sich, um ihre Behauptung zu unterstützen, auf den Umstand, dass zu derselben Zeit der Graf von Törny, erster Minister und entschiedener Liebling des Fürsten, vom Hofe entfernt worden, und es scheine gewiss, dass der Fürst ein verbrecherisches Verhältnis zwischen der Fürstin und dem Grafen entdeckt und an der Echtheit des gebornen Sohnes gezweifelt.

Alle, die die Fürstin näher gekannt, waren aber im Innersten überzeugt, dass bei der reinsten unbeflecktesten Tugend, wie sie die Fürstin bewährt, ein solcher Fehltritt ganz undenkbar, ganz unmöglich sei.

Niemand in Sonsitz durfte, bei harter Ahndung, auch nur ein Wort über das Verschwinden der Fürstin äußern. Aufpasser lauerten überall und plötzliche Verhaftungen derer, die nur irgendwo anders als innerhalb ihres Zimmers davon gesprochen, zeigten, wie man ohne es zu ahnen, belauscht, behorcht wurde.

Ebenso durfte auch über den Fürsten, über seinen Kummer, über sein ganzes Tun und Treiben kein Wort gesprochen werden, und dieser tyrannische Zwang war die ärgste Bedrängnis der Bewohner einer kleinen Residenz, die eben nichts lieber im Munde führen als den Fürsten und den Hof. –

Des Fürsten liebster Aufenthalt war ein kleines, dicht vor den Toren von Sonsitz gelegenes Landhaus mit einem weitläuftigen eingehegten Park.

In den düstern wildverwachsenen Gängen dieses Parks wandelte eines Tages der Fürst, sich ganz hingebend dem zerstörenden Gram, der in seiner Brust wühlte, als er plötzlich ganz unfern ein seltsames Geräusch vernahm. – Unartikulierte Töne – ein Ächzen – Stöhnen, dazwischen wieder ein widriges Quieken – Grunzen – und dann wie in erstickter Wut dumpf ausgestoßene Schimpfwörter. – Erzürnt, wer es gewagt, dem strengsten Verbot entgegen einzudringen in den Park, trat der Fürst schnell aus dem Gebüsch und es bot sich ihm ein Schauspiel dar, das den griesgramigsten Smelfungus zum Lachen hätte reizen können. – Zwei Männer, der eine lang und knochendürr wie die Hektik selbst, der andere ein kleines glaues Fallstafflein, in den schmuckesten Sonntagskleidern des idealen Spießbürgers angetan, waren in heftigsten Faustkampf begriffen. Der Große säbelte mit den langen Armen, die mit den geballten Fäusten mächtigen Streitkolben nicht unähnlich, so unbarmherzig auf den Kleinen los, dass jeder fernere Widerstand unnütz und nichts anders ratsam schien als schnelle Flucht. Doch Mut im Herzen wollte der Kleine, gleich den Parthern noch fliehend fechten. Da krallte sich aber der Große fest in das Haupthaar des Gegners. Schlechte Intention! – Die Perücke blieb ihm in der Hand, der Kleine nützte strategisch die Puderwolke, die ihn einhüllte, duckte schnell nieder und unterlief mit vorgestreckten Fäusten so behände und geschickt den Großen, dass dieser mit einem gellenden Schrei rücklings überstürzte. Nun warf sich der Kleine auf den Großen, enterte sich fest, die linke Hand mit gebogenen Fingern zweckmäßig als Enterhaken brauchend, in der Halsbinde des Gegners und arbeitete mit den Knien und der rechten Faust so schonungslos auf den Großen ein, dass dieser, kirschblau im ganzen Antlitz, grässliche Laute ausstieß. Doch plötzlich fuhr nun der Große dem Kleinen mit den spitzen Knochenfingern so gewaltig in die Seiten und gab mit der letzten Kraft der Verzweiflung sich selbst einen solchen Schwung, dass der Kleine in die Höhe geschleudert wurde wie ein Ball und niederstürzte, dicht vor dem Fürsten.

»Hunde!«, rief der Fürst mit der Stimme eines ergrimmten Löwen, »Hunde, welch ein Satan hat euch eingelassen? Was wollt ihr?«

Man kann denken, mit welchem Entsetzen die beiden ergrimmten Gymnastiker sich aufrafften vom Boden, wie sie nun gleich armen verlornen Sündern, bebend, zitternd, keines Worts, keines Lauts mächtig vor dem erzürnten Fürsten standen.

»Fort«, rief der Fürst, »fort, auf der Stelle, hinauspeitschen lasse ich euch, wenn ihr noch einen Augenblick weilt.«

Da fiel der Große nieder auf die Knie und brüllte, ganz Verzweiflung: »Durchlauchtigster Fürst – gnädigster Landesherr – Gerechtigkeit – Blut für Blut!« –

Das Wort Gerechtigkeit war noch eins von den wenigen, das stark anschlug an des Fürsten Ohr. Er fasste den Großen stark ins Auge und sprach gemäßigter: »Was ist's, sprecht, aber nehmt Euch in Acht vor allen dummen Worten und macht's kurz.« –

Vielleicht hat es der geneigte Leser schon geahnt, dass die beiden tapfern Kämpfer niemand anders waren als die beiden berühmten Gastwirte zum goldnen Bock und zum silbernen Lamm aus Hohenflüh. In dem immer höher gesteigerten Groll gegeneinander waren sie zu dem wahnsinnigen Entschluss gekommen, da ihnen der hochweise Rat nicht genügte, dem Fürsten selbst allen Tort zu klagen, den jeder vom andern erlitten zu haben glaubte, und der Zufall ließ es geschehen, dass beide in demselben Augenblick zusammentrafen vor dem äußersten Gattertor des Parks, das ein einfältiger Gärtnerbursche ihnen öffnete. Beide können fernerhin sehr schicklich mit ihren Schildnamen bezeichnet werden! –

»Also!« – Der goldne Bock, ermutigt durch des Fürsten ruhigere Frage, wollte eben beginnen, als ihn, vielleicht in Gefolge des feindlichen Enterns, ein solch fürchterliches krächzendes Husten überfiel, dass er kein Wort hervorzubringen vermochte.

Diesen verderblichen Zufall nutzte augenblicklich das silberne Lamm und stellte mit nicht geringer Beredsamkeit dem Fürsten all die Unbild vor, die ihm der goldne Bock zufüge, der alle Gäste anlocke, indem er alle nur mögliche Hanswürste, Marktschreier, Wahrsager und anderes Gesindel bei sich aufnehme. Er beschrieb die weise Frau mit dem Raben, er sprach von ihren schnöden Künsten, von ihren Orakelsprüchen, mit denen sie die Leute hinters Licht führe. Das schien die Aufmerksamkeit des Fürsten zu fesseln. Er ließ sich die Gestalt der Frau von Kopf bis zu Fuß beschreiben, er fragte, wann sie gekommen, wo sie geblieben. Das Lamm meinte, er seinerseits halte das Weib für nichts anders als für eine betrügerische halbwahnsinnige Zigeunerin, die ein Hochweiser Rat zu Hohenflüh hätte sogleich festnehmen lassen sollen.

Der Fürst heftete den funkelnden durchbohrenden Blick auf das arme Lamm, das, als hätt' es in die Sonne geschaut, sogleich ausbrach in ein heftiges Niesen.

Dies nützte sofort der goldne Bock, der sich indessen vom Husten erholt und nur auf den Moment gelauert hatte, dem Lamm die Rede abzuschneiden. Der Bock berichtete in süß und sanft tönenden Worten, dass alles, was das Lamm von der Aufnahme schädlichen polizeiwidrigen Gesindels berichtet, die schändlichste Verleumdung sei. Insonderheit rühmte der Bock die weise Frau, von der die gescheutesten brillantsten Herren, die größten Genies von Hohenflüh, die er täglich an seiner Tafel zu bewirten die Ehre, behaupteten, sie sei ein überirdisches Wesen und höher zu achten als die ausgebildetste Somnambüle.

Ach, gar arg ging es aber zu bei dem silbernen Lamm. Einen artigen, schönen, jungen Herrn habe das silberne Lamm von ihm weggelockt, als er nach Hohenflüh zurückgekehrt, und gleich in der folgenden Nacht sei er auf seinem Zimmer mörderisch angefallen und durch einen Pistolenschuss verwundet worden, so dass er hoffnungslos darniederläge.

Jede fernere Rücksicht, jede Ehrfurcht vor dem Fürsten in der Wut vergessend, brach das silberne Lamm los und schrie: Derjenige, welcher behaupte, dass der junge Herr George Haberland auf seinem Zimmer angefallen und verwundet worden, sei der niederträchtigste Spitzbube und abgefeimteste Halunkenkerl, der jemals Beinschellen getragen und die Gassen gekehrt. Vielmehr habe wohllöbliche Polizei in Hohenflüh ermittelt, dass er in selbiger Nacht vor das Neudorfer Tor spaziert, dass dort ein Wagen gehalten, aus dem eine weibliche Stimme gerufen: »Rette Natalien«, dass darauf der junge Herr in den Wagen gesprungen. – »Wer war das Weib im Wagen?«, fragte der Fürst mit strengem Ton.

»Man sagt«, stotterte der goldne Bock, um nur wieder zum Wort zu kommen, »man sagt, die weise Frau habe« –

Die Rede blieb dem goldnen Bock in der Kehle stecken vor dem furchtbaren Blick des Fürsten, und, als dieser ihm ein tötendes »Nun? Was weiter?« zurief, fiel das silberne Lamm, das gerade außer der Richtung jener Strahlen im Schatten stand, leise stammelnd ein: »Ja, die weise Frau und der Herr Maler George Haberland – Im Walde hat er den Schuss erhalten, das weiß ja die ganze Stadt – aus dem Walde haben sie ihn geholt und zu mir gebracht am frühen Morgen – er liegt noch bei mir – wird aber wohl genesen, denn die Pflege bei mir – und der fremde Herr Graf – ja der Herr Graf Hektor von Zelies« –

»Was? Wer?«, rief der Fürst auf, dass das silberne Lämmlein ein paar Schritte zurückprallte. »Genug«, sprach dann der Fürst weiter mit rauhem gebieterischen Ton, »genug! Packt euch beide fort augenblicklich. – Der wird den mehrsten Zuspruch haben, der seine Gäste am besten bedient! – Hör' ich noch das

Mindeste von einem Gezänk unter euch, so soll der Rat euch die Schilder von den Häusern reißen und euch fortbringen lassen aus den Toren von Hohenflüh!«

Nach diesem kurzen kräftigen Bescheid ließ der Fürst die beiden Wirte stehen und verlor sich schnell ins Gebüsch.

Der Zorn des Fürsten hatte die aufgebrachten Gemüter besänftigt. Im Innersten zerknirscht schauten sich beide, das silberne Lämmlein und der goldne Bock, wehmütig an, Tränen entquollen den verdüsterten Augen und mit dem gleichzeitigen Ausruf: »O Gevatter!«, fielen sie sich in die Arme. Während der goldne Bock das silberne Lamm fest einklammernd und über dasselbe weggebeugt häufige Schmerzestropfen ins Gras fallen ließ, schluchzte dieses vor herber Wehmut leise an der Brust des versöhnten Gegners. Es war ein erhabener Moment!

Die zwei herbeieilenden fürstlichen Jäger schienen aber dergleichen pathetische Szenen nicht sonderlich zu lieben, denn ohne Weiteres packten sie den goldnen Bock sowohl als das silberne Lamm, wie man zu sagen pflegt, beim Fittich und warfen beide ziemlich unsanft zum Gattertor hinaus.

Drittes Kapitel

Bin ich hin und hergezogen
Über Wiese, Flur und Feld,
Hat manch Hoffen mich betrogen,
Ist mir manche Lust entflogen
In der bunten lauten Welt.

Was nur stillt dies bange Sehnen,
Was den Schmerz in dieser Brust!
Bittre Qualen! Herbe Tränen!
Leeres Trachten! – Falsches Wähnen!
Flieht mich ewig jede Lust?

Darf ich noch zu hoffen wagen,
Dämmert noch mein Lebensstern?
Soll ich's länger dulden, tragen,
Wird mein Schmerz mir selbst nicht sagen,
Ob sie nah ist, ob sie fern?

Sie, die ist mein innig' Leben,
Sie, die ist mein ganzes Glück,
Süßen Träumen hingegeben,
Schaut mit wonnigem Erbeben
Sie mein liebetrunkner Blick.

Doch in Nacht ist bald verschwunden
Der Geliebten Lichtgestalt!
Kann ich nimmer mehr gesunden?
Freundes Trost, Balsam den Wunden,
Ist auch der für mich verhallt?

Der Kupferstecher Berthold hatte sich, während er dies Lied, das sein Freund der Maler George Haberland gedichtet, leise vor sich sang, auf einer Anhöhe unter einem großen Baum gelagert und war bemüht, eine Partie des Dorfs, das vor ihm im Tale lag, getreu nach der Natur in sein Malerbuch hineinzuzeichnen.

Bei den letzten Versen schossen ihm aber die Tränen aus den Augen. Er gedachte lebhaft seines Freundes, den er oft durch ein lustiges Wort oder durch ein heitres Kunstgespräch aus der düstren trostlosen Stimmung gerissen, in die er seit einiger Zeit versunken, und den nun ein unerklärliches Unheil von ihm getrennt. »Nein«, rief er endlich, indem er schnell seine Gerätschaften zusammenpackte und hastig aufsprang, »nein, noch ist Freundes Trost nicht verhallt für dich, mein George! – Fort, dich aufzusuchen und nicht eher dich zu verlassen, bis ich dich im Schoße der Ruhe sehe und des Glücks.« –

Er eilte zurück in das Dorf, das er vor wenigen Stunden verlassen, und wollte dann weiter fort nach Hohenflüh.

Es war gerade Sonntag, der Abend fing an einzubrechen, die Landleute eilten nach der Schenke. Da zog ein seltsam gekleideter Mensch durchs Dorf, einen lustigen Marsch auf der Papagenopfeife blasend, die ihm aus dem Busen hervorragte, und dazu derb die Trommel schlagend, die er umgehängt. Ihm folgte ein altes Zigeunerweib, die tapfer auf dem Triangel klingelte. Hintenher schritt langsam und bedächtig ein stattlicher Esel, mit zwei vollgepackten Körben belastet, auf denen zwei kleine possierliche Äffchen hin- und herhüpften und sich herumbalgten. Zuweilen ließ der Mensch vom Blasen ab und begann einen seltsamen kreischenden Gesang, in den das Zigeunerweib, sich aus ihrer niedergebeugten Stellung ein wenig aufrichtend, mit gellenden Tönen einstimmte. Begleitete nun der Esel den Gesang mit seinen klagenden Naturlauten, quiekten die Äffchen dazu, so gab es einen angenehmen lustigen Chor, wie man sich ihn wohl genügend denken mag.

Bertholds ganze Aufmerksamkeit fesselte der junge Mensch, denn jung war er, das war sichtlich, unerachtet er sein Antlitz mit allerlei Farben hässlich beschmiert und durch eine große Doktorperücke, auf der ein kleines winziges Tressenhütlein saß, auf widrige Weise entstellt hatte. Dazu trug er einen abgeschabten roten Samtrock mit großen goldstoffnen Aufschlägen, einen offnen Hamletskragen, schwarzseidne Unterkleider nach der letzten Mode, auf den Schuhen große bunte Bandschleifen und ein zierliches Ritterschwert an der Seite.

Er schnitt die tollsten Gesichter und sprang hin und her in den lustigsten Kapriolen, so dass das Bauernvolk übermäßig lachte, doch Bertholden erschien das ganze Wesen wie der unheimliche Spuk des Wahnsinns, und überdem regte der tolle Mensch, wenn er ihn genau ins Auge fasste, in ihm Empfindungen auf, die er sich selbst nicht zu erklären wusste.

Der Mensch blieb endlich in der Mitte eines Rasenplatzes vor der Schenke stehen und schlug auf seiner Trommel einen langen starken Wirbel. Auf dies Zeichen schloss das Landvolk

Federzeichnung von Theodor Hosemann
zu E. T. A. Hoffmann: *Die Doppeltgänger*

einen großen Kreis, und der Mensch verkündete, dass er jetzt gleich vor dem verehrungswürdigen Publikum ein Schauspiel aufzuführen gedenke, wie es die höchsten Potentaten und Herrschaften nicht schöner und herrlicher geschaut.

Die Zigeunerin ging nun im Kreise umher und bot unter närrischen Redensarten und Gebärden bald Korallenschnüre, Bänder,

Heiligenbildchen u.a. zum Kauf aus, bald wahrsagte sie dieser, jener Dirne aus der Hand und trieb ihr, von Bräutigam und Hochzeit und Kindtaufe sprechend, das Blut in die Wangen, während die andern kicherten und lachten.

Der junge Mensch hatte indessen die Körbe ausgepackt, ein kleines Gerüste gebaut und mit kleinen bunten Teppichen behängt. Berthold sah die Vorbereitungen zum Puppenspiel, das denn auch nach gewöhnlicher italienischer Art erfolgte. Pulcinell war von besonderer Aktivität und hielt sich tapfer, indem er sich aus den bedrohlichsten Gefahren mit Gewandtheit rettete und über seine Feinde stets die Oberhand gewann.

Das Spiel schien geendet, als plötzlich der Puppenspieler sein zur furchtbaren Fratze verzerrtes Antlitz emporhob in den Raum der Puppen und mit todstarren Augen geradehin in den Kreis blickte. Pulcinell von der einen Seite, der Doktor von der andern schienen über die Erscheinung des Riesenhaupts sehr erschrocken, dann erholten sie sich aber, beschauten sorglich mit Gläsern das Antlitz, betasteten Nase, Mund, die Stirn, zu der sie kaum hinauflangen konnten, und begannen einen sehr tiefsinnigen gelehrten Streit über die Beschaffenheit des Haupts und auf welchem Rumpf es sitzen könne oder ob überhaupt ein Rumpf als dazugehörig anzunehmen. Der Doktor stellte die aberwitzigsten Hypothesen auf, Pulcinell zeigte aber dagegen viel Menschenverstand und hatte die lustigsten Einfälle. Darin wurden sie zuletzt einig, dass, da sie keinen zum Kopf gehörigen Körper wahrnehmen könnten, es auch keinen gäbe, nur meinte der Doktor, die Natur habe sich, als sie diesen Giganten ausgesprochen, einer rhetorischen Figur, einer Synekdoche bedient, nach der ein Teil das Ganze bezeichnet. Pulcinell behauptete dagegen, dass das Haupt ein Unglücklicher sei, dem vor vielem Denken und tollen Gedanken der Rumpf abhandengekommen und der nun bei dem gänzlichen Mangel an Fäusten sich gegen Ohrfeigen, Nasenstüber u. dgl. nicht anders wehren könne als durch Schimpfen.

Berthold merkte bald, dass hier nicht der Scherz galt, der ein schaulustiges Volk ergötzen kann, sondern dass der finstre Geist einer Ironie spuke, die dem mit sich selbst entzweiten Innern entsteigt. Das konnte sein frohes freundliches Gemüt nicht ertragen, er begab sich weg nach der Schenke und ließ sich an einem einsamen Plätzchen hinter derselben ein mäßiges Abendbrot auftragen.

Bald vernahm er aus der Ferne Trommel, Pfeife und Triangel. Die Landleute strömten nach der Schenke, das Spiel war geendet.

In dem Augenblick, als Berthold fortwandern wollte, stürzte mit dem lauten Ausruf »Berthold – herzgeliebter Bruder!« jener tolle Puppenspieler herbei. Er riss die Perücke vom Haupt, wischte schnell die Farben vom Antlitz.

»– Wie? – George! – Ist es möglich?«, so stammelte Berthold mühsam, beinahe zur Bildsäule erstarrt. »Was ist dir, kennst du mich denn nicht?«, so fragte George Haberland voll Erstaunen. Berthold erklärte nun, dass, wenn er nicht an Gespenster glauben wolle, er freilich nicht zweifeln könne, seinen Freund vor sich zu sehen, wie dies aber möglich wäre, das könne er durchaus nicht enträtseln.

»Warst du«, so sprach Berthold weiter, »warst du nicht unserer Abrede gemäß nach Hohenflüh gekommen? – Traf ich dich nicht dort, begegnete dir nicht Seltsames mit einem geheimnisvollen Weibe im Gasthof zum goldnen Bock? Wollten Unbekannte dich nicht dazu gebrauchen, ein Frauenzimmer entführen zu helfen, die du selbst Natalie nanntest? Wurdest du nicht im Walde durch einen Pistolenschuss schwer verwundet? – Hab' ich nicht von dir Abschied genommen mit schwerem Herzen, da du entkräftet, todwund auf dem Lager lagst? – Sprachst du nicht von einem unerklärlichen Ereignis, – von einem Grafen Hektor von Zelies?« –

»Halt ein, du durchbohrst mein Innres mit glühenden Dolchen!«, so rief George im wilden Schmerz.

»Ja«, fuhr er dann ruhiger fort, »ja, Bruder Berthold, es ist nur zu gewiss, es gibt ein zweites Ich, einen Doppeltgänger, der mich verfolgt, der mich um mein Leben betrügen, der mir Natalie rauben wird!«

In voller Trostlosigkeit verstummt sank George auf die Rasenbank.

Berthold setzte sich neben ihm hin und sang leise, indem er sanft des Freundes Hand drückte:

Freundes Trost, Balsam der Wunden
Ist noch nicht für dich verhallt!

»Ich«, sprach George, indem er sich die Tränen wegtrocknete, die ihm aus den Augen strömten, »ich verstehe dich ganz, mein geliebter Bruder Berthold! – Es ist Unrecht, dass ich dir nicht schon längst meine ganze Brust erschloss, nicht schon längst dir alles, alles sagte. – Dass ich in Liebe bin, konntest du längst ahnen. Die Geschichte dieser Liebe – sie ist so einfältig, so abgedroschen, dass du sie in jedem abgeschmackten Roman nachlesen kannst. – Ich bin Maler, und so ist nichts mehr in der hergebrachten Ordnung, als dass ich mich in ein schönes junges Frauenzimmer, die ich abkonterfeie, sterblich verliebe. So ist es mir denn auch wirklich gegangen, als ich während meines Aufenthalts in Straßburg meine Proviantbäckerei – du weißt, dass ich darunter das Porträtmalen verstehe – mehr trieb als jemals. Ich bekam den Ruf eines außerordentlichen Porträtisten, der die Gesichter recht aus dem Spiegel stehle in der schönsten Miniatur, und so geschah es, dass eine alte Dame, die eine Pensionsanstalt hatte, sich an mich wandte und mich ersuchte, ein Fräulein, das bei ihr, zu malen für den entfernten Vater. Ich sah, ich malte Natalien – o ihr ewigen Mächte, das Geschick meines Lebens war entschieden! – Nun, nicht wahr, Bruder Berthold, da ist nichts besonders daran? – Doch höre, manches mag doch bemerkenswert sein. – Lass es mich dir sagen, dass mich seit meiner frühen Knabenzeit in Ahnungen und Träumen das Bild eines himmlischen Weibes umschwebte, dem all mein Sehnen, all mein Lieben zugewandt. Die rohesten Versuche des malerischen Knaben zeigen dies Bild ebenso als die vollendeteren Gemälde des reifenden Künstlers. – Natalie, sie war es! – Das ist wunderbar, Berthold! – Auch mag ich dir sagen, dass derselbe Funke, der mich entzündet, auch in Nataliens Brust gefallen, dass wir uns verstohlen sahen. – O zerronnenes Glück der Liebe! – Nataliens Vater, Graf Hektor von Zelies, war gekommen, das Bildlein der Tochter hatte ihm ausnehmend gefallen, ich wurde eingeladen, ihn auch zu malen. Als der Graf mich sah, geriet er in eine seltsame Bewegung, ich möchte sagen Bestürzung. Er fragte mich mit auffallender Ängstlichkeit über alle meine Lebensverhältnisse aus und schrie dann mehr als er sprach, indem seine Augen glühten, er wolle nicht gemalt sein, aber ich sei ein wackrer Künstler, müsse nach Italien und das auf der Stelle, er wolle mir Geld geben, wenn ich dessen bedürfe! –

Ich fort? – Ich mich trennen von Natalien? – Nun es gibt Leitern, bestechliche Zofen – wir sahen uns verstohlen. Sie lag in meinen Armen, als der Graf eintrat. – »Ha, meine Ahnung – er ist reif!«– so schrie der Graf wütend auf und stürzte auf mich los mit gezogenem Stilett. Ohne dass sein Stoß mich treffen konnte, rannte ich ihn über den Haufen und entfloh. – Spurlos war er andern Tages mit Natalien verschwunden! –

Es begab sich, dass ich auf die alte Zigeunerin stieß, die du heute bei mir gesehen. Sie schwatzte mir solch abenteuerliche Prophezeiungen vor, dass ich gar nicht darauf achten, sondern meinen Weg fortsetzen wollte. Da sprach sie mit einem Ton, der mein Innerstes durchdrang: »George, mein Herzenskind, hast du Natalien vergessen?« – Mag es nun Hexerei geben oder nicht, genug, die Alte wusste um meinen Liebesbund, wusste genau, wie sich alles begeben, beteuerte mir, dass ich durch sie zu Nataliens Besitz gelangen solle, und gab mir auf, mich zu einer bestimmten Zeit in Hohenflüh einzufinden, wo ich sie, wiewohl in einer ganz andern Gestalt, finden werde. – Nun Berthold, lass mich nicht alles weitläuftig erzählen – mir brennt die Brust – ein Wagen rollt auf mich zu – hält – die Reiter kommen näher – Jesus, ruft eine Stimme im Wagen – es ist Nataliens Stimme. – Eile – eile, ruft eine andre Stimme – die Reiter biegen seitwärts ein. – Die Gefahr ist vorüber, spreche ich und steige in den Wagen – in dem Augenblick fällt ein Schuss, fort geht es! – Meine Ahnung hat mich nicht betrogen, es ist Natalie, es ist die alte Zigeunerin – sie hat Wort gehalten.« – »Glücklicher George!«, sprach Berthold.

»Glücklicher?«, wiederholte George, indem er eine wilde Lache aufschlug, »ha! Noch im Walde holten uns Polizeisoldaten ein. Ich sprang aus dem Wagen, die Zigeunerin mir nach, packte mich mit Riesenkraft und schleppte mich ins finstre Dickicht. – Natalie war verloren. – Ich war in Wut, die Zigeunerin wusste mich zu besänftigen, mich zu überzeugen, dass kein Widerstand möglich und dass noch keine Hoffnung verloren. Ich vertraue ihr blindlings und wie du uns hier siehst, das ist ihr Plan, ihr Rat, um der Verfolgung eines mordsüchtigen Feindes zu entgehen.« –

In dem Augenblick trat die alte Zigeunerin hinzu und sprach mit krächzender Stimme: »George, schon leuchtet der Nachtwurm, wir müssen fort über die Berge.«

Da wollte es Berthold bedünken, die Alte treibe leeres loses Gaukelspiel mit Georgen, den sie an sich gelockt, um durch ihn mit jenen Possen mehr Geld zu gewinnen.

Zornig wandte er sich zur Alten, erklärte, dass er als Georgs bester innigster Freund es nicht länger zugeben werde, dass er schnöder Landstreicherei und niedrigen Possen sein Kunstleben opfre, mit ihm solle er nach Italien, und fragte dann, was sie überhaupt für ein Recht habe auf den ihm verbundenen Freund.

Da erhob sich die Alte, die Züge des Antlitzes schienen sich zu veredeln, aus den Augen strahlte ein dunkles Feuer, plötzlich war ihr ganzes Wesen die Würde und Hoheit selbst, sie sprach mit fester volltönender Stimme: »Du fragst, was für ein Recht ich habe auf diesen Jüngling? – Ich kenne dich wohl, du bist der Kupferstecher Berthold – du bist sein Freund, aber ich – o ihr ewigen Mächte! – ich bin – seine Mutter!«

Damit fasste sie Georgen in ihre Arme und drückte ihn stürmisch an ihre Brust. Doch plötzlich überfiel sie ein krampfhaftes

Zittern, sie stieß Georgen von sich mit abgewandtem Gesicht, sie ließ sich erschöpft, halbohnmächtig auf die Rasenbank, sie wimmerte, indem sie sich mit dem weiten Mantel, den sie umgeworfen, das Antlitz verhüllte: »Starre mich nicht so an, George, mit seinen Augen – warum wirfst du mir immer und ewig mein Verbrechen vor? – Du musst fort – fort!« –

»Mutter!«, rief George, indem er der Zigeunerin zu Füßen stürzte. Diese schloss ihn nochmals heftig in ihre Arme, indem sie, keines Wortes mächtig, aus tiefer Brust aufseufzte. Sie schien in Schlaf zu versinken. Doch bald erhob sie sich mühsam, sprach, wieder ganz Zigeunerin, mit krächzender Stimme: »George, schon leuchtet der Nachtwurm, wir müssen fort über die Berge!«, und schritt langsam fort.

George warf sich sprachlos an die Brust des Freundes, dem auch das bis zum Entsetzen gesteigerte Erstaunen die Zunge band.

Bald vernahm Berthold das Trommeln, Pfeifen, Klingeln, den schauerlichen Gesang, das Geschrei des Esels und das Quieken der Affen und den Jubel des nachziehenden Landvolks, bis alles dumpf verhallte in der weiten Ferne.

Viertes Kapitel

Förster, welche am frühen Morgen den Wald durchstrichen, fanden den jungen Deodatus Schwendy ohnmächtig in seinem Blute liegend. Der Branntwein, den sie in Jagdflaschen bei sich führten, tat gute Dienste, ihn ins Leben zurückzurufen, sie verbanden, so gut sie es vermochten, die Brustwunde, packten ihn auf einen Wagen und brachten ihn nach Hohenflüh in das Wirtshaus zum silbernen Lamm.

Der Schuss hatte nur die Brust stark gestreift, ohne dass die Kugel eingedrungen war, der Wundarzt erklärte daher, dass an Lebensgefahr nicht zu denken, wiewohl der Schreck und die Kälte der Nacht den erschöpften Zustand herbeigeführt, in dem sich Deodatus befand. Kräftige Mittel würden aber auch diesen bald heben.

Hätte Deodatus nicht den Schmerz der Wunde gefühlt, das ganze unerklärliche Ereignis wäre ihm nichts gewesen als ein Traum. Es schien ihm gewiss, dass jenes Geheimnis, von dem der Vater in dunklen Worten gesprochen, sich zu enthüllen begann, dass aber irgendein feindliches Wesen dazwischengetreten und seine Hoffnung vernichtet. Dieses feindliche Wesen, wer konnte es anders sein als der Maler George Haberland, der ihm so durchaus ähnlich, dass er überall mit ihm verwechselt worden.

»Und wie«, sprach er zu sich selbst, »wenn jene Natalie, jener schöne Liebestraum, der in süßen Ahnungen durch mein Leben ging, nur ihm angehörte, meinem unbekannten Doppeltgänger, meinem zweiten Ich, wenn er sie mir geraubt, wenn all mein Sehnen, all mein Hoffen ewig unerfüllt bliebe?«

Deodatus verlor sich in trübe Gedanken, immer dichtere Schleier schienen seine Zukunft zu verhüllen, jede Ahnung war dahin, er sah ein, dass er nur auf den Zufall hoffen dürfte, der ihm vielleicht Geheimnisse erschließen konnte, welche gar verhängnisvoll, gar gefährlich sein müssten, da sein Vater, der alte Amadeus Schwendy, es selbst nicht gewagt, sie ihm zu offenbaren. –

Der Wundarzt hatte den kranken Deodatus eben verlassen, er befand sich allein, als die Türe leise geöffnet wurde und ein großer in einen Mantel gehüllter Mann hineintrat. Als er den Mantel zurückschlug, erkannte Deodatus in ihm augenblicklich jenen Fremden wieder, den er im Gasthause zum goldnen Bock auf dem Flur getroffen, und er erriet, dass es derselbe sein musste, der ihm das unerklärliche Billet geschrieben, nämlich der Graf Hektor von Zelies. Es war dem so.

Der Graf schien sich Mühe zu geben, den finstern stechenden Blick, der ihm eigen, zu mildern, er zwang sich sogar zu einiger Freundlichkeit.

»Wahrscheinlich«, so begann er, »wahrscheinlich erstaunen Sie, mich hier zu sehen, Herr Haberland, noch mehr werden Sie erstaunen, wenn ich Ihnen erkläre, dass ich hier bin, um Ihnen Frieden, Versöhnung anzubieten, im Fall Sie gewisse Bedingungen« –

Deodatus unterbrach den Grafen, indem er mit Heftigkeit versicherte, dass er keinesweges der Maler George Haberland sei, dass hier ein unglücklicher Irrtum vorwalten müsse, der ihn in ein Labyrinth unerklärlicher Ereignisse stürzen zu wollen scheine. Starr schaute der Graf ihm ins Gesicht und sprach dann mit einem Blick, aus dem ein wenig der Teufel lächelte: »Sie haben, mein Herr Schwendy oder mein Herr Haberland oder wie Sie sich sonst zu nennen belieben mögen, Natalien entführen wollen?« –

»Natalie, o Natalie!«, seufzte Deodatus tief aus der Seele.

»Hoho«, sprach der Graf mit dem bittersten Ingrimm, »Sie lieben Natalien wohl sehr?«

»Mehr«, erwiderte Deodatus, indem er vor Schwäche zurücksank auf sein Lager, »mehr als mein Leben. – Sie wird mein werden, sie muss mein werden, in meinem Innersten glüht die Hoffnung, das Verlangen!« –

»Welche unerhörte Frechheit«, fuhr der Graf auf im flammenden Zorn, »he, warum traf« – plötzlich innehaltend, seinen Zorn mit Gewalt niederkämpfend, sprach der Graf, nachdem er einige Augenblicke geschwiegen, mit erkünstelter Ruhe: »Verdanken Sie Ihrem Zustande, dass ich Sie schone, unter andern Umständen würde ich Rechte geltend machen, die Sie vernichten könnten. Aber ich verlange nun, dass Sie mir augenblicklich sagen, wie es geschehen konnte, dass Sie Natalien sahen hier in Hohenflüh?«

Der Ton, in dem der Graf sprach, erfüllte den Deodatus Schwendy mit dem tiefsten Unwillen. Sich trotz seiner Schwäche ermannend, richtete er sich auf und sprach mit festem männlichen Ton: »Es kann nur das Recht der Unverschämtheit sein, das Sie geltend machen zu können glauben, wenn Sie in mein Zimmer dringen, wenn Sie mich mit Fragen belästigen, die ich nicht beantworten kann. Sie sind mir völlig unbekannt, niemals hatte ich mit Ihnen etwas zu schaffen, und diese Natalie, von der Sie sprechen, wissen Sie denn, dass diese das Himmelsbild ist, das in meinem Herzen lebt? – Weder in Hohenflüh noch sonst irgendwo sahen meine leiblichen Augen die – doch es ist Frevel, zu Ihnen von Geheimnissen zu reden, die ich bewahre tief in meiner innersten Brust!«

Der Graf schien in Staunen und Zweifel zu geraten, er lispelte kaum hörbar: »Niemals hätten Sie Natalien gesehen? – Und als Sie sie malten? – Wie wenn dieser Haberland – dieser Schwendy« –

»Genug«, rief Deodatus, »genug! – Entfernen Sie sich, nichts habe ich zu schaffen mit dem finstern Geist, den ein wahnsinniger Irrtum hinter mir hertreibt und der mich angriff auf den Tod! – Es gibt Gesetze, welche schützen gegen hinterlistigen Meuchelmord – Sie verstehen mich, Herr Graf!« –

Deodatus zog stark die Glocke. –

Der Graf biss die Zähne zusammen und maß den Deodatus mit furchtbarem Blick.

»Hüte dich«, sprach er dann, »hüte dich, Knabe! Du hast ein unglückliches Gesicht – hüte dich, dass dein Gesicht nicht noch einem andern missfalle als mir.« –

Die Türe ging auf und hereintrat der kleine alte etwas zu dicke Herr mit der goldnen Dose, den der geneigte Leser als Mitglied des hochweisen Rates an der Wirtstafel im goldnen Bock gesehen und sehr klug räsonieren gehört hat.

Der Graf entfernte sich mit einer drohenden Bewegung gegen Deodatus zur Türe heraus, und zwar so wild und heftig, dass der kleine Ratsherr und seine Begleitung darob etwas erstaunt und verblüfft schienen.

Dem Ratsherrn folgte nämlich ein ganz kleines winziges verwachsenes Männlein, der einen großen Stoß Papier unter dem Arm trug, und hinterher traten zwei Ratsdiener hinein, die sich sofort als Wachen an der Türe postierten.

Der Ratsherr grüßte den Deodatus mit ernster Amtsmiene, das Männlein rückte mit Mühe einen Tisch vor das Bett, legte die Papiere darauf, holte ein Schreibzeug aus der Tasche, erkletterte den ebenfalls mit Mühe herangerückten Stuhl und setzte sich in schreibfertige Positur, während der Ratsherr sich auch auf einen Stuhl dicht vor dem Bette niedergelassen hatte und ihn mit weit aufgerissenen Augen anstarrte.

Deodatus wartete ungeduldig, was aus dem allem nun endlich werden sollte. Endlich begann der Ratsherr pathetisch: »Mein Herr Haberland oder mein Herr Schwendy, denn Sie, mein Herr, der Sie da vor mir im Bette liegen, belieben zwei diverse Namen zu führen, unerachtet das ein Luxus ist, den keine tüchtige Obrigkeit dulden darf. – Nun! – Ich hoffe, Sie werden, da der hochweise Rat schon von allem auf das Genaueste unterrichtet ist, nicht durch unnütze Lügen, Ränke und Schwänke Ihren Arrest verzögern.

Denn arretiert sind Sie in diesem Augenblick, wie Sie aus der Postierung jener treuen ehrlichen Ratswächter mit mehrerem ersehen werden.«

Deodatus fragte verwundert, welches Verbrechens man ihn denn anklage und welches Recht man habe, ihn als durchreisenden Fremden zu verhaften.

Da hielt ihm aber der Ratsherr vor, dass er wider das erst neuerdings emanierte Duell-Mandat des gnädigsten Herrn Fürsten auf das Schrecklichste gesündigt, indem er sich wirklich im Walde duelliert, welches denn schon die Pistolen, die man in seiner Rocktasche gefunden, hinlänglich bewiesen. Er möge daher nur ohne Weiteres den frechen Mitduellanten sowie die etwanigen Sekundanten nennen und hübsch erzählen, wie sich alles begeben von Anfang an.

Dagegen versicherte nun Deodatus sehr ruhig und fest, dass hier nicht von einem Duell, sondern von einem meuchelmörderischen Angriff auf seine Person die Rede. Ein Ereignis, das ihm selbst unerklärlich und das einem hochweisen Rat noch viel unerklärlicher sein werde, habe ihn ganz ohne seinen vorbedachten Willen in den Wald geführt. Die gefährliche Drohung eines ihm ganz unbekannten Verfolgers sei die Ursache, warum er sich bewaffnet, und der hochweise Rat würde viel besser tun, seine

Pflicht, für Ruhe und Ordnung zu sorgen, viel besser erfüllen, wenn er, statt auf eine grundlose Vermutung hin Arrest und Untersuchung zu verfügen, jenem Meuchelmörder nachforschte.

Dabei blieb Deodatus stehen, unerachtet der Ratsherr noch hin und her fragte, und bezog, als dieser mehr von seinen Lebensverhältnissen wissen wollte, sich lediglich auf seinen Pass, der, so lange nicht ein gegründeter Verdacht der Falschheit vorhanden, dem hochweisen Rat genügen müsse.

Der Ratsherr wischte sich den Angstschweiß von der Stirne. Der Kleine hatte schon einmal übers andre den grandiosen Gänsekiel in das Tintenfässlein getunkt und wieder ausgespritzt, schreibbegehrliche Blicke auf den Ratsherrn werfend. Der schien aber vergebens nach Worten zu trachten. Da schrieb der Kleine keck und las mit krächzender Stimme:

»Aktum Hohenflüh den – Auf Befehl eines hiesigen hochweisen Rats hatte sich der unterschriebene Deputierte« –

»Recht«, rief der Ratsherr, »recht liebster Drosselkopf, recht himmlischer Aktuar, der unterschriebene Deputierte hatte sich – der unterschriebene Deputierte – das bin ich – ich hatte mich« –

Es war im Rat des Himmels beschlossen, dass der unterschriebene Deputierte sein Werk nicht vollenden, nicht unterschreiben, Deodatus vielmehr von dem unseligen Zuspruch befreit werden sollte.

Hinein trat nämlich ein Offizier von der Leibgarde des Fürsten in Begleitung des Wirts, den er, als er Deodatus erblickte, fragte, ob das wirklich der junge Mann sei, der im Walde verwundet worden. Als der Wirt es bejaht, näherte sich der Offizier dem Lager des Deodatus und erklärte mit bescheidner Artigkeit, dass er Befehl habe, den Herrn George Haberland sogleich zum Fürsten nach Sonsitz zu bringen. Er hoffe, dass sein Zustand kein Hindernis in den Weg legen würde; übrigens seien alle Vorkehrungen getroffen, dass die Fahrt ihm durchaus nicht nachteilig sein könne, und werde auch übrigens der Leibchirurgus des Fürsten beständig an seiner Seite sein.

Der Ratsherr, auf einmal des Auftrags enthoben, der ihm Angstschweiß ausgepresst, näherte sich, vollen Sonnenschein im Antlitz, dem Offizier und fragte mit submisser Verbeugung, ob er vielleicht den Arrestanten schließen lassen solle, größerer Sicherheit halber. Der Offizier blickte ihn aber ganz verwundert an und fragte dann seinerseits, ob der gestrenge Herr Ratsherr wahnsinnig sei, was er denn für einen Arrestanten meine? Der Fürst wolle den Herrn Haberland selbst sprechen, um alle Umstände eines Ereignisses zu erfahren, das seinen Zorn gereizt. Nicht begreifen könne der Fürst, wie in seinem Lande und vorzüglich ganz in der Nähe von Hohenflüh noch ein verruchter Meuchelmörder sein Wesen treiben dürfe, und werde deshalb die Obrigkeit, der die Sorge für die Sicherheit der Bürger obliege, zur schweren Verantwortung ziehen.

Man kann denken, wie dies dem dicken Ratsherrn in alle Glieder fuhr, der kleine Schreiber purzelte aber sofort vom Stuhle herab und wimmerte unten: Er sei nichts als ein armer höchst unglücklicher Aktuarius, dem es ganz schrecklich ergangen sein würde, wenn er jemals die Zweifel laut werden lassen, die er schon längst gegen die Weisheit des hochweisen Rats im Innern gehegt. –

Deodatus beteuerte, um jedem Irrtum vorzubeugen, dass er nicht der Maler Haberland sei, mit dem er nur große Ähnlichkeit haben müsse, vielmehr, wie er hinlänglich auf die glaubhafteste Art nachweisen könne, Deodatus Schwendy heiße und aus der Schweiz hergereiset sei. Der Offizier versicherte dagegen, dass es hier auf den Namen gar nicht ankomme, da der Fürst nur eben den jungen Mann zu sprechen verlange, der im Walde verwundet worden. Nun erklärte Deodatus, dass er denn in jedem Fall der sei, den der Fürst gemeint, und dass er, da die Wunde nicht im Mindesten bedeutend, sich stark genug fühle, mitzugehen nach Sonsitz. Der Leibchirurgus des Fürsten bestätigte dies, Deodatus wurde sogleich in den bequemsten Reisewagen des Fürsten gepackt und fort ging es nach Sonsitz.

Ganz Hohenflüh war in Bewegung, als Deodatus durch die Straßen fuhr, und des Verwunderns kein Ende, da es unerhört, dass der Fürst einen Fremden nach Sonsitz holen lassen. Ebenso, ja noch mehr verwunderten sich aber die Hohenflüher, als sie die beiden seit vielen Jahren tödlich entzweiten Gevattern und Wirte zum goldnen Bock und zum silbernen Lamm erblickten, wie sie mitten auf der Straße, auf dem sogenannten breiten Stein freundlich miteinander konversierten, ja zutraulich sich in die Ohren zischelten.

Der geneigte Leser weiß bereits, wodurch der goldne Bock und das silberne Lamm versöhnt wurden, einen noch wirkungsvolleren Grund dieser augenblicklichen Versöhnung fanden beide aber jetzt in der gemeinschaftlichen brennenden, verzehrenden Neugierde, wer wohl der Fremde sein könne, dem das Außerordentlichste geschehn. –

Fünftes Kapitel

Auf den Schwingen des Sturms war das tobende Gewitter schnell entflohn über die Berge und nur noch aus weiter Ferne zürnte murmelnd der Donner. Die sinkende Sonne blickte feurig durch die dunklen Büsche, die, tausend blinkende Kristalltropfen abschüttelnd, sich wollüstig badeten in den Wogen der lauen Abendluft. – Auf einem von babylonischen Weiden umschlossenen Platz in jenem Park bei Sonsitz, den der geneigte Leser schon kennt, stand der Fürst mit übereinandergeschlagenen Armen wie eingewurzelt und blickte hinauf in das Azur des wolkenlosen Himmels, als wolle er verschwundene Hoffnungen, ein in Gram und Schmerz verlornes Leben herab erflehen. – Da wurde in dem Gebüsch der Gardeoffizier sichtbar, den der Fürst nach Hohenflüh geschickt. Ungeduldig winkte er ihn heran und befahl, den jungen Menschen, dessen Ankunft der Offizier ihm meldete, sogleich vor ihn zu bringen und sollte man sich dazu eines Tragsessels bedienen. – Es geschah, wie der Fürst geboten.

Sowie der Fürst den Deodatus ins Auge fasste, schien er auf das Heftigste bewegt, unwillkürlich entflohen ihm die Worte: »O Gott! – Meine Ahnung! – Ja – er ist es!«

Deodatus erhob sich langsam und wollte sich dem Fürsten nähern in ehrfurchtsvoller Stellung. »Bleiben Sie« – rief der Fürst, »bleiben Sie, Sie sind schwach, ermattet, Ihre Wunde ist vielleicht gefährlicher, als Sie glauben – meine Neugierde soll Ihnen auf keine Weise nachteilig sein. – Man bringe zwei Lehnsessel.« –

Alles dieses sprach der Fürst mit halber Stimme, abgebrochen, man merkte, dass er mit Gewalt des Sturms mächtig werden wollte, der in seinem Innern tobte.

Als die Lehnsessel herbeigebracht, als sich auf Geheiß des Fürsten Deodatus in den einen hineingesetzt, als alles sich schon entfernt hatte, ging der Fürst noch immer mit starken Schritten auf und ab. Dann blieb er vor Deodatus stehen, und in dem Blick, mit dem er ihn anschaute, lag der lebendigste Ausdruck des herzzerreißendsten Schmerzes, der tiefsten Wehmut, dann war es, als ginge alles wieder unter in der Glut eines schnell auflodernden Zorns. – Eine unsichtbare Macht schien sich feindlich zu erheben zwischen ihm und Deodatus, und voll Entsetzen, ja voll Abscheu prallte er zurück und schritt wieder heftiger auf und ab, indem er nur halbverstohlen hinblickte nach dem Jüngling, dessen Staunen mit jeder Sekunde stieg, der gar nicht wusste, wie sich ein Auftritt enden werde, der ihm die Brust zuschnürte.

Der Fürst schien sich an Deodatus' Anblick gewöhnen zu müssen, er rückte endlich den Lehnsessel halb abwärts von Deodatus und ließ sich ganz erschöpft darauf nieder. Dann sprach er mit gedämpfter, beinahe weicher Stimme: »Sie sind fremd, mein Herr, Sie betraten als Reisender mein Land. – Was gehen den fremden Fürsten, dessen Ländchen ich durchreise, meine Lebensverhältnisse an? So können Sie fragen – aber Ihnen selbst unbekannt, gibt es vielleicht gewisse Verhältnisse, gewisse geheimnisvolle Beziehungen – doch – genug. – Nehmen Sie mein fürstliches Wort, dass mich nicht leere kindische Neugierde treibt, auch sonst keine unlautere Absicht, aber – ich will, ich muss alles wissen!«

Die letzten Worte sprach der Fürst im Zorn entflammt, heftig auffahrend von dem Lehnsessel. Doch bald sich besinnend, sich zusammenfassend, ließ er sich aufs Neue nieder und sprach so weich wie vorher: »Schenken Sie mir Ihr ganzes Vertrauen, junger Mann, verschweigen Sie mir keines Ihrer Lebensverhältnisse, sagen Sie mir insbesondere, woher und wie Sie nach Hohenflüh kamen, in welcher Art das, was Ihnen in Hohenflüh begegnete, mit früheren Ereignissen in Bezug stand. Vorzüglich wünschte ich genau zu wissen, wie es mit der weisen Frau« –

Der Fürst stockte, dann fuhr er fort – wie sich selbst beschwichtigend: »Es ist tolles, wahnsinniges Zeug – aber eine Ausgeburt der Hölle ist dies Blendwerk oder – nun – sprechen Sie, junger Mann, sprechen Sie frei, kein Geheimnis, keine Lü« –

Eben wollte der Fürst wieder heftig auffahren, er besann sich schnell und sprach das Wort nicht aus, das er auf der Zunge hatte.

Aus der tiefen Bewegung, die der Fürst zu unterdrücken sich vergebens mühte, konnte Deodatus wohl abnehmen, dass es sich hier um Geheimnisse handle, in die der Fürst selbst verflochten und die ihm auf diese oder jene Weise bedrohlich sein müssten.

Deodatus seinerseits fand gar keinen Grund, nicht so aufrichtig zu sein, wie es der Fürst verlangte und begann von seinem Vater, von seinen Knaben- und Jünglingsjahren, von seinem einsamen Aufenthalt in der Schweiz zu erzählen. Er gedachte ferner, wie ihn der Vater nach Hohenflüh geschickt und ihm in geheimnisvollen Worten angedeutet, dass dort der Wendepunkt seines ganzen Lebens eintreten, dass er selbst zu einer Tat sich angeregt fühlen werde, die über sein Schicksal entscheiden würde. Getreu erzählte er nun weiter alles, was sich mit ihm, mit der weisen Frau, mit dem fremden Grafen in Hohenflüh begeben.

Mehrmals äußerte der Fürst das lebhafteste Erstaunen, ja er fuhr auf wie im jähen Schreck, als Deodatus die Namen Natalie – Graf Hektor von Zelies nannte.

Deodatus hatte seine Erzählung geendet, der Fürst schwieg, mit niedergebeugtem Haupt in tiefes Nachdenken versunken, dann erhob er sich, stürzte los auf Deodatus und rief: »Ha, der Verruchte, dieses Herz sollte die Kugel durchbohren, die letzte Hoffnung wollte er töten, dich vernichten – dich mein« –

Ein Tränenstrom erstickte des Fürsten Worte, er schloss, ganz Wehmut und Schmerz, den Deodatus in seine Arme, drückte ihn heftig an seine Brust.

Doch plötzlich prallte wie vorher der Fürst voll Entsetzen zurück und rief, indem er die geballte Faust emporstreckte: »Fort, fort, Schlange, die sich einnisten will in meiner Brust – fort! Du teuflisches Trugbild, du sollst meine Hoffnung nicht töten, du sollst mir mein Leben nicht verstören!«

Da rief eine ferne, seltsam dumpfe Stimme:

»Die Hoffnung ist der Tod, das Leben dunkler Mächte grauses Spiel!« und krächzend flatterte ein schwarzer Rabe auf und hinein ins Gebüsch.

Sinnlos stürzte der Fürst zu Boden. Deodatus, zu schwach ihm beizustehen, rief laut um Hülfe. Der Leibarzt fand den Fürsten vom Schlage getroffen und in dem bedenklichsten Zustande. Deodatus wusste selbst nicht, welches unnennbar schmerzhafte Gefühl des tiefsten Mitleids seine Brust durchdrang, er kniete nieder bei der Tragbahre, auf die man den Fürsten gelegt, er küsste seine welk herabgesunkene Hand und benetzte sie mit heißen Tränen. Der Fürst kam zu sich, die wie zum Tode erstarrten Augen hatten wieder Sehkraft. Er erblickte Deodatus, winkte ihm fort und rief mit bebenden Lippen, kaum verständlich: »Weg – weg!« –

Deodatus, tief erschüttert von dem Auftritt, der in das Innerste seines Lebens zu dringen schien, fühlte sich der Ohnmacht nahe, und auch seinen Zustand fand der Leibarzt so bedenklich, dass es nicht ratsam, ihn zurückzubringen nach Hohenflüh.

Habe auch, meinte der Leibarzt, der Fürst den Willen geäußert, dass der junge Mann sich wegbegeben solle, so könne er doch fürs Erste in einem entfernten Flügel des Landhauses untergebracht werden, und es sei gar nicht zu befürchten, dass der Fürst, der wohl in langer Zeit nicht aus dem Zimmer kommen dürfte, seinen Aufenthalt im Landhause erfahren sollte. Deodatus, in der Tat so erschöpft, dass er keines Willens, keines Widerspruchs fähig, ließ es sich gefallen, im Landhause des Fürsten zu bleiben.

War es schon sonst im Landhause still und traurig, so herrschte jetzt bei der Krankheit des Fürsten das Schweigen des Grabes, und Deodatus gewahrte nur dann, wenn ein Diener ihn mit den nötigen Bedürfnissen versorgte oder der Wundarzt ihn besuchte, dass noch außer ihm Menschen im Landhause befindlich. Diese klösterliche Einsamkeit tat indessen dem von allen Seiten bestürmten Deodatus wohl und er hielt eben das Landhaus des Fürsten für ein Asyl, in das er sich vor dem bedrohlichen Geheimnis, das ihn umgarnen wolle, gerettet.

Dazu kam, dass durch die schmucklose, aber freundliche bequeme Einrichtung der beiden kleinen Zimmer, die er bewohnte, vorzüglich aber durch die herrliche Aussicht, die er genoss, sein Aufenthalt jenen Reiz wohltuender Behaglichkeit erhielt, der das verdüstertste Gemüt aufzuheitern vermag. Er übersah den schönsten Teil des Parks, an dessen Ende auf einem Hügel die malerischen Ruinen eines alten Schlosses lagen. Hinter diesen stiegen die blauen Spitzen des fernen Gebirges empor. –

Deodatus nutzte sogleich die Zeit, als er ruhiger geworden und als ihm der Wundarzt dergleichen Beschäftigung erlaubte, um seinem alten Vater alles ausführlich zu schreiben, was sich alles mit ihm begeben bis zum letzten Augenblick. Er beschwor ihn, nicht länger zu schweigen über das, was ihm in Hohenflüh bevorgestanden und ihn so in den Stand zu setzen, seine eigne

Lage ganz zu übersehen und sich gegen die Arglist unbekannter Feinde zu rüsten. –

Von dem alten verfallenen Schloss, dessen Ruinen Deodatus aus seinen Fenstern erblickte, stand noch ein kleiner Teil des Hauptgebäudes ziemlich unversehrt da. Dieser Teil schloss sich mit einem herausgebauten Erker, der, da an der andern Seite die Hauptmauer eingestürzt, frei und luftig heraushing wie ein Schwalbennest. Eben dieser Erker war, wie sich Deodatus durch ein Fernrohr überzeugte, mit Gesträuch, das sich aus den Mauerritzen hervorgedrängt, bewachsen und eben dieses Gesträuch bildete ein Laubdach, welches sich ganz hübsch ausnahm. Deodatus meinte, dass es dort recht wohnlich sein müsse, wiewohl jetzt es unmöglich schien, hinaufzugelangen, da die Treppen eingestürzt. Umso mehr musste daher Deodatus erstaunen, als er in einer Nacht, da er noch zum Fenster hinausschaute, ganz deutlich ein Licht in jenem Erker bemerkte, das erst nach einer Stunde wieder verschwand. Nicht allein in dieser, sondern auch in den folgenden Nächten gewahrte Deodatus das Licht und man kann denken, dass der in unerklärliche Geheimnisse verflochtene Jüngling auch hier wieder ein verhängnisvolles Abenteuer vermutete.

Er teilte seine Beobachtung dem Wundarzte mit, der meinte aber, das Erscheinen des Lichts in dem Erker könne seinen natürlichen einfachen Grund haben: Eben in dem unversehrten Teil des Hauptgebäudes, und zwar im Erdgeschoss, wären einige Zimmer für den Förster eingerichtet, der die Aufsicht habe über den fürstlichen Park, könne nun, wie er sich bei dem Beschauen der Ruinen oftmals überzeugt, auch nicht wohl oder wenigstens nicht ohne Gefahr, der Erker bestiegen werden, so sei es doch möglich, dass vielleicht die Jägerbursche das Schwalbennest dort oben erklettert, um ihr Wesen ungestört zu treiben.

Deodatus war mit dieser Erklärung durchaus nicht zufrieden, er ahnte lebhaft irgendein Abenteuer, das sich in den Ruinen des Schlosses verborgen.

E.T.A. Hoffmann. Stich von Johann Nepomuk Passini
nach einer Porträtzeichnung von Wilhelm Hensel (1821)

Der Arzt verstattete ihm endlich, in der Dämmerung den Park zu durchwandern, wobei er aber mit Behutsamkeit jeden Ort vermeiden musste, der aus den Fenstern des Zimmers, in dem der kranke Fürst befindlich, übersehen werden konnte. Der Fürst war nämlich so weit hergestellt, dass er am Fenster zu sitzen und hinauszuschauen vermochte, seinem Scharfblick wäre Deodatus nicht entgangen und fort hätte dieser müssen ohne Widerrede. Wenigstens glaubte der Leibarzt bei der Art, wie der Fürst damals mit dem Ausdruck des Abscheues den Jüngling von sich fortrückte, dies voraussetzen zu müssen.

Deodatus wanderte, als ihm der Arzt Freiheit gegeben, sogleich nach dem verfallnen Schloss. Er traf auf den Förster, der über seine Erscheinung sehr verwundert tat und, als Deodatus ihm des Breiteren sagte, wie er hergekommen und wie sich dann alles begeben, ganz unverhohlen meinte, dass die Herren, die ihn ohne Vorwissen des Fürsten einquartiert hätten ins Landhaus, ein gewagtes Spiel spielten. Erführe nämlich der Fürst etwas davon, so könne es sein, dass er fürs Erste den jungen Herrn zum Tempel hinauswerfen ließe und alle seine Beschützer hinterher.

Deodatus wünschte den innern, noch unversehrten Teil des Schlosses zu sehen, der Förster versicherte dagegen trocken, dass dies nicht wohl angehe, da jeden Augenblick irgendeine morsche Decke oder sonst ein Stück Mauer einstürzen könne, überdem sei aber die Treppe so verfallen, dass kein sichrer Tritt möglich und man jeden Augenblick Gefahr laufe, den Hals zu brechen. Als nun aber Deodatus dem Förster bemerkte, dass er oftmals Licht im Erker erblickte, da entgegnete dieser im groben barschen Ton, dass das ein einfältiger Irrtum sein müsse und dass der junge Herr auch übrigens wohl tun werde, sich um nichts anderes zu kümmern als um sich selbst und auch nicht auf Beobachtungen auszugehen. Er könne dem Himmel danken, dass er, der Förster, Mitleiden mit ihm habe und nicht gleich hinginge und dem Fürsten rein heraussage, wie man gegen seinen strengsten Befehl gehandelt.

Deodatus gewahrte wohl, dass der Förster unter dieser Grobheit ein gewisses verlegenes Wesen zu verstecken sich mühte. Bestätigt fand aber Deodatus die Vermutung, dass ein Geheimnis hier verborgen, als er, über den Schlosshof schreitend, in einem ziemlich verborgenen Winkel des Gemäuers eine schmale hölzerne Freitreppe gewahrte, die neu erbaut und eben in den obern Stock des Hauptgebäudes zu führen schien.

Sechstes Kapitel

Des Fürsten Krankheit, die immer bedenklicher wurde, erregte nicht geringe Bestürzung, nicht geringe Besorgnis. Schon früher erfuhr nämlich der geneigte Leser, dass die Gemahlin des Fürsten nebst dem Kinde, das sie geboren, auf unbegreifliche Weise verschwand. Der Fürst war daher ohne Erben und sein Nachfolger auf dem Thron ein jüngerer Bruder, der sich durch sein übermütiges Betragen, durch lasterhafte Neigungen jeder Art, denen er auf freche Weise frönte, dem Hof und dem Volk verhasst gemacht hatte. Ein dumpfes Gerücht klagte ihn des frevenlichsten Verrats an dem Fürsten an und fand darin die Ursache, dass er sich aus dem Lande entfernen müssen, ohne dass jemand seinen jetzigen verborgenen Aufenthalt kannte.

Die Hohenflüher zerbrachen sich weidlich die Köpfe, wie es denn nun gehen würde, wenn der Fürst gestorben. Sie zitterten vor dem tyrannischen Bruder und wünschten, er läge, wie es schon einmal geheißen, wirklich in dem tiefen Grunde des Meers.

An der Wirtstafel im goldnen Bock war nun eben von diesen Dingen stark die Rede, jeder sagte seine Meinung und der bekannte Ratsherr urteilte, ein hochweiser Rat könne ja bei der Regierung der Stadt auch ein wenig die Regierung des Landes mit übernehmen, bis sich das Weitere finde. Ein alter Mann, der in sich gekehrt so lange geschwiegen, sprach nun mit dem Ton der tiefsten Rührung: »Welch ein herbes Ungemach trifft unser armes Land; den besten Fürsten erfasst irgendein unerhörtes Verhängnis und raubt ihm alles Lebensglück, alle Ruhe der Seele, bis er dem entsetzlichen Schmerz erliegt! Wir haben von dem Nachfolger alles zu fürchten und der einzige Mann, der feststehen wie ein Fels im Meer, der unser Hort, unser Heil sein würde, dieser einzige Mann ist dahin!« –

Jeder wusste, dass der Alte keinen andern meinte als den Grafen von Törny, der, bald nachdem die Fürstin verschwunden, sich vom Hofe entfernte.

Graf Törny war in jeder Hinsicht ein ausgezeichneter Mensch. Mit dem schärfsten Verstande, mit der freien Genialität, die den festen Takt gibt, nur das Richtige zu wollen und die Kraft, es zu vollbringen, verband er das edelste Gemüt, den regsten Sinn für alles Gute und Schöne. Er war der Beschützer des Unterdrückten, der rastlose Verfolger des Unterdrückers. So musste es kommen, dass der Graf nicht allein die Liebe des Fürsten, sondern auch die Liebe des Volks gewann, und nur ein sehr kleiner Teil wagte es, dem Gerücht Glauben beizumessen, das ihn als schuldbar darstellte und das, man wusste es, der Bruder des Fürsten, der den Grafen in der tiefsten Seele hasste, auszustreuen sich bemüht hatte. –

Mit einem Munde rief alles an der Wirtstafel: »Graf Törny! – Unser edler Graf Törny! O wäre er noch bei uns in dieser Zeit der Bedrängnis!« –

Man trank auf des Grafen Wohl. Wurde nun weiter von des Fürsten bedenklicher Krankheit gesprochen, die ihn in das Grab bringen könne, so war es natürlich, dass man des jungen Mannes gedachte, in dessen Gegenwart den Fürsten der böse Zufall getroffen hatte.

Der kluge Ratsherr witterte die abscheulichsten Dinge. Es sei gewiss, meinte er, dass der junge Mensch, der töricht genug gewesen, den hochweisen Rat durch zwei diverse Namen über seine Person täuschen zu wollen, ein Spitzbube im höhern Stil gewesen, der Arges im Sinn getragen.

Nicht umsonst habe der Fürst ihn nach Sonsitz und heraus nach dem Landhause bringen lassen, um ihn selbst über allerlei höllische Anschläge zu befragen, und die Artigkeit des Offiziers, der bequeme Wagen, der Leibarzt, alles sei nur Maske gewesen, um den Verbrecher lustig zu erhalten und guter Dinge, damit er alles gleich gestehe. Gewiss würde es dem Fürsten gelungen sein, alles herauszubringen, wenn ihm nicht die kalte nasse Abendluft den Schlagfluss zugezogen und der junge Mensch nicht die Verwirrung benutzt hätte, um schnell zu entfliehen. Er wünschte nur, dass der Taugenichts sich wieder sehen lasse in Hohenflüh, da solle er nicht zum zweiten Mal der Gerechtigkeit des hochweisen Rats entrinnen. – Eben hatte der Ratsherr dies gesprochen, als der junge Mann, von dem die Rede, hereintrat, stillschweigend und ernst die Gesellschaft grüßte und sich an die Tafel setzte.

»Schönstens willkommen, bester Herr Haberland«, sprach der Wirt, der des Ratsherrn böse Meinung gar nicht teilen konnte, »schönstens willkommen! – Nun! – Sie dürfen gewiss keine Scheu tragen, sich in Hohenflüh sehen zu lassen?« Der junge Mann schien über des Wirts Anrede sehr befremdet, da setzte sich der kleine dicke Ratsherr in Positur und begann sehr pathetisch: »Mein Herr, ich erkläre Ihnen hiermit« –, da fasste ihn aber der junge Mann mit einem scharfen durchdringenden Blick so fest ins Auge, dass er verstummte und unwillkürlich mit einer Verbeugung hinausstotterte: »Ganz gehorsamster Diener!« –

Vielleicht hat der geneigte Leser auch schon die Bemerkung gemacht, dass es Leute gibt, die, fasst man sie scharf ins Auge, sogleich wie im Gefühl schuldiger Demut zu grüßen pflegen.

Der junge Mann aß und trank nun, ohne ein Wort zu reden. Auf der ganzen Gesellschaft lag ein schwüles erwartungsvolles Stillschweigen.

Der Alte, der vorhin gesprochen, redete endlich den jungen Menschen an, indem er ihn fragte, ob die Brustwunde, die er im Walde bei Hohenflüh erhalten, schon wieder ganz geheilt sei.

Der junge Mann erwiderte, dass man sich in seiner Person irren müsse, da er nie in der Brust verwundet worden.

»Ich verstehe«, fuhr der alte Mann schlau lächelnd fort, »ich verstehe, Herr Haberland, Sie sind wieder völlig hergestellt und wollen von dem unangenehmen Vorfall nicht ferner reden. – Aber da Sie gegenwärtig waren, als unsern guten Fürsten der Schlag traf, so werden Sie uns am besten sagen können, wie sich alles begab und was man von dem Zustande des Fürsten zu hoffen oder zu fürchten hat.«

Der junge Mensch erwiderte, dass derselbe Irrtum auch hier im Spiele sein müsse, da er nie in Sonsitz gewesen, nie den Fürsten Remigius gesehen habe. Indessen sei ihm die Krankheit des Fürsten bekannt geworden und er wünsche, Näheres darüber zu erfahren.

Vielleicht, meinte der Alte, wolle oder dürfe der Herr Haberland von seinem Aufenthalt bei dem Fürsten nicht viel sprechen, vielleicht habe auch das Gerücht vieles von dem entstellt, was sich in Sonsitz begeben, so viel sei aber gewiss, dass der Fürst den jungen Mann, der hier verwundet worden und für den er den Herrn Haberland nun einmal halten müsse, nach Sonsitz herausholen lassen und dass ihn bei einem einsamen Gespräch mit diesem jungen Manne im Park der Schlag getroffen. Entfernte Diener hatten auch eine seltsame dumpfe Stimme rufen gehört:

»Die Hoffnung ist der Tod, das Leben dunkler Mächte grauses Spiel!«

Der junge Mensch seufzte tief auf, wechselte die Farbe, alles verriet die tiefste innere Bewegung. Er stürzte schnell einige Gläser Wein hinunter, bestellte eine zweite Flasche und entfernte sich aus dem Zimmer. Die Tafel war geendet, der junge Mensch kam nicht wieder. Der Portier hatte ihn schnell dem Neudorfer Tor zueilen gesehen. Die Bezahlung für das Couvert lag auf dem Teller.

Nun geriet der Ratsherr in gewaltigen Amtseifer, sprach von Nachsetzen, Steckbriefen etc. Der Alte erinnerte ihn aber an einen großen Vorfall, der ihm, als er bei ähnlichem Anlass eine unzeitige Tätigkeit bewiesen, eine tüchtige Nase von der Landesbehörde zugezogen, und meinte, es möchte wohl besser sein, sich um den jungen Mann gar nicht weiter zu kümmern und die Sache ruhen zu lassen.

Die ganze Gesellschaft stimmte dieser Meinung bei und der Ratsherr ließ wirklich die Sache ruhen. –

Während sich dies in Hohenflüh begab, war Haberlands Doppeltgänger, der junge Deodatus Schwendy, in einen neuen Zauberkreis bedrohlicher Abenteuer geraten.

Mit magischer Gewalt hatte es ihn immer hingezogen nach dem verfallenen Schlosse.

Als er einst, da es schon dämmerte, vor dem geheimnisvollen Erker stand und mit einer Sehnsucht, die er selbst nicht zu deuten wusste, hinaufblickte nach den erblindeten Fenstern, war es ihm, als gewahre er eine weiße Gestalt, und in demselben Augenblick fiel auch ein Stein zu seinen Füßen nieder. Er hob ihn auf und löste das Papier los, mit dem er umwickelt. Er fand folgende Worte mit Bleistift kaum leserlich hingekritzelt:

Georg! – mein Georg! – ist es möglich? Täuscht mich nicht mein aufgeregter Sinn? Du hier! – o ihr ewigen Himmelsmächte! – In diesen verfallenen Mauern liegt der Vater wie im Hinterhalt – ach! nur Böses brütend! Fliehe, fliehe Georg! ehe des Vaters Zorn Dich erreicht! doch nein – bleibe noch! – Ich muss Dich sehen – und ein einziger Augenblick seliger Wonne, dann fliehen! – bis Mitternacht ist der Vater abwesend. Komme! – über den Schlosshof – die hölzerne Treppe! Doch nein, es ist nicht möglich. Des Försters Leute – schlafen sie auch, die wachen Hunde fallen Dich an! Auf der Südseite steht noch eine Treppe, die nach den Zimmern führt, doch ist sie morsch und verfallen – Du darfst es nicht wagen, aber ich komme herab! – O Georg, was vermag alle Arglist der Hölle gegen ein liebendes Herz. Natalie ist Dein – Dein auf ewig! –

»Sie ist es«, rief Deodatus ganz außer sich, »es ist kein Zweifel mehr, ja sie ist es, der Traum des Knaben, die glühende Sehnsucht des Jünglings! – Hin zu ihr – um sie nie wieder zu lassen, aufgehen, lichtvoll aufgehen soll des Vaters dunkles Geheimnis! – Aber! – bin ich es denn? – Bin ich der George?« –

Wie ein tötender Krampf erfasste den armen Deodatus der Gedanke, dass ja nicht er, dass es jener unbekannte Doppeltgänger sei, den Natalie liebe, den sie wiedergefunden zu haben glaube. Und doch, so sprach das glühende Verlangen der Liebe aus dem Innern heraus, und doch, kann nicht eben jener Doppeltgänger der sein, der sie täuscht, kann ich nicht der sein, dem sie angehört, mit dem sie geheimnisvolle Bande verknüpfen? Hin zu ihr! – Sowie die Nacht eingebrochen, schlich Deodatus hinaus aus seinen Zimmern. Im Park, unfern des Landhauses hörte er Stimmen flüstern, schnell duckte er sich nieder ins Gebüsch. Da schritten zwei in Mäntel gehüllte Männer dicht bei ihm vorüber. »Also«, sprach der eine, »also noch lange könnte es dauern mit dem Fürsten, meinte heute der Leibarzt?« »So ist es, gnädigster Herr«, erwiderte der andere. »Nun«, fuhr der erste fort, »so muss man zu andern Mitteln« – die Worte wurden undeutlich. Deodatus richtete sich in die Höhe, dem Sprechenden fiel der volle Glanz der leuchtenden Mondesstrahlen ins Gesicht, Deodatus erkannte mit Entsetzen den Grafen Hektor von Zelies. –

Erbebend vor dem Gedanken, dass der Hölle schwarze Ausgeburt, dass der Mord hier im Finstern lauere, zu gleicher Zeit mit unwiderstehlicher Gewalt fortgetrieben von glühender Sehnsucht, von dürstendem Verlangen schlich Deodatus fort. Im Mondlicht fand er die verfallne Treppe an der Südseite, doch wollte er verzweifeln, als er, kaum einige Stufen hinaufgeklettert, die Unmöglichkeit einsah, in der tiefen Finsternis, die ihn nun umgab, weiter fortzukommen. Doch plötzlich leuchtete ein fernes Licht aus dem innern Gebäude ihm entgegen. Er kletterte nicht ohne Gefahr vollends die Treppe herauf, kam in einen hohen weiten Saal. – In blendendem Liebreiz, in hoher Anmut stand das holde Wunder seiner Träume vor ihm. »Natalie!«, rief Deodatus und stürzte dem herrlichen Frauenbilde zu Füßen. Doch mit süßem Wohllaut lispelte Natalie: »Mein George!«, und schloss den Jüngling in ihre Arme. Keine Worte – nur Blick, nur Kuss, die Sprache heißer stürmischer Liebesglut. Da rief Deodatus im Wahnsinn tötender Angst, inbrünstiger Wonne: »Mein – mein bist du, Natalie! – glaube an mein Ich – ich weiß, mein Doppeltgänger hat dir die Brust zerspalten wollen, aber er traf mich – es war nur eine Kugel, die Wunde ist geheilt und mein Ich lebt. – Natalie, sage mir nur, ob du an mein Ich glaubest, sonst erfasst mich der Tod vor deinen Augen? –

Ich heiße auch nicht George, aber doch bin ich selbst mein Ich und kein anderer.« –

»Weh mir«, rief Natalie, sich aus des Jünglings Armen loswindend, »George, was sprichst du? – Doch nein, nein! – ein bedrohliches Verhängnis hat deine Sinne aufgeregt! – Sei ruhig, sei ganz mein George!«

Natalie breitete die Arme aus und Deodatus umfing sie, drückte sie an die Brust, indem er laut rief: »Ja, Natalie, ich bin es, ich bin der, den du liebst. – Wer will es wagen, wer vermag es, mich aus diesem Himmel voll Seligkeit zu reißen! – Natalie – lass uns fliehen, lass uns fliehen – fort – dass mein Doppeltgänger dich nicht erreiche – fürchte nichts – es ist mein Ich, das ihn tötet!« –

In dem Augenblick ließen sich dumpfe Tritte hören und: »Natalie, Natalie!«, erscholl es durch die hohen Gemächer! –

»Fort«, rief Natalie, indem sie den Jüngling nach der Treppe drängte und ihm die Lampe, die sie mitgebracht, in die Hand gab, »fort, sonst sind wir verloren, der Vater ist gekommen. – Morgen um diese Zeit komme wieder, ich werde dir folgen.« –

Halb sinnlos kletterte Deodatus die Treppe herab, es war ein Wunder zu nennen, dass er nicht hinstürzte über die verfallenen Stufen. Unten löschte er die Lampe aus und warf sie ins Gebüsch. Kaum war er einige Schritte fortgegangen, als er hinterwärts von zwei Männern gepackt wurde, die mit ihm schnell davonrannten, ihn in den Wagen hoben, der vor dem Gattertor stand und mit ihm davonfuhren im sausenden Galopp.

Eine gute Stunde mochte Deodatus gefahren sein, als der Wagen still hielt im dicksten Walde vor einer Köhlerhütte. Männer mit Fackeln traten aus der Hütte, man bat den Jüngling auszusteigen, er tat es. Ein alter stattlicher Herr kam schnell heran und mit dem Ausruf: »Mein Vater!« stürzte ihm Deodatus an die Brust.

»Aus den Schlingen«, sprach der alte Amadeus Schwendy, »aus den Schlingen der Arglist und Bosheit habe ich dich gerettet, dem Morde habe ich dich entrissen, mein teurer Sohn! Bald enthüllt sich nun das Verborgene, bald tagt nun das herauf, was du in deiner Brust nicht zu ahnen vermagst.« –

Siebentes Kapitel

Am frühsten Morgen erwachte der Fürst aus tiefem ruhigen Schlummer. Er schien erquickt, die Krankheit gebrochen, mit Ungeduld verlangte er den Leibarzt. Nicht in geringe Verwunderung geriet dieser, als der Fürst ihm in dem mildesten Ton befahl, den Jüngling, den er, wie er sehr gut wisse, im Landhause verborgen, sogleich zur Stelle zu bringen.

Der Leibarzt wollte sein Verfahren mit dem Zustande des Jünglings, der Ruhe und die sorgsamste ärztliche Behandlung erfordert, entschuldigen, der Fürst unterbrach ihn aber mit der Versicherung, dass es keiner Entschuldigung bedürfe, da er, der Leibarzt, ihm, ohne es zu ahnen, die größte Wohltat erzeigt. Übrigens sei ihm gestern erst der Aufenthalt des Jünglings durch den Förster verraten worden. –

Deodatus war nun aber spurlos verschwunden und als der Fürst dies erfuhr, geriet er in sichtliche Bewegung. Mit dem schmerzlichsten Ton wiederholte er mehrmals: »Warum entfloh er – warum entfloh er? – Wusste er nicht, dass jede Betörung weicht im Tode?« –

Auf Befehl des Fürsten kam der Präsident des Staatsrats, außerdem aber noch der Präsident der obersten Justizkammer mit zwei Räten. Die Türen wurden sogleich verschlossen, man konnte vermuten, dass der Fürst testiere.

Am folgenden Morgen verkündete der dumpfe Ton der Glocken den Sonsitzern den Tod des Fürsten, der in der Nacht nach einem wiederholten Anfall des Schlags sanft und ruhig entschlummert war.

Der Staatsrat, die obersten Behörden versammelten sich im Schloss, der letzte Wille des Fürsten sollte eröffnet werden, da man mit Recht vermuten konnte, dass bei dem Mangel eines Thronfolgers darin Bestimmungen enthalten sein würden, wie wenigstens augenblicklich die Verwaltung des Staats fortgesetzt werden solle.

Der feierliche Akt sollte beginnen, als plötzlich, wie durch einen Zauberschlag hervorgerufen, der verschollene jüngere Bruder des Fürsten hineintrat und erklärte, dass er nun als regierender Fürst allein zu gebieten habe und dass jede Verfügung des Fürsten, die des Bruders Rechte auf den Thron auch nur im Mindesten schmälere, unwirksam sein und bleiben müsse. Mit der Eröffnung des Testaments habe es daher Zeit. –

Allen war die unerwartete Erscheinung des Fürsten Isidor ein unerklärliches Rätsel, denn niemand wusste, dass Fürst Isidor, durch das Alter, überdem aber noch durch falsches Haar, durch Schminke entstellt und auf diese Weise unerkannt im Lande hauste, dass er in den letzten Tagen in jenem verfallenen Schloss auf den Tod des Fürsten lauerte.

Gleich nachdem er das Fürstentum Reutlingen verlassen, hatte er den Namen eines Grafen Hektor von Zelies angenommen und überhaupt jede Spur, wo er geblieben, geschickt zu vertilgen gewusst. –

Der Präsident des Staatsrats, ein ehrwürdiger Greis, versicherte, dem Fürsten Isidor fest ins Auge blickend, dass, bevor nicht der letzte Wille des Fürsten Remigius eröffnet, er den

Bruder nicht für zur Thronfolge berechtigt halten könne. Gewisse Geheimnisse würden vielleicht kund werden und die Dinge sich anders gestalten.

Die letzten Worte sprach der Präsident mit erhöhter starker Stimme und man sah den Fürsten Isidor plötzlich erblassen.

Die Eröffnung des Testaments geschah nun mit den gewöhnlichen Förmlichkeiten und alle, den Fürsten Isidor ausgenommen, gerieten über den Inhalt in das frohste freudigste Erstaunen. Der Fürst hatte erklärt, wie er erst auf dem Todbette das heillose Unrecht eingesehen, das er der tugendhaften Gemahlin angetan, die er, auf den bloßen Verdacht der Untreue hin, den ihm ein arglistiger Bösewicht beizubringen gewusst, samt dem Kinde, das sie ihm geboren, verstoßen und in ein fernes ödes Grenzschloss einsperren lassen, aus dem sie entflohen, ohne dass es möglich gewesen, auch nur die mindeste Spur weiter von ihr zu erforschen. Den Sohn, Dank sei es der himmlischen Macht, habe er gefunden, denn die innerste Überzeugung sage es ihm, dass der Jüngling, der unter dem Namen Deodatus Schwendy zu ihm gebracht worden, kein anderer sei als eben sein Sohn, den er in satanischer Verblendung von sich geworfen. Jeden Zweifel, der über die Identität dieses Jünglings und seines Sohnes entstehen könne, werde der Graf von Törny heben können, der den Sohn gerettet und erzogen und der unter dem Namen Amadeus Schwendy in tiefer Verborgenheit auf einem Landhause bei Luzern wohne. – Dass übrigens der böse Verdacht, den er gehegt gegen die Rechtmäßigkeit der Geburt seines Sohnes, durchaus nichts vermögen könne, verstehe sich von selbst. – Den Rest des Testaments füllten Ausbrüche der tiefsten Reue, Beteuerungen, dass aller Argwohn vertilgt sei aus seiner Brust, und an den Sohn und künftigen Herrscher gerichtete kräftige väterliche Worte.

Fürst Isidor sah ringsumher mit lächelndem Hohn und meinte dann, dass das alles auf einer Vision des sterbenden Fürsten beruhen könne und dass er durchaus nicht geneigt sei, wohlerworbene Rechte wahnsinnigen Phantasien aufzuopfern. Wenigstens sei der vermeintliche Thronerbe nicht da und es werde sehr darauf ankommen, was der Graf von Törny sagen und wie es ihm gelingen möchte, jene Umstände, die der Fürst angeführt, so glaubhaft ins Klare zu stellen, dass kein Zweifel gegen den Jüngling, der plötzlich als Thronerbe vom Himmel gefallen und der vielleicht ein Abenteurer, aufkommen könne. Zur Zeit werde er daher sogleich den Thron besteigen.

Kaum hatte Fürst Isidor diese Worte gesprochen, als in voller Würde, reich gekleidet, den funkelnden Stern auf der Brust, der alte Amadeus Schwendy oder vielmehr der Graf von Törny hineintrat und an seiner Hand den jungen Menschen führte, der so lange für seinen Sohn Deodatus Schwendy gegolten. Aller Blicke waren auf den Jüngling gerichtet, alle riefen wie aus einem Munde: »Es ist der Fürst, es ist der Fürst!«

Noch waren aber die Wunder des Tages nicht erschöpft, denn sowie Graf Törny die Lippen geöffnet zum Sprechen, so unterbrach ihn der Jubel des Volks, der sich unten auf der Straße vernehmen ließ. »Es lebe die Fürstin – es lebe die Fürstin!«, so tönte es herauf, und bald trat eine hohe majestätische Frau in den Saal, der ein Jüngling folgte.

»Ist es möglich«, rief der Graf von Törny ganz außer sich, »ist es kein Traum? – Die Fürstin – ja es ist die Fürstin, die wir verloren glaubten!« – »Glückseliger Tag, segensreicher Augenblick, Mutter, Sohn, sie sind gefunden!« – So rief die ganze Versammlung.

»Ja«, sprach die Fürstin, »ja, der Tod eines unglücklichen Gemahls gibt euch, ihr Treuergebenen, eure Fürstin wieder, doch noch mehr! Erblickt den Sohn, den sie gebar, erblickt euern Fürsten, euern Landesherrn!«

Damit führte sie den Jüngling, der ihr gefolgt, mitten in den Saal. Ihm trat rasch der Jüngling, der mit dem Grafen von Törny gekommen, entgegen und beide, sich nicht nur gleichend, nein, einer des andern Doppeltgänger in Antlitz, Wuchs, Gebärde etc. blieben vor Entsetzen erstarrt in den Boden festgewurzelt stehen! – –

Es möchte hier der Ort sein, dem geneigten Leser zu sagen, wie sich alles begab am Hofe des Fürsten Remigius.

Fürst Remigius war mit dem Grafen von Törny aufgewachsen, beide, sich gleich an hohem Geist und edlem Gemüt, fühlten sich eng verkettet und so geschah es, dass, als der Fürst den Thron bestieg, der Freund, den er innig im Herzen trug, den er nicht lassen konnte, der erste nach ihm wurde im Staat. Dass der Graf sich in seiner Stellung überall Vertrauen und Liebe gewann, hat der geneigte Leser bereits erfahren.

Beide, der Fürst und Graf von Törny, waren, als sie einen benachbarten Hof besuchten, zu gleicher Zeit in Liebe gekommen und der Zufall wollte, dass Prinzessin Angela, welche der Fürst, und Gräfin Pauline, die der Graf gewählt, ebenso von Kindheit an in Lieb' und Freundschaft verbunden waren als sie selbst. Sie feierten beide ihre Vermählung an einem und demselben Tage und nichts in der Welt schien ein Glück verstören zu können, das in ihrem tiefen Innern begründet.

Ein dunkles Verhängnis wollte es anders! –

Je länger die Fürstin den Grafen Törny sah, je mehr sich ihr sein ganzes inneres Wesen glanzvoll entfaltete, desto stärker, desto wunderbarer fühlte sie sich hingezogen zu dem herrlichen Mann. Die reinste Himmelstugend, die vorwurffreieste Treue selbst, gewahrte die Fürstin endlich mit Entsetzen, dass die flammendste Liebesglut sie verzehre. Sie dachte, sie empfand nur ihn, Todesöde war in ihrer Brust, wenn sie ihn nicht sah, alle Wonnen des Himmels stiegen herab, wenn er kam, wenn er sprach! – Trennung, Flucht war nicht möglich und doch der furchtbare Zustand, in dem sie mit der glühendsten Leidenschaft, mit den qualvollsten Vorwürfen rang, nicht zu ertragen. Es schien oft, als wolle sie ihre Liebe und mit dieser ihr Leben aushauchen in den Busen der Freundin. Krampfhaft schloss sie in Tränen gebadet die Gräfin in die Arme und sprach mit herzzerschneidendem Ton: »Du Selige, dir glänzt ein Paradies, aber meine Hoffnung ist der Tod!« –

Die Gräfin, weit entfernt zu ahnen, was im Innern der Fürstin vorging, fühlte sich doch von dem namenlosen Schmerz der Fürstin so tief ergriffen, dass sie mit ihr klagte und weinte und sich auch den Tod wünschte, so dass der Graf über die plötzliche Melancholie der sonst heitern unbefangenen Frau nicht wenig in Verlegenheit geriet.

An beiden, an der Fürstin und an der Gräfin, hatte man schon in ihrer früheren Jugend zu Zeiten eine an Hysterismus grenzende Überspannung bemerkt, mit so größerem Recht glaubten daher die Ärzte, alle seltsamen Ausbrüche eines krankhaften Überreizes, die vorzüglich bei der Fürstin jedem Beobachter auffallen mussten, dem Zustande zuschreiben zu müssen, in dem sich beide Frauen befanden. Beide waren in guter Hoffnung.

Ein seltnes Spiel des Zufalls – oder mag es ein wunderbares Verhängnis genannt werden – fügte es, dass beide, die Fürstin und die Gräfin in derselben Stunde, ja in demselben Augenblick von Söhnen entbunden wurden. – Noch mehr! Mit jeder Woche, mit jedem Tage offenbarte sich deutlicher eine solche Ähnlichkeit, ja eine solche völlige Gleichheit beider Kinder, dass es ganz unmöglich, sie voneinander zu unterscheiden. Beide trugen in ihren kindischen Gesichtern aber schon deutlich die Züge des Grafen von Törny. Konnte hier noch ein Irrtum, eine Täuschung stattfinden, so entschied der ganz ausgezeichnete Bau des Schädels sowie ein kleines, wie die Mondessichel geformtes Mal auf der linken Schläfe jene Ähnlichkeit ganz und gar.

Das feindliche Misstrauen, der böse Argwohn, der jederzeit in einem verderbten Herzen zu wohnen pflegt, hatte dem Fürsten Isidor das Geheimnis der Fürstin verraten. Er war bemüht gewesen, das Gift dem Fürsten einzuflößen, das er gesogen, doch der Fürst wies ihn mit Verachtung zurück. Jetzt war der Zeitpunkt da, der dem Fürsten Isidor gelegen schien, seinen Angriff auf den Grafen Törny und auf die Fürstin, die er beide tödlich hasste, da sie überall seiner bösen Einwirkung entgegenstanden, zu erneuern.

Der Fürst wankte, doch nimmermehr hätte jene bloße Ähnlichkeit des Kindes mit dem Grafen Törny den Fürsten zu irgendeinem entsetzlichen Entschluss gebracht, hätte das Betragen der Fürstin nicht den Ausschlag gegeben.

Keine Ruhe fand die Fürstin, wie von dem tiefsten Schmerz, ja von namenloser Qual zerrissen durchjammerte sie die Tage, die Nächte. Bald bedeckte sie das Kind mit den zärtlichsten Küssen, bald gab sie es mit abgewandtem Gesicht, mit dem Ausdruck des tiefsten Abscheus zurück. »Gerechter Gott, so hart strafst du das Verbrechen!«, diesen Ausruf der Fürstin hatten mehrere gehört und auf nichts anders konnte dies deuten, als auf eine verbrecherische Tat, der nun die bitterste Reue folgte.

Mehrere Monate vergingen, endlich kam der Fürst zum Entschluss. In der Nacht ließ er Mutter und Kind nach einem öden entfernten Grenzschloss bringen und verwies den Grafen Törny vom Hofe. Aber auch der Bruder, dessen Anblick dem Fürsten unerträglich, musste fort. –

Nur der Geist hatte gesündigt, irdische Begierde keinen Teil daran, fest stand die Treue, aber auch jene Sünde des Geistes galt der Fürstin als ein strafwürdiges Verbrechen, das nur die tiefste Reue zu sühnen vermochte.

Der Aufenthalt in dem öden Schlosse, die strenge Bewachung, alles trug dazu bei, den krampfhaften Zustand, in dem sich die Fürstin befand, beinahe bis zum Wahnsinne zu steigern.

Da begab es sich, dass eines Tages mit Spiel und Gesang ein Zigeunertrupp daherzog und sich hinlagerte dicht vor den Mauern des Schlosses.

Der Fürstin war es, als fielen plötzlich dichte Schleier und sie vermöge hinauszublicken in ein helles buntes Leben. Eine unaussprechliche Sehnsucht erfasste ihre Brust. – »Hinaus – hinaus ins Freie! – Nehmt mich auf – nehmt mich auf!« – so rief sie, indem sie die Arme ausstreckte durch das geöffnete Fenster. Ein Zigeunerweib schien sie zu verstehen, denn freundlich winkte sie ihr zu, und blitzschnell hatte ein Zigeunerbube die Mauer erklettert. Die Fürstin nahm ihr Kind, rannte herab, die Pforte war offen, der Zigeunerbube schaffte geschickt das Kind herüber. Trostlos stand die Fürstin vor der Mauer, die sie nicht zu erklettern vermochte. Doch alsbald senkte sich eine Strickleiter herab, wenige Sekunden und sie war in Freiheit. –

Mit Jubel empfing sie die Zigeunerhorde, die ihrem Glauben gemäß in der vornehmen Frau, die dem Gefängnisse entflohen, einen Glücksstern fanden, der ihnen aufgegangen. »Hoho«, sprach ein altes Zigeunerweib, »seht ihr denn nicht, wie die Fürstenkron' auf ihrem Haupte funkelt? – Solch ein Glanz kann nie verbleichen.«

Das wilde nomadische Herumstreifen der Zigeuner, ihr Treiben dunkler Wissenschaft, geheimnisvoller Kunst war der Fürstin wohltätig, denn indem ihre beinahe bis zum wirklichen Wahnsinn gesteigerte Überspannung frei ins Leben treten konnte, wurde sie versöhnt mit dem Leben. Das Kind wussten die Zigeuner geschickt unterzubringen bei einem alten frommen Landpriester. Es ist kaum nötig zu sagen, dass es die Fürstin war, die, als sie ruhiger geworden und des wilden Lebens satt, sich von der Horde getrennt hatte, auftrat als weise Frau mit dem Raben usw. und ebenso ist es nun erklärt, warum Fürst Isidor den Maler Georg Haberland und den jungen Deodatus Schwendy für eine und dieselbe Person, und zwar für den jungen Fürsten, haltend, sich den auf jede Weise vom Halse zu schaffen suchte, der allein ihm jede Hoffnung auf den Thron vereiteln konnte.

Wunderbar ist es, dass beide, Haberland und Schwendy, das geliebte Wesen längst träumten, das ihnen dann in vollem Leben entgegentrat; wunderbar, dass eben dieses Wesen, Natalie, die Tochter des Fürsten Isidors war, welche beide, der Graf von Törny und die Fürstin als auserwählt ansahen, in der Verbindung mit dem Fürsten das dunkle Verhängnis, das bis dahin gewaltet, aufzuhalten, dass beide daher alle Mittel, die ihnen zu Gebote standen, aufbietend, dahin strebten, ein Paar zu vereinen, welches, wie sie wähnten, eine geheimnisvolle Verkettung der Dinge füreinander bestimmt hatte.

Man weiß, wie nun alle Pläne scheiterten, weil die Doppeltgänger auf ihren Wegen sich durchkreuzten, man weiß auch, wie, als der Fürst tödlich erkrankt, sich alle die, welche sein Gebot vertrieben hatte, sich wieder sammelten in seiner Nähe.

Achtes Kapitel

Also! – vor Entsetzen erstarrt, in den Boden festgewurzelt standen die beiden Doppeltgänger sich gegenüber. Eine dumpfe Gewitterschwüle lag auf der ganzen Versammlung, jeder fragte im Herzen: »Wer von beiden ist der Fürst?«

Der Graf von Törny brach zuerst das Stillschweigen, indem er dem Jüngling, der der Fürstin gefolgt, entgegentrat und wie in schmerzlicher Wonne rief: »Mein Sohn!« –

Da blitzten die Augen der Fürstin in strahlendem Feuer und sie sprach mit niederschmetternder Hoheit: »Dein Sohn, Graf Törny? – Und wer ist der, der neben dir steht? – Der Räuber eines Throns, der diesem gebührt, der an meiner Brust gelegen?«

Fürst Isidorus wandte sich an die Versammlung und meinte, dass, da über die Person des jungen Fürsten und Thronfolgers vollkommen Ungewissheit herrsche, so sei es natürlich, dass weder der eine noch der andere der beiden Prätendenten den Thron besteigen könne, vielmehr werde es darauf ankommen, wer von beiden seine rechtmäßige Geburt am besten und glaubhaftesten ausführen werde.

Einer solchen Ausführung, versicherte der Graf von Törny, bedürfe es ganz und gar nicht, da er im Stande sei, in wenigen Minuten die Versammlung davon zu überzeugen, dass sein Zögling, der Sohn des verstorbenen Fürsten Remigius, mithin dessen rechtmäßiger Thronfolger sei.

Das, was der Graf von Törny der Versammlung jetzt vortrug, bestand in Folgendem:

Zu sehr war die vertrauteste Dienerschaft des Fürsten Remigius dem Grafen ergeben, als dass dieser nicht von dem Entschluss des Fürsten unterrichtet sein, ja nicht den Augenblick hätte wissen sollen, der zur Fortschaffung der Fürstin und ihres Kindes bestimmt worden. Der Graf übersah die Gefahr, in die der Thronerbe geriet, die Verwirrung, die vielleicht künftig die Ähnlichkeit des Kindes mit dem seinigen veranlassen, das Unglück, welches nach dem Tode des Fürsten einbrechen konnte. Er beschloss, allem vorzubeugen.

Es gelang ihm, in später Nacht in Begleitung zweier vertrauter Räte, des Vorstehers des geheimen Archivs, des Leibdoktors, des Wundarztes und eines alten Kammerdieners in das Vorzimmer der Fürstin zu gelangen. Die alte, ebenfalls ins Vertrauen gezogene Wärterin brachte das Kind herbei, während die Fürstin eingeschlummert; diesem, das in einem durch narkotische Mittel hervorgebrachten Schlaf lag, wurde nun von dem Wundarzt ein kleines Zeichen auf die linke Brust gebrannt, dann nahm es der Graf Törny und übergab der Wärterin sein eignes Kind. Über den ganzen Hergang wurde ein genauer Akt aufgenommen und derselbe, dem eine Abbildung des eingebrannten Zeichens beigefügt, von allen gegenwärtigen Personen unterschrieben und besiegelt dem Archivarius übergeben zur Aufbewahrung im geheimen fürstlichen Archiv.

So geschah es, dass der Sohn des Grafen Törny mit der Fürstin fortgebracht und der junge Fürst von dem Grafen von Törny auferzogen wurde, für seinen Sohn geltend.

Die Gräfin, niedergebeugt von Gram, trostlos über das heillose Geschick ihrer Herzensfreundin starb bald nach ihrer Ankunft in der Schweiz.

Von den Personen, die damals bei dem Akt gegenwärtig gewesen waren, lebte noch der Wundarzt, der Archivarius, die Wärterin und der Kammerdiener, auf Graf Törnys Veranstaltung hatten sie sich alle eingefunden auf dem Schlosse.

Der Archivarius brachte nun den Akt herbei, der im Beisein der vorhin genannten Personen geöffnet und von dem Präsidenten des Staatsrats laut verlesen wurde.

Der junge Fürst entblößte die Brust, das Zeichen wurde gefunden, jeder Zweifel war gehoben und heiße Segenswünsche ertönten aus der Brust der treusten Vasallen.

Mit dem Ausdruck des tiefsten Ingrimms hatte sich Fürst Isidor entfernt, während der Akt verlesen wurde. – Als nun die Fürstin sich allein befand mit dem Grafen von Törny und den beiden Jünglingen, da war es, als wollte ihre Brust zerspringen, nicht mehr vermögend, den Sturm der mannigfachsten Gefühle zu bergen. Ungestüm warf sie sich an die Brust des Grafen und rief wie ganz aufgelöst in schmerzlicher Wonne: »O Törny! Dein Kind, deinen Sohn hast du verstoßen, um den zu retten, der unter diesem Herzen lag! – Aber ich bringe ihn dir wieder, den Verlornen! – O Törny, wir gehören nicht mehr der Erde an, kein irdischer Gram hat hinfort Macht über uns! – Lass uns die Ruhe, die Seligkeit des Himmels genießen! – Über uns schwebt sein versöhnter Geist! – Doch was vergaß ich! – Sie harrt, sie harrt, die selige Braut!« –

Damit ging die Fürstin in ein Nebenzimmer und kam zurück mit der bräutlich geschmückten Natalie. Keines Wortes mächtig hatten sich bis jetzt die Jünglinge angestarrt mit Blicken, in denen sich ein unheimliches Grauen abspiegelte. In dem Augenblick, als die Jünglinge Natalien erblickten, schien ein zündender Blitzstrahl sie zu beleben; mit dem lauten Ausruf: »Natalie!« stürzten sie beide los auf das holde Engelskind. Aber auch Natalien fasste tiefes Entsetzen, als sie die beiden Jünglinge gewahrte, ein Doppeltbild des Geliebten, den sie im Herzen getragen.

»Ha«, rief nun wild der junge Törny, »ha! Fürst bist du, du der Hölle entstiegener Doppeltgänger, der mir mein Ich gestohlen, der mir Natalien zu rauben, der mir das Leben aus der zerfleischten Brust zu reißen trachtet? – Eitler, wahnsinniger Gedanke! Sie ist mein, mein!«

Darauf der junge Fürst: »Was drängst du dich in mein Ich? – Was habe ich mit dir zu schaffen, dass du mich äffst mit meinem Antlitz, mit meiner Gestalt! – Fort! Hinweg – mein ist Natalie!«

»Entscheide, Natalie!«, schrie nun Törny, »sprich – schwurst du nicht Treue mir tausendmal in jenen seligen Stunden, als ich dich malte, als« – »Ha«, unterbrach ihn der Fürst, »gedenke jener Stunde in dem verfallnen Schloss, als du mir folgen wolltest« – und nun riefen beide wild durcheinander, »entscheide, Natalie, entscheide«, und dann einer wieder zum andern: »Lass sehen, wem es gelingt, sich den Doppeltgänger vom Halse zu schaffen – bluten, bluten sollst du, bist du kein satanisches Trugbild der Hölle!« –

Da rief Natalie im Jammerton trostloser Verzweiflung: »Gerechter Gott, wer ist es, wer von beiden, den ich liebe! – Ist dies Herz zerspalten und kann doch leben? – Gerechter Gott – lass mich sterben, sterben in diesem Augenblick« – Tränen erstickten ihre Stimme – Dann beugte sie das Haupt, hielt beide Hände vors Gesicht, es war, als ob sie hineinschauen wollte in ihre eigne innerste Brust. Dann sank sie nieder auf die Knie, erhob den tränenschweren Blick, die gefalteten Hände wie brünstig betend und sprach leise, mit dem Ton der innigsten herzdurchbohrendsten Wehmut: »Entsaget!«

»Es ist«, sprach die Fürstin mit verklärter Begeisterung, »es ist der Engel des ewigen Lichts selbst, der zu euch spricht.«

Noch starrten sich die Jünglinge an, wilde Flammen im Blick – da quoll plötzlich ein Tränenstrom ihnen aus den Augen, sie fielen sich in die Arme, sie drückten sich an die Brust, sie stammelten: »Ja! – entsagen – entsagen – vergib – vergib mir Bruder« – dann der Fürst zum jungen Törny: »Um meinetwillen verstieß dich der Vater – um meinetwillen hast du gelitten – ja, ich entsage!« – Dann der junge Törny zum Fürsten: »Was ist meine Entsagung gegen die deine! – Ja du, du warst es, du, der Fürst des Landes, dem die Prinzessin bestimmt.« –

»Habe Dank«, rief Natalie, »habe Dank, o ewige Macht des Himmels, es ist vorüber!« – Dann drückte sie den Abschiedskuss auf die Stirne beider Jünglinge und entfernte sich wankend auf der Fürstin Arm gestützt! –

»Ich verliere dich aufs Neue«, sprach der Graf von Törny mit tiefem Schmerz, als der Sohn fort wollte. »Vater«, rief dieser, »Vater, lass mir Zeit, lass mir Freiheit, dass ich nicht untergehe, dass dieses zerrissene Herz gesunde!« – Damit umarmte er schweigend nochmals den Fürsten, den Vater und eilte schnell davon. – –

Natalie begab sich in ein weit entferntes Fräuleinstift, dessen Äbtissin sie wurde. Die Fürstin, in ihren letzten Hoffnungen getäuscht, ließ das Grenzschloss, in dem sie sonst gefangen, bequem einrichten und wählte es zu ihrem einsamen Aufenthalt. Graf Törny blieb bei dem Fürsten. Beide sahen es gern, dass Fürst Isidor wieder außer Landes gegangen.

Ganz Hohenflüh war berauscht in Jubel und Freude. Die Tischlerzunft, unterstützt von würdigen Zimmerleuten, kletterte an der stattlichen Ehrenpforte, jede Gefahr verhöhnend, hin und her und klopften und hämmerten rüstig darauf los, während die Maler, jeden Augenblick des Losstreichens gewärtig, in den Farbentöpfen rührten und die Gärtnerbursche unabsehbare Kränze flochten von Taxus und buntleuchtenden Blumen. Die Waisenknaben standen schon in die Sonntagskleider gepresst auf dem Markt, die Schuljugend plärrte: »Heil dir im Siegerkranz« als Vorübung, dazwischen schrie dann und wann eine Trompete, wie die Heiserkeit ausräuspernd, und der ganze Mädchenflor gutdenkender Bürger prangte in neugewaschenen Kleidern, während Bürgermeisters Tinchen, allein in weißen knisternden Atlas angetan, Schweißtropfen vergoss, da der junge Kandidat, der zu Hohenflüh der Dichter von Profession, nicht nachließ, ihr die in Versen abgefasste Anrede an den Fürsten einzustudieren und dabei keinen einzigen deklamatorischen Effekt vernachlässigt haben wollte.

Arm in Arm gingen die beiden versöhnten Wirte zum goldnen Bock und zum silbernen Lamm die Straße auf und ab, beide sich sonnend in dem Gedanken, dass sie den gnädigsten Landesherrn bewirtet, beide behaglich hinaufschauend zu dem gewaltigen: *Vivat Princeps!*, das eben über ihren Haustüren eingeölt wurde, um abends bei der Illumination mächtig zu flammen. – Man erwartete den Fürsten in wenigen Stunden. –

In Reisekleidern, Reisebündel und Mappe auf dem Rücken, schlich der Maler George Haberland (kein anderer wollte der junge Graf Törny zur Zeit sein) durch das Neudorfer Tor. – »Ha«, rief ihm Berthold entgegen, »herrlich getroffen! – Glückauf, Bruder George! – Ich weiß alles! – Gott sei gedankt, dass du kein regierender Fürst bist, da wäre freilich alles vorbei gewesen. Aus dem Grafen mache ich mir ganz und gar nichts, denn ich weiß, du bist und bleibst Künstler. Und die, die du liebst? – Sie ist kein irdisches Wesen, sie lebt nicht auf der Erde, aber in dir selbst als hohes reines Ideal deiner Kunst, das dich entzündet, das aus deinen Werken die Liebe aushaucht, die über den Sternen thront.« –

»Ha, Bruder Berthold«, rief George, indem seine Augen aufstrahlten in himmlischem Feuer, »ha, Bruder Berthold, du hast Recht, sie – sie selbst ist die Kunst, in der mein ganzes Wesen atmet. – Nichts habe ich verloren, und will mich abgewendet vom Himmlischen, irdischer Schmerz erfassen, mich niederbeugen – du – dein unwandelbar heitres Gemüt –

Freundes Trost Balsam den Wunden,
Ist noch nicht für mich verhallt!« –

Die Jünglinge zogen weiter fort über die Berge! –

Anmerkungen

Für die Erarbeitung der folgenden Anmerkungen wurden Rogges und Steineckes Erläuterungen in den jeweiligen Ausgaben (Rogge bzw. Hoffmann SW 5) dankbar verwendet. Nicht übernommen wurden Rogges Varianten (*Roman des Freiherrn von Vieren / Das Bild der Mutter*).

Der Roman des Freiherrn von Vieren

Textgrundlage: Rogge Bd. 2, S. 31–100. Dieser ersten und bisher einzigen Ausgabe des Romanfragments lag die Handschrift im Chamisso-Nachlass in der Staatsbibliothek zu Berlin – Preußischer Kulturbesitz (Nachl. Adelbert von Chamisso, Kasten 5, Nr. 9, Bl. 1–52) in einer modernen Abschrift zugrunde. Die Handschrift besteht aus Doppelblättern in 4°, in den ersten vier Kapiteln in eine Lage sortiert (das erste und das vierte Kapitel fadengeheftet), in den Kapiteln 6 bis 8 jeweils in zwei Lagen. Einzelne Seiten am Kapitelende sind leer; die beiden fehlenden Seiten nach der zweiten Lage von Kapitel sechs hingegen könnten auf einem einzelnen, vielleicht kleineren Blatt gestanden haben und deswegen fehlen. Die von Contessa, Fouqué und Chamisso beschriebenen 112 Seiten (und nur diese, nicht die leeren) sind durchgängig eigenhändig in Tinte paginiert (dazu kommt eine Blattzählung der Bibliothek in Bleistift). Alle Manuskriptteile haben Korrekturen, einzelne stammen von jeweils fremder Hand; auffällig ist die Hervorhebung einzelner Stellen durch rote Anstreichungen an den Rändern. – Das Manuskript trägt keinen Titel, der von Rogge verwendete und seither gebräuchliche stammt aus E. T. A. Hoffmanns Brief vom 14. Mai 1815 (vgl. das Nachwort S. 200) und ist sonst nirgendwo belegt. In der folgenden Konkordanz sind die Verfasser der Kapitel, ihr Umfang nach der Originalpaginierung des Berliner Manuskripts sowie ihre Wiederverwendung verzeichnet.

Kap.	Verfasser	Manuskript, Originalpaginierung	Wiederverwendung
1.	Karl Wilhelm Salice-Contessa	p. 1–16	*Das Bild der Mutter* Kap. 1 (S. 57–65)
2.	Friedrich de la Motte Fouqué	p. 17–24	—

3.	Adelbert von Chamisso	p. 25–46	—
4.	Karl Wilhelm Salice-Contessa	p. 47–56	*Das Bild der Mutter* Kap. 3 (nur der Traum, S. 71–74; vgl. S. 31–34)
5.	E.T.A. Hoffmann	p. 57–65 (fehlt heute)	*Die Doppeltgänger* Kap. 1 (S. 133ff.?; vgl. Nachwort S. 216)
6.	Adelbert von Chamisso (ohne Kapitelnummer)	p. 66–82 (S. 81–82 fehlen)	—
7.	Friedrich de la Motte Fouqué	p. 83–97	—
8.	Karl Wilhelm Salice-Contessa	p. 98–112	*Das Bild der Mutter* Kap. 2 (S. 66–70; vgl. S. 49–54)

7 *Thespiskarren:* Ausdruck für eine Truppe fahrender Schauspieler (Thespis ist der Begründer der attischen Tragödie im 6. Jh. v. Chr., von dem man in Horaz' *Ars poetica*, Verse 275–277, nachlesen kann, er sei auf einem Karren herumgezogen). — 10 *concupisciert:* Vom lat. concupiscere: begehren, dringend wünschen. — *Sic erat in fatis:* So war es bestimmt (Ovid, *Fasti* 1, 481). — *Ainsi soit-il!:* Frz. So sei es! — *nequam:* Lat. nichtsnutzig. — *rascal:* Engl. für Schurke, in Deutschland um 1800 als Fremdwort gebräuchlich. Rascal heißt in Adelbert von Chamissos *Peter Schlemihls wundersame Geschichte* (1814) der Knecht, der sich als Schurke entpuppt. — *Bald ... zu Ende:* Friedrich Schiller, *Die Jungfrau von Orléans* (1801), Verse Talbots im III. Akt, Szene 6 (Verse 2346–2352). — *Hinauf ... Wolken:* Aus den Schlussversen von Jeanne d'Arc in Friedrich Schillers *Die Jungfrau von Orléans* (V/14). — 11 *Bestia quadrata:* Ital. vernünftiges Tier. Gemeint sein dürfte aber eher die Wendung bestia quadra: stumpfsinniges Tier, Mensch ohne Verstand (*Vocabolario degli Accademici della Crusca*, 1691, Bd. 3, S. 1290). — *malveillanten Acteurs:* Nach dem Frz. für feindselige oder boshafte Schauspieler. — *Nunc ... aequor:* Nach Horaz, *Carmina* I, 7, Vers 32: Nun werden wir die ungeheure Meeresfläche befahren. — 12 *in einer geräumigen Scheune:* Vgl. Goethe, *Wilhelm Meisters Lehrjahre*, Buch II, Kapitel 3: »Die Gesellschaft wurde nunmehr ins Schauspielhaus geführt, wozu man eine Scheune eingerich-

tet hatte, die gleich am Garten lag.« — 13 *liebe Natalie:* Dieser Zusatz E.T.A. Hoffmanns in der Handschrift wurde von Contessa nicht in *Das Bild der Mutter* übernommen. — 17 *wir reiten nach Polen:* Zusammen mit der Erklärung des Direktors S. 20, dass das Ziel das Hauptquartier der Grande Armée sei, die Napoleon im Laufe des Frühjahrs 1812 in Polen zum Krieg gegen Russland zusammenzog, erlauben diese Verse eine Datierung der Handlung. — *Pritsche:* Ein leichtes, gespaltenes Holzbrett, das zur Ausstattung des Hanswursts gehört und diesem zum Schlagen dient. — 21 *benennen:* Von Hoffmann korrigiert aus bannen (?). — 25 *Deodatus:* Von Gott Gegebener, Gottesgeschenk. So nannte später auch Chamisso seinen ältesten Sohn Ernst. — 26 *Ein stattlicher ... Brille:* Diesem Herrn, Amadeus Schwendys Freund Eduard, wie Haberland bald errät, dürfte Julius Eduard Hitzig Pate gestanden haben. — *englisch Öl:* Gemeint ist Ale, ein bierähnliches, aber früher ohne Hopfen hergestelltes, alkoholisches Getränk. — 28 *Hohenflüh:* Rogge sieht den Ortsnamen nach Jean Paul'scher Art gebildet (Hohenfließ heißt z.B. das eine der Fürstentümer im *Titan*). — 29 *den Tod ... Schwendy:* Vgl. Hoffmanns Brief an Fouqué vom 14. Mai 1815 (hier im Nachwort S. 201). — 32 *Ouvertüre des Don Juan:* Die Ouvertüre von Mozarts *Don Giovanni*; diese Oper war für E.T.A. Hoffmanns Musikverständnis – und damit sicherlich auch für das seines Kreises – zentral (vgl. die Erzählung in den *Fantasiestücken in Callot's Manier*). — 35 *Nemo:* Eigentlich lat. kein Mensch, niemand. — *Kalesche:* Leichter, offener Reisewagen. — 36 *Dorffälscher:* Dorffeldscher. Feldscher (aus Feldscherer) meint neben dem Barbier vor allem auch den Chirurgus. — 37 *»Schwere Not«:* Die beiden Absätze mit ihrem Sprung trennt in der Handschrift eine Leerseite am Ende der ersten drei Doppelblätter; das Folgende ist auf zwei ineinander gelegten Doppelblättern zu einem anderen Zeitpunkt und in einer markant abweichenden Schrift geschrieben. — *pro peccatis sui gentis:* Aus dem *Stabat mater* (richtig »pro peccatis suae gentis«): für die Sünden seiner Brüder. — 39 *Leier und Schwert:* Unter dem Titel *Leyer und Schwerdt* brachte Christian Gottfried Körner 1814 die Gedichte seines in den Befreiungskriegen gefallenen Sohnes Theodor Körner (1791–1813) heraus. Der Band gehörte zu den erfolgreichsten Lyriksammlungen im deutschen Sprachraum. — *ein Schlemihl:* Umgangssprachlich früher Träumer, Schelm, in der Gaunersprache auch Ungeschickter, Pechvogel (DWB Bd. 15, Sp. 624). Vgl. auch das Nachwort S. 210. — 41 *Unsinn, du siegst:* Friedrich Schiller, *Die Jungfrau von Orléans* (1801), III. Akt, Szene 6 (Talbot, Vers 2318). — 45 *Schwert ... Johanniterkreuz:* »Fouqué bekam 1814 für seine Tapferkeit im Feldzuge 1813, den er bis zur Schlacht bei Leipzig mitgemacht hatte, das Johanniterkreuz und trug es fortan mit dem größten Stolz. Als ihm Hitzig Ende Januar 1814 zwei Dekorationen übersandt hatte, dankte ihm Fouqué mit den Worten: ›Die überschickten Kreuze machen mir viele Freude und ich berge es dir nicht, daß ich oft mit großer Lust nach der geschmückten Seite hinsehe‹. Sein Schwert hing Fouqué feierlich in der Kirche von Nennhausen auf und ließ eine Inschrift anbringen: Dieses Schwert / hat / Friedrich Baron de la Motte Fouqué / im Jahre 1813 / zur Vertheidigung des Vaterlandes / ehrlich geführt / und es zu Gottes Lob und Preis / für den Sieg der gerechten Sache / hierher geweihet / am 13. Januar 1814.« (Rogge Bd. 2, S. 245f.) Vgl. Häker, *Fouqué*, S. 1–3.

Karl Wilhelm Salice-Contessa: Das Bild der Mutter

Erstdruck und Textgrundlage: *Das Bild der Mutter und das blonde Kind. Zwei Erzählungen von Chr. J. Contessa und C. W. Salice-Contessa.* Berlin (Realschulbuchhandlung) 1818. Wieder abgedruckt in *C. W. Contessa's Schriften.* Hg. von Ernst von Houwald. Bd. 6. Leipzig: Göschen 1826 sowie von Maaßen in seinem Band. Eine Handschrift außerhalb des Romanfragments hat sich nicht erhalten.

57 *Erstes Kapitel:* Auf der Grundlage des ersten Kapitels des Romans; die Varianten verzeichnet für dieses wie für die beiden weiteren übernommenen Kapitel Rogge. Die zum Roman angemerkten Stellen werden hier nicht wiederholt. — 58 *Furcifer:* Lat. Schimpfwort, etwa Galgenstrick. — *kujonieren:* Schimpflich behandeln, plagen. — 59 *Max … Tell:* Max Piccolomini in Schillers *Wallenstein* (1798/99) bzw. die Titelfigur im *Wilhelm Tell* (1804). — 60 *entêtiert:* Frz. in den Kopf gesetzt. — 65 *Zweites Kapitel:* Auf der Grundlage des achten Kapitels des Romans; die Varianten verzeichnet Rogge. — *Sis … vivas:* Horaz, *Carmina* 3, 27, Vers 13–14: So lebe denn glücklich, wo immer es dich hinzieht, und vergiss uns nicht ganz. — 67 *arabeskenartigen Zeichen und Figuren:* Die Rankenornamentik der Arabeske ist in der Ästhetik um 1800 Ausdruck der freien Einbildungskraft, für die Frühromantiker zudem »eigentliche sichtbare Musik« (Novalis) oder auch Sinnbild der Romantheorie (Friedrich Schlegel, *Gespräch über die Poesie*, 1800). Hier ist die Arabeske wohl als Metapher für die Verschlingungen zu lesen, in denen der Geist des halb gemütskranken, halb wahnsinnigen Grafen gefangen ist. — 69 *Geflister:* Nebenform von Geflüster (DWB Bd. 4, Sp. 2146). — 71 *Drittes Kapitel:* Den Traum hat Salice-Contessa dem vierten Kapitel des Romans entnommen. — 75 *Viertes Kapitel:* dieses und die folgenden Teile der Erzählung haben keine Vorfassung im Roman mehr. — 82 *Herrnhuther-Kolonie:* Die Herrnhuter Brüdergemeine, entstanden ab 1722 durch die aus ihrer Heimat vertriebenen Böhmischen Brüder und Nikolaus Ludwig Graf von Zinzendorf und

Pottendorf (1700–1760) in Herrnhut in der Oberlausitz. Die Brüdergemeine entwickelte sich nicht ohne Konflikte mit der sächsischen Landeskirche zu einer der – gerade auch in der Missionsarbeit – erfolgreichsten nachreformatorischen Strömungen. — 92 *Honny ... pense:* Altfrz. und berühmt als Motto des britischen Hosenbandordens: Verhöhnt sei der, der schlecht davon denkt. — 95 *es geht ... enden:* Schiller, *Die Piccolomini* (1799), III/9 (Thekla). — 96 *Quand ... devoir:* Ein berühmtes Zitat aus Voltaires *Mérope* (1743), II/7: »Wenn man alles verloren hat, wenn man keine Hoffnung mehr hegt, so ist das Leben eine Schande, der Tod eine Pflicht.« — 106 *Katafalk:* Gerüst, aufgebaut anlässlich einer Trauerfeier zur Präsentation des Sarkophags. — *Niobe:* Die Tochter des Königs Tantalus, deren Kinder von Apollon und Artemis getötet wurden. Das Bild, das der Schauspieldirektor evoziert, ist freilich eher das einer Pietà, ihre Nennung also nicht ganz passend; sie streicht ebenso wie die nicht immer ganz treffenden Fremdwörter und Bonmots seine Halbbildung heraus. — 107 *Belial:* Der Höllenfürst (ursprünglich der Name eines phönizischen Gottes), auch für Taugenichts, Nichtsnutz in Gebrauch. — *caudex:* Lat. Baumstamm, als Schimpfwort Klotz oder Tor. — *Kabliau:* Kabeljau; die Beschimpfung geht wohl darauf zurück, dass der Kabeljau zu Stockfisch verarbeitet wird. — 108 *Fahr wohl ... Freundschaft:* Schiller, *Die Jungfrau von Orléans* (1801), Verse Lionels im III. Akt, Szene 6 (Verse 2339–2345, gekürzt und verändert); aus der Szene hatte Salice-Contessa schon im ersten Kapitel zitiert. — *carnifex:* Lat. Henkersknecht, Galgenvogel. — 113 *Chapeaubas:* Ein Falthut, den man nicht aufsetzt, sondern unter dem Arm trägt. — 125 *Felicissime ... amplius:* Die Überbietung einer Wendung bei Horaz (*Carmina* 1, 13, Vers 17: »Felices ter et amplius«): Dreimal und mehr allerglücklichst, allerseligst. — *O Animal ... Padua:* Ital. wörtlich: O Tier des Heiligen Antonius von Padua. Antonius von Padua war auch Schutzpatron der Schweinehirten.

E. T. A. Hoffmann: Die Doppeltgänger

Erstdruck und Textgrundlage: *Feierstunden. Eine Schrift für edle Unterhaltung in zwanglosen Bänden.* Hg. von Ferdinand Freiherrn v. Biedenfeld und Christoph Kuffner. Zweiter Band. Brünn (Traßler) 1822, erschienen im Herbst 1821. Zu Lebzeiten Hoffmanns nicht wieder abgedruckt. Eine Handschrift hat sich nicht erhalten.

127 *Hochheimer und Nierensteiner:* Rheingauer bzw. rheinhessische Weißweine aus Hochheim am Main bzw. Nierstein (am Rhein). — 128 *Deodatus:* Vgl. Anm. zu S. 25. — *ins Gelag:* Ohne Überlegung, ohne an die Folgen zu denken (DWB Bd. 5, Sp. 2848). — 129 *Hohen-*

flüh: Vgl. Anm. zu S. 28. — *schlechten:* Hier wohl im Sinne von einfach, schlicht (DWB Bd. 15, Sp. 523ff.). — 132 *Sybille oder Pythia:* Sibyllae ist in der griechischen und römischen Antike die Bezeichnung für Seherinnen, Pythia für die weissagende Priesterin im Apollotempel zu Delphi nach dem alten Pytho für Delphi, wo der Gott den Drachen mit Namen Python erschlug. — 133 *Bosket:* Bosquet oder Boskett, in Barockgärten eine Anlage von geschnittenem, dichtem Gebüsch mit Binnengängen und freien Plätzen. — 134 *Phosphorus:* Lichtbringer, Bezeichnung für den römischen Gott Lucifer bzw. den Morgenstern. — *Glutwurm:* Glühwurm. — *Lucern:* Luzern, Schweizer Stadt am Vierwaldstättersee. — *in Herrnhuth oder Neusalz:* Über Herrnhut vgl. Anm. zu S. 82. Die Brüdergemeine unterhielt seit 1743 eine Kolonie im schlesischen Neusalz (heute Nowa Sól). — 138 *Smelfungus:* Eine Karikatur des englischen Romanciers Tobias Smollett (1721–1771) und von dessen griesgrämigen *Travels through France and Italy* (1766) in Laurence Sternes *A Sentimental Journey through France and Italy* (1768). — *Hektik:* Hier Auszehrung, Schwindsucht. — *Fallstafflein:* Falstaff aus Shakespeares *The Merry Wives of Windsor* (1597) und *King Henry IV* (1596/98). — *den Parthern:* Die Parther, deren Reich auf den Gebieten des heutigen Iran und Irak im 1. bis 3. Jh. n. Chr. bestand, hatten den Ruf, zum Schein fliehend auf ihre Feinde zu schießen. — 140 *Unbild:* Unbill. — *ausgebildetste Somnambüle:* Somnambulismus bezeichnet in den Heilformen des animalischen Magnetismus Zustand und Grad der Hypnose, in die der Patient versetzt wird (vgl. z. B. das von Hoffmann sehr geschätzte Buch Carl Alexander Ferdinand Kluges *Versuch einer Darstellung des animalischen Magnetismus als Heilmittel*, 1811); in den höchsten Zuständen werden die Patienten, oft Patientinnen, clairvoyant(e)s, hellsichtig. Was zunächst auf den eigenen Körper und dessen Krankheit bezogen war, konnte sich, verbunden mit extremer Reizbarkeit, auf die Fähigkeit zu Geisterschau und Hellsehen oder den Glauben daran ausweiten. Der berühmteste Fall ist Friederike Hauffe (1801–1829); um sie dreht sich Justinus Kerners Buch *Die Seherin von Prevorst* (1829). Von solchen Hellseherinnen ist in der Zeit aber häufig die Rede, z. B. auch bei Jean Paul und dessen Sohn Max (Jean Paul SW, Abt. III, Bd. 8, S. 95 und Abt. IV, Bd. 8, S. 161 und 195). — 144 *Papagenopfeife:* Die antike Hirtenpfeife Papagenos in Wolfgang Amadeus Mozarts *Die Zauberflöte.* — *Tressenhütlein:* Hut mit Bandgewebe, das oft aus Gold- und Silberfäden hergestellt wurde. — *Hamletskragen:* Ein Kragen à la Hamlet, in den 1780er Jahren der letzte Schrei; der junge Jean Paul bittet aus Leipzig seine Mutter um ein entsprechend geschnittenes Oberhemd »à la Hamlet [...]. Bei Ihnen wird dies niemand verstehen, das heist nämlich, forn bei der Brust müssen sie offen sein, daß man den bloßen Hals und die Brust sehen kann; das

Blick von der Ecke Französische Straße / Charlottenstraße über den Gendarmenmarkt in Richtung Osten. Postkarte nach dem um 1820 entstandenen Stich von Friedrich August Calau.

ist hier Mode.« (Jean Paul SW, Abt. III, Bd. 1, S. 13). — 146 *Puppenspiel ... italienischer Art:* Das neapolitanische Puppentheater bediente sich der Masken der Commedia dell'arte. Im Folgenden treten Pulcinella, der zugleich tölpelhafte und listige, bucklige Bauer als Spaßmacher (dem Pendant zum Arlecchino), sowie der geschwätzige und lächerliche Doktor auf. — 155 *emanierte Duell-Mandat:* Das jüngst ergangene Duell-Verbot. — 156 *Aktuar:* Gerichtsschreiber. — 157 *submisser:* Von lat. submissus, unterwürfig. — 158 *babylonischen Weiden:* Salix babylonica ist die Trauerweide. — 166 *frevenlichsten:* Von Freven als Nebenform von Frevel (DWB Bd. 4, Sp. 178f.): frevelhaft. — 167 *Zufall:* Hier im Sinne von (Krankheits-)Anfall (DWB Bd. 32, Sp. 343). — 168 *Vielleicht ... pflegen:* Dazu passt ein Eintrag in einem blauen Quartheft, das Hoffmann von 1819 bis 1822 führte (S. 19): »Es giebt Menschen, die, wenn man sie scharf ins Auge faßt, sogleich ein Compliment machen.« (Hoffmann NL, S. 351.) — 169 *Couvert:* Frz. Gedeck. — 174 *testiere:* Hier ein Testament machen. — *Fürstentum Reutlingen:* Am Anfang des 2. Kapitels »Reitlingen«! — 185 *Taxus:* Eibe. — *Heil dir im Siegerkranz:* Heinrich Harries' *Lied für den dänischen Untertan* (1790) dichtete Balthasar Gerhard Schumacher 1793 auf Friedrich Wilhelm II. um und ließ es als *Berliner Volksgesang* erscheinen. Gesungen auf die Melodie von *God save the king* wurde *Heil dir im Siegerkranz* zur preußischen Königs- und später zur Kaiserhymne. — 186 *Vivat Princeps!:* Lat. Es lebe der Fürst!

Autoren

Adelbert von Chamisso

Adelbert von Chamisso, geb. 1781 auf Schloss Boncourt in der Champagne, 1792 Flucht aus Frankreich, Emigration zunächst in die Niederlande und nach Süddeutschland, ab 1796 in Berlin, 1798–1807 Dienst in der preußischen Armee als Fähnrich, ab 1803 Anschluss an die Berliner Romantiker (Nordsternbund), 1806 Kriegsgefangenschaft, 1807 Rückkehr nach Berlin, wo er wieder im Kreis um Karl August Varnhagen von Ense verkehrt, ab 1814 im Freundeskreis von E. T. A. Hoffmann (Seraphinenorden), 1815–1818 Weltreise als Naturwissenschaftler, nach seiner Rückkehr Mitglied der Serapionsbrüder, 1819 Heirat mit einer Pflegetochter Julius Eduard Hitzigs, im selben Jahr Mitglied der Leopoldina in Halle, 1835 Mitglied der Preußischen Akademie der Wissenschaften in Berlin, gest. 1838. Gedichte, darunter *Frauen-Liebe und Leben* (gesammelt 1831), *Peter Schlemihl's wundersame Geschichte* (1814), *Reise um die Welt mit der Romanzoffischen Entdeckungs-Expedition in den Jahren 1815–1818* (1836).

Ernst Theodor Amadeus Hoffmann

Ernst Theodor Amadeus (eigtl. Wilhelm) Hoffmann, geb. 1776 in Königsberg, ab 1792 dort Studium der Rechte, ab 1795 als Jurist im preußischen Staatsdienst, im selben Jahr erste schriftstellerische Arbeiten, 1798 in Berlin, 1800 in Posen, 1802 in Płock, 1804 in Warschau, 1806 nach dem Einmarsch der Franzosen stellungslos, 1807/08 in Berlin, 1808–1813 als Musikdirektor und Theaterarchitekt in Bamberg, 1813/14 in Dresden und Leipzig, ab 1814 am Berliner Kammergericht, gest. 1822. Zunächst Zeichner, Maler und Komponist (*Undine* auf ein Libretto von Friedrich de la Motte Fouqué, 1812–1816), ab 1809 entsteht das erzählerische Werk (*Fantasiestücke in Callot's Manier*, 1814/15; *Die Elixiere des Teufels*, 1815/16; *Nachtstücke*, 1816/17; *Die Serapions-Brüder*, 1819–1821; *Lebens-Ansichten des Katers Murr*, 1819–1821).

Friedrich de la Motte Fouqué

Friedrich de la Motte Fouqué, geb. 1777 in Brandenburg a. d. Havel, als Jugendlicher Ausbildung zum Offizier, 1794 Teilnahme am ersten Koalitionskrieg (Rheinfeldzug) als Fähnrich, 1802 quittiert er den Militärdienst und heiratet 1803 Caroline von Rochow, mit der er auf dem

Rittergut Nennhausen bei Rathenow lebt, das sich bald zu einem Künstlertreffpunkt entwickelt, Beginn der schriftstellerischen Karriere des Ehepaares, 1813–1815 Teilnehmer am Befreiungskrieg als Offizier, ab 1815 immer wieder im Freundeskreis von E.T.A. Hoffmann anwesend, 1818 erleidet Fouqué einen Schlaganfall, 1831 Tod von Caroline de la Motte Fouqué, gest. 1843. Fouqué war mit Romanen, Erzählungen und Dramen erfolgreich, die in der nordischen Frühgeschichte und Sagenwelt und in einem mehr mythischen als historischen ›Mittelalter‹ spielen (*Der Held des Nordens*, 1810; *Der Zauberring*, 1812), aber bisweilen auch einen bestimmbaren historischen Hintergrund haben (*Eine Geschichte vom Galgenmännlein*, 1810; *Alethes von Lindenstein*, 1817). Seine Erzählung *Undine* (1811) arbeitete Fouqué selber zum Libretto für Hoffmanns Oper aus.

Karl Wilhelm Salice-Contessa

Karl Wilhelm Salice-Contessa, geb. 1777 in Hirschberg (Schlesien), 1795–1798 Studium am Pädagogium in Halle, wo er sich mit dem Dramatiker Ernst von Houwald anfreundet, danach Studium der Rechte in Erlangen, das er nach einem Jahr abbricht, Rückkehr nach Halle, 1802 Heirat, 1803 Tod der Frau, 1805 Übersiedlung nach Berlin, wo er bald in den Romantikerkreisen verkehrt und selbst zu schreiben beginnt, 1814 Mitglied des Seraphinenordens, 1816 nach dem Tod seiner zweiten Frau Übersiedlung auf das Niederlausitzer Gut Sellendorf seines Freundes Houwald, häufige und längere Aufenthalte in Berlin, 1818 Mitglied der Serapionsbrüder, gest. 1825. Salice-Contessa schrieb eine Reihe von Erzählungen und Märchen, von denen einige ausdrücklich an Hoffmann ausgerichtet sind (*Meister Dietrich*, 1809; *Magister Rößlein*, 1810; *Haushahn und Paradiesvogel, oder die Gebirgsreise*, 1813; *Das Gastmahl*, 1816; *Die Schatzgräber*, 1819).

Von Zwillingen, Drillingen und Doppelgängern oder Die schöne Verwirrung der Fantasie

Am 14. November 1818 versammelten sich in der Taubenstraße 31, in dem Logis zwei Treppen hoch an der Ecke zur Charlottenstraße und mit Blick auf den Gendarmenmarkt, erstmals seit längerem einige Schriftsteller und Literaturliebhaber um den Hausherrn E.T.A. Hoffmann: Adelbert von Chamisso, Julius Eduard Hitzig und Karl Wilhelm Salice-Contessa. Ihre fortgesetzte Geselligkeit, an der auch Ludwig Devrient, Ferdinand Koreff, Friedrich de la Motte Fouqué und einige Gäste teilnahmen, erhielt den Namen Serapions, des Märtyrers und Heiligen, dessen Tag der 14. November war; und unter dem Namen der *Serapions-Brüder* veröffentlichte Hoffmann von 1819 bis 1821 Geschichten, die an diesen Abenden erzählt wurden. So jedenfalls will es die Dichterlegende, wie sie Hoffmann selber im Vorwort zum ersten Band der *Serapions-Brüder* in die Welt setzt: »Die Aufforderung des Herrn Verlegers, daß der Herausgeber seine in Journalen und Taschenbüchern verstreuten Erzählungen und Märchen sammeln und Neues hinzufügen möge, so wie, daß dieser mit einigen herzgeliebten, seinen Dichtungen geneigten Freunden nach langer Trennung wirklich an einem Serapionstage wieder zusammentrat, veranlaßten dies Buch, und die Form, in der es erscheint.«[1] Hitzig, Hoffmanns Biograph, wirkte an der Verbreitung der Legende mit und nahm die Idee zur regelmäßigen Geselligkeit gleich für sich in Anspruch: Er habe »die Einrichtung begründet, daß man einmal in der Woche in Hoffmanns Wohnung zusammenkam, um sich miteinander zu besprechen und das etwa Gearbeitete mitzuteilen«.[2]

Zusammen mit den *Fantasiestücken in Callot's Manier* sind *Die Serapions-Brüder*, vor allem dank der Entdeckung Hoffmanns in Paris (an der wiederum Koreff Anteil hatte), zu einem Initiationsbuch der europäischen Romantik geworden. Die Sammlung sollte ursprünglich den Namen jenes Kreises, der sich 1814/15 gesammelt hatte, tragen: *Die Seraphinen-Brüder*.[3] Dass Hoffmann den Titel änderte, verdankte sich nicht nur der Wiederfindung des Kreises unter anderem Namen, sondern auch Verschiebungen in seiner Poetik. Aber auch der Seraphinenorden hatte sein Buch: *Der Roman des Freiherrn von Vieren*. Dieses Buch und die zugehörigen beiden Erzählungen muss man mitsamt ihren köstlichen Verwirrungen der Phantasie – und im Falle Hoffmanns den Abgründen – erst wieder entdecken.

I

Am 6. April 1814 dankte Napoleon als Kaiser der Franzosen zugunsten seines Sohnes ab und kapitulierte einige Tage später mit dem Vertrag von Fontainebleau bedingungslos. Damit nahmen über zwanzig Jahre Revolution, fortgesetzter politischer Umwälzungen und Krieg ein Ende (das Nachspiel im kommenden Frühjahr konnte 1814 niemand erahnen). Für Preußen bedeutete dies, dass es die Größe, wenn auch nicht durchgehend die Territorien von 1806 wieder erhielt: verkleinert um die Gebiete des zu Russland geschlagenen Königreichs Polen, vergrößert um beachtliche Teile der Rheinlande. Hatten nach dem Frieden von Tilsit 1807 viele Beamte ihre Stellung verloren, weil der Staat auf die Hälfte seines Gebietes zusammenschmolz und damit auch ökonomisch abstürzte, so fanden viele dieser Beamten 1814 wieder eine Anstellung in der neu aufzubauenden Verwaltung. Auch E. T. A. Hoffmann und sein Freund Hitzig kehrten in den Staatsdienst und Hoffmann damit nach Berlin zurück.

Die beiden Juristen hatten sich 1804 in Warschau kennengelernt; nach dem Zusammenbruch Preußens war Hitzig 1807 nach Berlin zurückgekehrt und hatte sich als Verleger durchgebracht (u. a. von Heinrich von Kleists *Berliner Abendblättern*). Hoffmann war im Juni 1807 zunächst ebenfalls nach Berlin umgezogen, hatte danach im September 1808 das Amt des Bamberger Musikdirektors angetreten, das er nach wenigen Wochen niederlegte, sich danach in Bamberg als Theaterarchitekt und -maler durchgeschlagen, hatte sich als Musikrezensent betätigt (in dieser Zeit entstand auch die berühmte Rezension der 5. Sinfonie Beethovens) und Opern komponiert (darunter die *Undine*). Im Januar 1809 schloss er *Ritter Gluck* ab, seine erste Erzählung, im September 1812 *Don Juan*. Die beiden Musikgeschichten stehen am Anfang von Hoffmanns Erzählungen, die die Musik bald als ihren Mittelpunkt aufgeben, wenn auch als Gegenstand nie ganz aus dem Auge verlieren werden; 1814 und 1815 erscheinen die *Fantasiestücke in Callot's Manier*, deren ersten Band diese beiden Erzählungen und die *Kreisleriana* beherrschen, während im zweiten, dritten und vierten mit den *Schicksalen des Hundes Berganza*, *Der Magnetiseur*, *Der goldne Topf* und *Die Abentheuer der Sylvester-Nacht* vor allem nichtmusikalische Geisterstimmen zu Wort kommen.

Im selben Herbst 1814, in dem der dritte Band der *Fantasiestücke* zur Michaelis-Messe angekündigt wurde, trat Hoffmann nach einem Intermezzo in Dresden und Leipzig, wo er während des Krieges regelmäßig Opernaufführungen dirigiert hatte, seine Stelle beim Kammergericht an. Das Tagebuch vermerkt für den 26. September 1814 die Ankunft in Berlin und für den 4. Oktober den Bezug der Wohnung in der Französischen Straße, wo Hoffmann fast an der Ecke zum Gendarmenmarkt in der

Nummer 28 zwei Treppen hoch einzog. Noch vorher, bereits für den Tag nach der Anreise, notiert Hoffmann ein Treffen mit Hitzig und die neue Bekanntschaft Friedrich de la Motte Fouqués.[4] Das Tagebuch bricht mit dem Einzug in die neue Wohnung zunächst ab, doch dürfte das rege Gesellschaftsleben des Schriftstellerkreises weitergegangen sein. Am 1. November 1814 schreibt er an seinen Freund Theodor Gottlieb von Hippel in Marienwerder: »Die beyden ersten Tage, als ich in B[erlin] angekommen, lebte ich in der That wie in einem FreudenTaumel. – Der herrliche Fouqué kam nehmlich gerade von Nennhausen herein und mit ihm lernte ich bey einem Mahl, das Hitzig angeordnet, Tieck, Franz Horn und Chamisso kennen.«[5] Der Literaturhistoriker und Romancier Franz Horn (1783–1837) wird ebenso wenig wie Ludwig Tieck zu Hoffmanns engerem Kreis gehören. Anders Adelbert von Chamisso, den Hoffmann allerdings bereits von seinem letzten Berlin-Aufenthalt kannte und von dem eben *Peter Schlemihls wundersame Geschichte* erschienen war, die auf Hoffmann »besonders gewirkt«[6] hat und die er im 4. Band der *Fantasiestücke* in *Die Abentheuer der Sylvester-Nacht* verarbeiten wird. Auf diesen Herbst war auch die Gründung des Seraphinenordens gefallen, vermutlich auf den 12. Oktober, den Tag des Heiligen Seraphinus von Montegranaro (gest. 1604). Zu der geselligen Schriftstellerrunde gehörte neben Hoffmann, Hitzig und Chamisso auch Karl Wilhelm Salice-Contessa. Man mag sich Geschichten vorgelesen und erzählt haben, meist in Hoffmanns Wohnung oder in einem Kaffee- und Weinhaus Unter den Linden 44, an der Ecke Friedrichstraße: bei Manderlee (Abb. S. 200 f.). Manderlee oder Manderloe(e), wie Hoffmann gerne schreibt, war von Hitzig als »anspruchsloses Kaffehaus gewählt [worden], das den Vorzug gewährte, sich darin von den Gästen, mit denen man keinen nähern Verkehr wünschte, absondern zu können.«[7] Und an die Schriftstellerin Fanny Tarnow in Dresden schreibt er am 26. April 1815: »Von dieser kleinen Gesellschaft bin ich der Kitt, der sie zusammenhält, ein Talent, das mir überhaupt Gott gegeben hat, und ich kann wohl sagen, daß, wenn ich zu ihnen, die jeden Abend, auch ohne mich, dort zusammentreffen, komme, es ihnen immer ein Fest ist. [...] So sitzen wir oft bis Mitternacht in vernünftigem, nicht philistrigem Gespräch«.[8] Der Name der Gesellschaft – Seraphinenorden – ist weder bei Hitzig noch bei Hoffmann, sondern nur in einem Brief des Theologiestudenten Johann Georg Seegemund (der auch sich selbst, Koreff und Fritz Pfuel zum Kreis zählt) überliefert.[9]

Den 13. Januar 1815 nehmen sich Hoffmann und seine Freunde in der Französischen Straße 28 zunächst ein Manuskript vor, anschließend besuchen sie das Kaffeehaus. Danach notiert Hoffmann in sein Tagebuch: »Abends Chamisso, Hitzig und Comtessa bey mir – Die Erzählung vorgelesen – Entschluß des Romans en quatre – sehr gemüthliche

Stim[mun]g – Manderloeh«.[10] Bei der vorgelesenen Erzählung handelt es sich um die einige Tage zuvor abgeschlossenen *Abentheuer der Sylvester-Nacht*; der Eintrag legte es nahe, dass diese episodische Geschichte den Entschluss, einen Roman zu vieren zu schreiben, angestoßen haben könnte. Im Tagebuch ist von diesem Roman weiter nicht die Rede, auch, weil es bereits im März 1815 abbricht. Und die Auskünfte in der Korrespondenz sind nicht weniger spärlich: Vermutlich von Anfang Mai 1815 stammt ein Brief Salice-Contessas an Hoffmann, dessen Original sich zusammen mit dem Romanmanuskript im Nachlass Chamissos erhalten hat:

> Hier sende ich Ihnen das 4te Kapitel, ein Übergangskapitel, wie das 2te, zwischen zwei Hauptformationen!
> Besuchen Sie heut Abend vielleicht Herrn Manderleh?
> Contessa.[11]

Die Niederschrift des folgenden, des fünften Kapitels kündigt Hoffmann Fouqué am 14. Mai an: »Wahrscheinlich komt Chamisso und Contessa mit nach Potsdam, und wir können Ihnen Hr. Baron einige Capitel des Romans vom Hrn. Freiherrn von Vieren vortragen, in dem es ganz er-

Ecke Friedrichstraße / Unter den Linden. Ausschnitt aus der sog. Lindenrolle, einem Panorama der Straße Unter den Linden von 1820

schrecklich hergeht – Chamisso hat einen alten Mann mit sieben Stichen ermordet, und ich habe jezt den verteufelten Criminalprozeß am Halse!«[12] Der Brief ist aus zwei Gründen bemerkenswert: Zum einen hat Hoffmann hier dem Roman scherzhaft einen Titel gegeben, den Helmuth Rogge für den Erstdruck aufgenommen hat und der daran haften geblieben ist. Zum anderen erlaubt der Brief eine etwas genauere Datierung der Niederschriften: Die Entdeckung des ermordeten alten Amadeus Schwendy beschließt das dritte Kapitel (S. 29); am Ende des folgenden, von Salice-Contessa verfassten vierten Kapitels wird Georg Haberland festgenommen und in die Stadt abgeführt. Jetzt war die Reihe an Hoffmann, der offenbar noch keine genaue Vorstellung seines eigenen ersten Beitrags zum Gemeinschaftsroman hatte. Ob dieser fertig war, als Hoffmann mit Chamisso am 25. Mai nach Potsdam fuhr,[13] ist offen, jedoch nicht ganz unwahrscheinlich, denn Fouqué, der als einziger des Kreises nicht in Berlin, sondern auf dem Rittergut Nennhausen westlich von

Berlin lebte, hatte – vermutlich bereits im Januar oder Februar[14] – die Stelle Hitzigs als vierter Autor eingenommen und das zweite Kapitel verfasst. Ob auch das auf Hoffmann folgende sechste Kapitel in Potsdam vorgelesen wurde,[15] wissen wir nicht; sicher ist nur, dass Chamisso es niedergeschrieben haben muss, bevor er Berlin am 15. Juli 1815 zu seiner Weltreise für drei Jahre verließ.

Mit Chamissos Weggang geriet die Arbeit ins Stocken, wurde aber nicht sofort abgebrochen; Fouqué steuerte ein siebtes und Salice-Contessa ein achtes Kapitel bei. Offen ist auch, ob dies vor oder nach dem Zeitpunkt geschah, als ein letztes Mal von dem Roman in einem Brief Hoffmanns an Fouqué vom 7. November 1815 die Rede ist: »Werden Sie durch kein Hoffest oder sonst abgehalten nach dem Theater den Roman en quatre zu hören und Sich mit uns über das fernere zu besprechen; so bitte ich, Sich gütigst, so bald das Stück geendet worden, zu mir herauf zu verfügen. [...] Sie finden Hitzig, Contessa, Thiermannschen Salat und einen anmuthig dampfenden Napf Punsch!«[16] Chamisso nahm übrigens von unterwegs Anteil am Fortgang des Romans; aus Plymouth schreibt er an Hitzig: »Ihm [Fouqué], dem Könige der Schnurrpfeifer, meinem bestellten Stellvertreter bei Dir, Ede, und Contessa und Dir selbst empfehle ich noch scheidend zu meiner Erinnerung den Tod des alten Herrn Amadeus Schwendy zu rächen und seinen Sohn bei Eduard's Rolle recht gedeihen zu lassen.«[17] Und noch von der anderen Seite des Globus erkundigt er sich nach dem alten Schwendy.[18]

Im Jahre 1818 taucht das Material des Romans wieder auf; zur Ostermesse kündigt der Berliner Verleger Georg Andreas Reimer einen Band der Brüder Contessa für seinen Verlag, die Realschulbuchhandlung, an, dessen erster Teil *Das Bild der Mutter* enthält, also jene Erzählung, für die Salice-Contessa seine drei Kapitel aus dem Roman ausschlachtete.[19] Geht man davon aus, dass unter den belletristischen Werken mit wenigen Ausnahmen nur solche aufgeführt sind, die der Verleger zur Messe mitnehmen und verkaufen konnte, so muss Salice-Contessa seine Erzählung im Herbst oder Winter 1817 geschrieben haben. Das Manuskript des Romans dürfte sich zu diesem Zeitpunkt bei ihm befunden haben, vielleicht auch, weil er das letzte Kapitel verfasst hatte. Dankenswerterweise entfernte er seine Beiträge nicht, als er sie für *Das Bild der Mutter* überarbeitete. Hingegen fehlt heute das 5. Kapitel; Hoffmann dürfte es zurückverlangt haben, bevor er im Sommer 1821 unter starkem Zeitdruck (er arbeitete gleichzeitig an mehreren Erzählungen) an die Abfassung von *Die Doppeltgänger* ging. Diese muss er Ende Juli 1821 nach Wien abgeschickt haben, denn Biedenfeld mahnt am 14.7. das Manuskript an, bestätigt aber in einer Nachschrift den Eingang.[20] Wie man seiner Antwort entnehmen kann, hatte Hoffmann im Juli übrigens das

Porträt Wilhelm Hensels (S. 164) beigelegt, das dem Stich Passinis in den *Feierstunden* zugrunde liegt.[21] Dafür, dass er für seine Erzählung, wie Rogge vermutet,[22] noch auf weitere ausgearbeitete Teile aus dem Roman zurückgreifen konnte (ein neuntes Kapitel), gibt es keine Hinweise. Irgendwann erhielt Adelbert von Chamisso, der im Sommer 1818 von seiner Weltreise zurückgekehrt war, das Manuskript, sehr wahrscheinlich ohne Hoffmanns Anteil oder Anteile. Als zehn Tage nach Hoffmanns Tod in der Nacht vom 3. zum 4. Juli 1822 ein Feuer Chamissos Wohnung verwüstete, lag es dort, wie ein Eintrag auf S. 106 zu erkennen gibt: »Aus dem Brande zu Schöneberg übrig geblieben!«[23]

Abgesehen davon, dass zu einem unbekannten Zeitpunkt das letzte Blatt des sechsten Kapitels verloren gegangen ist, kam *Der Roman des Freiherrn von Vieren* weitgehend unberührt in das Chamisso-Archiv und ging dort vergessen, bis Rogge ihn 1926 herausgab. Noch der angesehene Hoffmann-Forscher Hans von Müller ging davon aus, dass sich außer den beiden Erzählungen nichts davon erhalten habe, eine Fehlinformation, die Schnapp selbst in die Anmerkungen zur großen Briefausgabe 1968 (!) aufnahm.[24] Vom Projekt selbst hatte man hingegen dank eines Abschnittes in den *Serapions-Brüdern* eine vage Kenntnis; dieser Abschnitt gibt dem Roman indes eine überraschende Auflösung, die aus dem erhaltenen Material nicht zwingend zu erschließen ist: »Vor einiger Zeit beschlossen vier Freunde zu denen ich auch gehörte, einen Roman zu schreiben zu dem ein jeder nach der Reihe die einzelnen Kapitel liefern sollte. Der eine gab als Samenkorn, aus dem alles hervorschießen und hervorblühen sollte, den Sturz eines Dachdeckers vom Turme herab an, der den Hals bricht. In demselben Augenblick gebärt seine Frau vor Schreck drei Knaben. Das Schicksal dieser Drillinge, sich in Wuchs, Stellung, Gesicht u.s.w. völlig gleich sollte im Roman verhandelt werden. Ein weiterer Plan wurde nicht verabredet. Der andere fing nun an und ließ im ersten Kapitel vor dem Einen der Helden des Romans von einer wandernden Schauspielergesellschaft ein Stück auffuhren in dem er sehr geschickt und auf herrliche geniale Weise den ganzen Gang, den die Geschichte wohl nehmen könnte, angedeutet hatte. Hieran mußten sich nun alle halten und so wäre jenes Kapitel ein sinnreicher Prolog des Ganzen geworden. Statt dessen erschlug der erste (der Erfinder des Dachdeckers) im zweiten Kapitel die wichtigste Person, die der zweite eingeführt so daß sie wirkungslos ausschied, der dritte schickte die Schauspieler-Gesellschaft nach Polen und der vierte ließ eine wahnsinnige Hexe mit einem weissagenden Raben auftreten und erregte Grauen ohne Not, ohne Beziehung. – Das Ganze blieb nun liegen!«[25]

Inwieweit der Sturz des Dachdeckers und die Geburt der Drillinge, die amüsante Erfindung Chamissos, der auch den literarischen Mord begangen hatte (allerdings im dritten, nicht im zweiten Kapitel) eine Zutat aus der Zeit der Serapions-Brüder ist, geht aus dem fragmentarischen Material des Romans nicht hervor, auch weil im Prozess der Niederschrift der Faden verloren ging – eine Klage, die Hoffmann ja schon gegenüber Fouqué anstimmte. Sicher ist nur die Stellung, die die Erinnerung an diesen Roman in der Sammlung der *Serapions-Brüder* einnimmt: Sie steht im ersten Band am Anfang des zweiten Abschnitts. Ein gewisser Leander bittet um Zutritt zum Kreis, aber Ottmar schüttelt ihn ab, was Lothar wiederum bedauert. Daraus entwickelt sich ein Gespräch über das serapiontische Prinzip, literarische Zirkel und Gemeinschaftsarbeiten. Eine solche aber hat Leander vorgeschlagen, worauf sich Cyprian des Gemeinschaftsromans erinnert und vorab erläutert, warum er nicht gelingen konnte: »Überhaupt, nahm Cyprian das Wort, ist es mit dem gemeinschaftlichen Arbeiten ein mißliches Ding. Vollends unausführbar scheint es, wenn mehrere sich vereinen wollen zu einem und demselben Werk. Gleiche Stimmung der Seele, tiefes Hineinschauen, Auffassen der Ideen wie sie sich aufeinander erzeugen scheint unerläßlich, soll nicht, selbst bei verabredetem Plan verworrenes baroques Zeug herauskommen. Ich denke eben an etwas sehr lustiges in dieser Art.«[26] Bei der fiktiven Gesellschaft der Serapions-Brüder nimmt die Stelle der Gemeinschaftsarbeit die wechselseitige Erzählung und Kommentierung von Geschichten ein. In der Sammlung der *Serapions-Brüder* wahrt Hoffmann so Vielstimmigkeit und Einheit dadurch, dass er die Geschichten Erzählern mit unterschiedlichen, aber alle auf das serapiontische Prinzip verpflichteten Charakteren in den Mund legt (das Erzählen *eines* Geschehens durch verschiedenartige Erzähler exerziert Hoffmann modellhaft im Anschluss an dieses Gespräch im *Fragment aus dem Leben dreier Freunde* durch).

Hoffmann hat also wie Cyprian die Lehren aus dem gescheiterten Roman en quatre gezogen. Dieses Verständnis der Stelle ist schon insofern plausibel, als der erste Band der neuen Sammlung zunächst unter einem anderen Titel angekündigt war: *Die SeraphinenBrüder. Gesammelte Erzählungen und Märchen.*[27] Hitzig erzählt in seiner Biographie, der Kreis von 1814 habe sich aufgelöst, nachdem Hoffman durch die Aufführung der *Undine* im August 1816 eine »Lokalzelebrität« geworden sei, sich im vornehmen Gesellschaftsleben verloren habe und schließlich dem Alkohol verfallen sei.[28] Tatsächlich ist von einer »außerordentlichen Seraphinen-Versammlung« noch in einem Brief an Hippel vom 30.8.1816 die Rede, worin Hoffmann von den Reaktionen auf die *Undine* berichtet. Während Chamissos Mitautoren kurz nach seinem Aufbruch zur Weltreise im Juli 1815 die Arbeit am Gemeinschaftsroman eingestellt hatten, tagte der Seraphinenorden demnach weiter, in welcher Regelmäßigkeit, wo (nicht mehr nur bei Manderlee, sondern auch in vielen anderen Berliner Weinstuben) und in welcher Zusammensetzung (dazu kam jedenfalls der Schauspieler Eduard Devrient) auch immer. Als allerdings Salice-Contessa nach dem Tod seiner Frau am 16. Juli 1816 vorübergehend auf dem Rittergut Sellendorf seines Freundes Ernst von Houwald Wohnsitz nahm, verlor der Orden eine seiner Stützen – und nach diesem Sommer verlieren sich seine Spuren als gesellschaftlicher Vereinigung.

Die Neugründung, die Serapions-Brüder, die übrigens Hitzig wie die des Seraphinenordens sich selber zugeschrieben hat,[29] war etwas anderes als nur die Revitalisierung des alten Ordens und die Umbenennung der Sammlung so nur konsequent. Das neue serapiontische Prinzip stellte die Anschauung in den Mittelpunkt und jedes phantastische Geschehen auf ein reales Fundament; der »reisende Enthusiast« in den früheren Geschichten Hoffmanns verfängt sich hingegen in phantastischen Szenen, deren Ursprung bereits wirklichkeitsfern ist. Komisch, aber gar nicht serapiontisch ist Chamissos Ausgangseinfall des *Vieren-Romans* vom Sturz des Dachdeckers und der Geburt der Drillinge; er wird von Cyprian denn auch als »verworrenes baroques Zeug« beurteilt: Der *Roman des Freiherrn von Vieren* erscheint damit als Gegenstück zu den *Serapions-Brüdern* – und zugleich als Vorläufer dieser Sammlung, von heute aus gesehen als literarisches Zeugnis des Seraphinenordens. Das macht dieses Fragment besonders interessant.

II

Bevor auf die Einführung zum zweiten Stück das *Fragment aus dem Leben dreier Freunde* folgt, erinnert Theodor an einen früheren Roman aus mehreren Federn. »Ich kenne, sprach Theodor, ich kenne ein Buch, das auch von mehreren Freunden unternommen aber nicht vollendet wurde. Es ist mit Unrecht nicht viel in die Welt gekommen, vielleicht weil der Titel nichts versprach oder weil nötige Empfehlung mangelte. Ich meine Carls Versuche und Hindernisse. Der erste Teil welcher nur ans Licht getreten, ist eins der witzigsten geistreichsten und lebendigsten Bücher die mir jemals vorgekommen. Merkwürdig ist es, daß darin nicht allein mehrere bekannte Schriftsteller, wie z. B. Johannes Müller, Jean Paul u. a. sondern auch von Dichtern geschaffene Personen, wie z. B. Wilhelm Meister nebst seinem Söhnlein u. a. in ihrer eigentümlichsten Eigentümlichkeit auftreten.

Ich kenne, sprach Cyprian, ich kenne das Buch von dem du sprichst, es hat mich gar sehr ergötzt und ich erinnere mich noch daraus, daß Jean Paul zu einem dicken Manne, den er auf einem Felde im Schweiß seines Angesichts Erdbeeren pflückend antrifft, spricht: Die Erdbeeren müssen recht süß sein, da sie es sich so sauer darum werden lassen! — Doch wie gesagt, das Zusammentreten zu einem Werk bleibt ein gewagtes Ding. Herrlich ist dagegen die wechselseitige Anregung wie sie wohl unter gleichgestimmten poetischen Freunden statt finden mag und die zu diesem, jenem Werk begeistert.«[30]

Verfasser von *Die Versuche und Hindernisse Karls. Eine deutsche Geschichte aus neuer Zeit* waren Mitglieder des sogenannten Nordsternbundes, einer lockeren Vereinigung von Berliner Autoren mit Neigung zur romantischen Literaturtheorie: der Schriftsteller und Diplomat Karl August Varnhagen von Ense (1785–1858), später Ehemann von Rahel Levin, der ehemalige Theologiestudent, Hauslehrer und Buchhandelsgehilfe Wilhelm Neumann (1781–1834), der Gymnasiallehrer und Schwager von Ludwig Tieck August Ferdinand Bernhardi (1769–1820) und Friedrich de la Motte Fouqué. Chamisso lieferte ein Kapitel ab, das aber nicht in den Roman integriert wurde. Der erste Band der *Versuche und Hindernisse Karls* erschien Ende November 1808, zu einer Fortsetzung kam es nicht mehr. Seine Entstehung verdankte das Buch der Katastrophe von Jena und Auerstedt, der entscheidenden Niederlage Preußens gegen Napoleon am 14. Oktober 1806. Varnhagen und Neumann studierten in Halle, flohen aber aus der Stadt, als sie von den Franzosen besetzt wurde. Als sie Ende des Jahres zurückkehrten, war die Universität geschlossen. »Zwischen unseren geistigen Arbeiten und geselligen Scherzen«, so Varnhagen in den *Denkwürdigkeiten*, ist die Romanlektüre ein wichtiger Zeitvertreib: »Da regte sich der Eifer eignen Hervorbringens, und, durch Jean Paul Richters Flegeljahre, die uns wie alle Schriften dieses Autors sehr anzogen, gerieten Neumann und ich auf den Einfall, gemeinschaftlich einen Roman zu schreiben.«[31]

Es ist der Doppelroman der gegensätzlichen Zwillingsbrüder Valt und Wult, der Varnhagen und Neumann auf diese Idee bringt: »Hoppelpoppel oder das Herz«. In den *Flegeljahren* schlägt Vult seinem Bruder nach dem Misserfolg mit seinen satirischen *Grönländischen Prozessen* (in Wirklichkeit ein Buch Jean Pauls) ein gemeinsames Werk vor: »Ein Paar Zwillinge müssen, als ihr eigenes Widerspiel, zusammen einen Einling, Ein Buch zeugen, einen trefflichen Doppel-Roman. Ich lache darin, du weinst dabei oder fliegst doch – du bist der Evangelist, ich das Vieh darhinter – jeder hebt den andern – alle Parteien werden befriedigt, Mann und Weib, Hof und Haus, ich und du.«[32] Nach dem von Vult skizzierten Muster versuchen Varnhagen und Neumann dann in Berlin ab dem Frühjahr 1805 mit ihren Mitautoren gewissermaßen als Vier- oder sogar Fünflinge ihren ›Einling‹ hervorzubringen: ein Buch, das zwischen romantischer Verblasenheit und Zeitroman, zwischen Satire und Ernst oszilliert. Der erste Band mündet in die Kriegsereignisse aus dem Jahre 1806, die eine auf einem ländlichen Schloss versammelte Gesellschaft erlebt. Zu diesem Zeitpunkt ist die Haupt- schon fast eine Randfigur geworden: Karl, der erst den Ehemann (im Zweikampf) und dann den Stiefbruder seiner Geliebten (im Duell) tötet und der von seinen Aufwallungen beherrscht wird, ist, soweit der Roman reicht, ein Antiheld. Helmuth Rogge, der *Die Versuche und Hindernisse Karls* zusammen mit dem *Roman des Freiherrn von Vieren* wieder herausgab, sah in Karl den »schrankenlos romantische[n] Charakter nicht verherrlicht, sondern parodiert verspottet.«[33] Diesem Verständnis entsprechend liest Rogge viele Figuren als mehr oder minder verzerrte Spiegelungen, etwa der Autoren Varnhagen, Neumann und Fouqué oder von Rahel Levin, Caroline de la Motte Fouqué, Hitzig und Chamisso, von Johann Heinrich Voß und Johannes von Müller.

Selbst wenn sogar zwei Offiziere der französischen Besatzungstruppen auszumachen sind, so zielen die Parodien indes sicherlich doch mehr auf Romanwelten als auf die Lebensrealität. Was Friedrich Schlegel in seiner berühmten Rezension des *Wilhelm Meister* schrieb, hatten Varnhagen und seine Mitverfasser für ihren Roman auch im Sinn (mit weniger Glück): »Man darf es nur auf die höchsten Begriffe beziehn und es nicht bloß so nehmen, wie es gewöhnlich auf dem Standpunkt des gesellschaftlichen Lebens genommen wird: als einen Roman, wo Personen und Begebenheiten der letzte Endzweck sind.«[34] Der Bezug zu den »höchsten Begriffen« beginnt schon damit, dass Varnhagen und Fouqué sich in zwei Figuren spalten und damit die Idee des Doppelromans der Zwillinge aus den *Flegeljahren* in die eigene romaneske Spiegelung in *Die Versuche und Hindernisse Karls* übertragen. Auch fangen sie ihre Erzählung mit Karls unglücklichem Besuch bei der Geliebten und der folgenden Flucht an, ähnlich wie Goethe *Wilhelm Meisters Lehrjahre*, den prägenden Roman des Zeitalters.[35] Und mehr noch: Wilhelm Meister selbst tritt in ihrem Roman zusammen mit dem Marchese als prosaisches Gegenstück zu Karl auf. Dieser stellt sich bei der ersten Begegnung vor, er könnte selbst zur Romanfigur werden, schaudert aber davor zurück, »so mit allen seinen Verhältnissen offen vor dem Publikum zu stehen« und dem Dichter Gelegenheit zu geben, seine Kunst mehr als die »Treflichkeit« der Figur zu zeigen, so wie Goethe ja keine Scheu getragen habe, Wilhelm Meister eine »retardirende Person zu nennen, die nur durch allerlei Püffe von außen mit genauer Noth endlich zum Ende gelangt.«[36]

Dieses Changieren mit den Fiktionsgrenzen bereitet den Auftritt der zweiten Figur mit Klarnamen im folgenden Kapitel vor, eine Szene, die ja noch die Serapions-Brüder evoziert haben. Wie Jean Paul aus den Erdbeeren auftritt und wie er im Folgenden erzählt wird, hat selbst den solchermaßen mild verspotteten Autor amüsiert.[37] Dabei darf man jedoch nicht vergessen, dass Jean Paul seinerseits nicht nur der zum

Zeitpunkt der Niederschrift fast fünfundvierzigjährige, inzwischen in Bayreuth niedergelassene Autor ist, sondern zugleich eine literarische Figur, die als solche Autor der Bücher, in denen sie auftritt, zu sein behauptet; das gilt noch für die *Flegeljahre*.[38] Spätestens mit dieser Szene bricht die Grundierung des Romans durch: die frühromantische Romanpoetik, wie sie vor allem Friedrich Schlegel immer wieder formuliert hatte. »Das Wesentliche im Roman ist die chaotische Form – Arabeske, Mährchen«, hält eine Notiz des romantischen Theoretikers fest.[39] Das ist emphatisch gemeint, denn der Roman kann damit etwas von seiner Form in das (moderne) prosaische Dasein zurücktragen – womit er dem Grundbegriff der Poesie genügt: »Denn das ist der Anfang aller Poesie, den Gang und die Gesetze der vernünftig denkenden Vernunft aufzuheben und uns wieder in die schöne Verwirrung der Fantasie, in das ursprüngliche Chaos der menschlichen Natur zu versetzen«.[40] Deswegen ist der Roman auch die romantische Form schlechthin: »Ein Roman ist ein romantisches Buch.«[41]

Dieses frühromantische Programm spielten Varnhagen, Neumann, Fouqué und Bernhardi mit ihrem Roman en quatre durch. Schon die vierfache Verfasserschaft sorgte für eine planerische Inkonsistenz, die die »chaotische Form« garantierte. Darüber hinaus sind es die Jean Paul abgeschauten Spiele mit den Fiktionsgrenzen (Jean Paul ist in Schlegels Brief über den Roman eine Referenzgröße), die Ironie, hier als Selbstreflexivität des Erzählens, die Parodien von Personen und Büchern und die Zusammenführung sich ausschließender Pole (wie Walt und Vult in den *Flegeljahren*), die *Die Versuche und Hindernisse Karls* als romantischen Roman in der Nachfolge Jean Pauls und aus der Schule Schlegels etablieren sollte.

III

Wenn Hoffmann in den *Serapions-Brüdern* an *Die Versuche und Hindernisse Karls* im Zusammenhang mit dem späteren Gemeinschaftsroman erinnert, dann deswegen, weil *Der Roman des Freiherrn von Vieren* sich davon abstößt. Fouqué und, wenn auch spurenlos, Chamisso waren an dem älteren Versuch beteiligt gewesen, Hoffmann hatte seine Entstehung beobachtet; so schreibt er an seinen Freund Hippel am 12. Dezember 1807: »Varnhagen, Chamisso, Winzer, Robert sind Dir gewiß unbekannte Namen, indessen nenne ich sie Dir, als junge höchst talentvolle Leute, die uns gewiß viel, viel gutes liefern werden. So wird z. B. in Kurzem aus diesem Kreise ein Künstler-Roman erscheinen, der so ziemlich das, was in dieser Art jetzt da ist, in's Dunkle stellen wird.«[42] Als der Roman dann Ende November 1808 ausgeliefert wurde, befand sich Hoffmann bereits seit drei Monaten in Bamberg und scheint keine Notiz davon genommen zu haben. Zu Beginn der Arbeiten am neuen »Roman en quatre« muss der ältere jedoch den Teilnehmern bekannt gewesen sein, wie man an den Anspielungen auf Goethe und Jean Paul sehen kann: Gleich im ersten Kapitel gerät die gestrandete Reisegesellschaft in die Theatervorstellung einer Wandertruppe, die schon durch ihre Ansiedlung in einer Scheune die Herkunft aus *Wilhelm Meisters Lehrjahre* nicht leugnen kann (II/3). Die weibliche Hauptfigur trägt den Namen der schönen Amazone in Goethes Roman und behält ihn auch in den Erzählungen von Salice-Contessas und Hoffmann: Natalie. Verdeckter wird Jean Paul aufgenommen: Der Ortsname »Hohenflüh«, der wieder in Hoffmanns *Die Doppeltgänger* auftaucht, ist – wie Rogge es formulierte – »Jean Paulscher Stimmung«.[43] Die Verknüpfung eines Ortes dieses Namens mit einem Duodezfürstentum, seinem Hof und seinen Duodezintrigen – Handlungsstränge aus dem Trivialroman des 18. und frühen 19. Jahrhunderts, wie sie Jean Paul sowohl im *Hesperus* wie im *Titan* der Handlung zugrunde legt – nimmt dann freilich erst Hoffmann vor. Aber auch hier scheint die Ermordung des alten Schwendy, die Chamisso ersann, und die Befreiung des Malers aus dem Kerker mit einer höfischen Intrige zusammenzuhängen. Haberland wird an den Hof des regierenden Fürsten gebracht, der in ihm seinen Sohn zu erkennen glaubt, eine Wiedererkennungsszene mit offensichtlich humoristischer Grundierung. Die Intrige wird fortgesetzt durch die Entführung Natalies, aber an dieser Stelle bricht das Manuskript ab.

Fast möchte man vermuten, eine geheime Macht lenke im Hintergrund die Geschehnisse. Geheimbundromane waren um 1800 beliebt: Friedrich Wilhelm von Meyerns *Dya-Na-Sore* (1787) etwa, von Arno Schmidt zutage gefördert und vielleicht ein Denk- und Phantasieanstoß für Jean Pauls *Hesperus*,[44] oder Carl Grosses Roman *Der Genius* (1792) spielten mit geheimen Vereinigungen und ihren Machenschaften, und auch in *Wilhelm Meisters Lehrjahre* steuert die Turmgesellschaft Wilhelms Lebensgang. Im Romanfragment des *Freiherrn von Vieren* ist die Intrige so verwickelt schon angelegt, dass sie auf einzelne Urheber zurückzuführen unglaubwürdig gewesen wäre. Hoffmann wird sie dann soweit vereinfachen, dass die *Doppeltgänger* vom geheimen Zweikampf des Fürsten Isidor und seines Gegenspielers Graf Törny beherrscht werden.

Der Roman des Freiherrn von Vieren wird von losen Fäden durchzogen; wer weiß, ob diese lose sind, weil der Roman Fragment geblieben ist – oder ob er nicht fortgesetzt wurde, weil es zu viele lose Fäden gab. Der rätselhafteste ist das Theaterstück gleich im ersten Kapitel, dessen Handlung Natalie so erschüttert. Im Leser wird die Ahnung geweckt, dass die verbrecherische Liebe zweier Brüder zu ihrer Stiefmutter, die den einen zum Vatermord treibt, für den Roman entscheidend sein könnte.

In *Die Doppeltgänger* sind Fürst Isidors Machenschaften der Grund für die Vertauschung der Söhne des Fürsten und dessen engsten Freundes und Beraters. Eine solche Vertauschung muss auch im *Roman des Freiherrn von Vieren* vor sich gegangen sein, fassbar, wenn Georg Haberland vom alten Schwendy für seinen verlorenen Sohn gehalten wird – oder wenn sich derselbe Georg Haberland im siebten Kapitel für seinen Stiefvater wehrt, der nicht der alte Schwendy sein kann, aber zuvor auch keine Erwähnung findet. Vertauschte oder ihren fürstlichen Eltern weggenommene Kinder sind ein häufiges Motiv in den ›Trivialromanen‹ des 18. und frühen 19. Jahrhunderts und auch in Romanen Jean Pauls der geheime Katalysator der Handlung, im *Hesperus* Flamin, Viktor und Jean Paul selbst, im *Titan* Albano. Im *Roman des Freiherrn von Vieren* muss die Vertauschungs- auf der Grundlage einer Doppelgänger-Geschichte konstruiert sein. Man kann hier an die Doppelgänger Siebenkäs und Leibgeber aus *Blumen-, Frucht- und Dornenstücke* erinnern, die in den *Titan* einwanderten, letzterer als Schoppe, eine der Hauptfiguren. Hoffmann selbst hatte das Thema in den *Elixieren des Teufels*, mit deren Niederschrift er im März 1814 in Leipzig begann, zur Grundlage eines Romans gemacht. Aus dem Seraphinenorden hatte Adelbert von Chamisso in *Peter Schlemihls wundersame Geschichte* (1814), deren Titelheld dem Teufel seinen Schatten verkauft, das Thema der Ichspaltung aufgenommen (in Chamissos 6. Kapitel, S. 39, nennt Georg Haberland sich selber einen Schlemihl!) und Hoffmann hatte Chamissos Erzählung mit der »Geschichte vom verlornen Spiegelbilde« in *Die Abentheuer der Sylvester-Nacht* aufgenommen, eben jene Abenteuer, die er am Abend des 13. Januar 1815 vorgetragen hat, als die Idee zum Gemeinschaftsroman aufkam.

Vom Motiv, wie es in diesen beiden Erzählungen gestaltet ist, unterscheidet sich der Roman en quatre freilich grundlegend; er behandelt die Doppelgänger, wie sie Plautus in der Komödie *Menaechmi* gestaltet hat (die von Shakespeare in der *Comedy of Errors* aufgenommen wurde): als Geschichte von Zwillingen, die entfernt voneinander aufwachsen und ohne von der Existenz des anderen zu wissen unversehens aufeinandertreffen, was nicht nur sie, sondern auch ihre Mitwelt in größte Verwirrung und größte Not stößt.[45] Im Gemeinschaftsroman hilft das Aufeinandertreffen der Geschwister davon abweichend dabei, eine alte Intrige aufzudecken. Vor allem sind die Doppelgänger hier – drei, tatsächlich Drillinge, wie es Hoffmann in den *Serapions-Brüdern* erzählt hatte. Chamisso, der den alten Schwendy umgebracht hatte, schien die Aufgabe zugefallen, dafür die Drillinge im 6. Kapitel zusammenzubringen: Georg Haberland im Gefängnis, den Schauspieler, der schon bei seinem Auszug aus der Stadt im Maler entsetzt sein Spiegelbild erkannt hatte (S. 17–19) und nun sich die Identität des Eingekerkerten aneignet, von Eduard aber für den »andren widrigen Deodatus Schwendy« gehalten wird, und der verwundete junge Mann, der vom Kupferstecher Berthold als Georg Haberland, dessen Papiere er bei sich trägt (jene Papiere, die der erste Georg Haberland im 3. Kapitel verloren hatte), auf einer Bahre nach der Stadt gebracht wird.

Spätestens hier stellt sich immerhin die Frage, ob der kunstvoll angerichteten, doppelten Verwirrung der Fantasie, die die reine Doppelgängerverwirrung potenziert, nicht eine komische Absicht zugrunde liegt. Sicher ist nur, dass Hoffmann den dritten Drilling aus seiner Geschichte entfernt hat – zu sehr hätte der die Auflösung torpediert. Genau dieses war aber möglicherweise zu Anfang auch der Sinn seiner Erfindung gewesen: einen romantischen Roman zu schreiben, der wie *Die Versuche und Hindernisse Karls* von überraschenden und unmotivierten Sprüngen lebt und »die Gesetze der vernünftig denkenden Vernunft aufzuheben« sich anschickt. War dies 1808 zumindest noch soweit gelungen, dass der erste Band zu einem Ende kam, so missriet der zweite Versuch. »Gleiche Stimmung der Seele«, wie Cyprian sie für das Gemeinschaftswerk fordert, hatte sich bei der zweiten Gruppe nicht eingestellt – auch oder gerade nicht über den Roman als im Sinne der frühromantischen Poetik »chaotische Form«.

IV

Salice-Contessas Fassung der Geschichte von Georg Haberland verändert die Romanidee tiefgreifend, obwohl der Autor mehr als zwei Kapitel aus dem *Freiherrn von Vieren* übernimmt: Während das Motiv der beiden Brüder, die aufwachsen, ohne voneinander zu wissen, erhalten bleibt, ist in *Das Bild der Mutter* das Doppelgängermotiv ganz getilgt. Georg wird als kleiner Junge von seiner Mutter aus Italien und vom Vater weggebracht, weil dieser sich einer neuen Frau zugewandt hatte. In Deutschland wächst er zunächst bei der Gräfin Roseneck, der Mutter seiner Geliebten Natalie, danach bei dem Maler Haberland auf. Sein Bruder hingegen wächst beim Vater auf, wird von diesem verstoßen, lebt zunächst als Offizier in Italien und reist später als Schauspieler in der Truppe, deren Auftritt das erste Kapitel erzählt. Nur zwei Stellen deuten eine frühere Begegnung der beiden Brüder an (S. 62 und 120): Der Offizier hatte seinen Bruder in Rom gerettet, ohne dass die beiden, da keine Zwillinge, sich hätten erkennen können.

Die Erzählung beginnt wie der *Roman des Freiherrn von Vieren* mit der Tragödie um die Liebe von Stiefsohn und Stiefmutter und den Mord am Vater. Hier ist das Stück als Menetekel einer drohenden Gefahr eingesetzt, von der die Beteiligten nichts wissen: Der Marchese soll Natalies Schwester Mathilde ehelichen, die wiederum seinen Schauspielersohn liebt. Nur Georg gibt in seinem großen Traum des dritten Kapitels der Gefahr Gestalt, wenn er das Theaterstück mit dem Marchese als bedrohtem Vater nachträumt (S. 72). Wenn am Ende der Traum nicht Wirklichkeit wird, der Marchese auf Mathilde verzichtet und sein älterer Sohn sie ehelicht und Georg die Hindernisse für eine Verbindung mit Natalie weggeräumt sieht, weil er ihr als Sohn des Marchese eine standesgemäße Verbindung anbieten kann, so hat dieser Traum daran einen entscheidenden Anteil. Verschüttete Erinnerungen dringen herauf, das Bild der kleinen Natalie, die einst in seinen Armen lag, und vor allem das Bild seiner Mutter. Dass den Erinnerungsbildern eine Landschaftsszenerie, genauer eine Gebirgslandschaft im Nebelmeer, gewissermaßen eine Landschaft Caspar David Friedrichs vorangeht, freilich nur als Rumpf jenes großen Landschaftsbildes, das den Traum im Roman beherrscht hatte, evoziert zusammen mit der Ouvertüre des *Don Giovanni* jenes Reich der Seele, das ebenso das Reich Gottes wie das der Toten ist, in dem die Erinnerungsbilder aufbewahrt sind und dem sie erst entsteigen müssen, um konkrete, plastische Bilder zu werden, jenes Reich, das in Hoffmanns Erzählung *Don Juan* auch die dem Tode nahe Donna Anna anspricht: »Sie sagte, ihr ganzes Leben sei Musik, und oft glaube sie manches im Innern geheimnisvoll Verschlossene, was keine Worte aussprächen, singend zu begreifen. ›Ja, ich begreife es dann wohl‹, fuhr sie mit brennendem Auge und erhöheter Stimme fort: ›aber es bleibt tot und kalt um mich, und indem man eine schwierige Roulade, eine gelungene Manier beklatscht, greifen eisige Hände in mein glühendes Herz! – Aber du – du verstehst mich: denn ich weiß, daß auch dir das wunderbare, romantische Reich aufgegangen, wo die himmlischen Zauber der Töne wohnen!‹«[46]

Dieses »wunderbare, romantische Reich« gewinnt bei Salice-Contessa wie in einem Akt absichtsvoller Banalisierung eine weltliche Konkretion, die die Erzählung als wahren Zweck enthüllt und von der sie das Geisterreich nur als seinen fernen Ursprung gelten lässt. Ohne die Bildwerdung in Georgs Traum hätte der Vater den Sohn oder der Sohn den Vater getötet, die Geschichte hätte einen anderen Ausgang genommen. Wenn Salice-Contessa in seinem fingierten Brief an Hoffmann, den er der Erzählung *Die Schatzgräber* voranstellt, dem Freund vorhält, er habe sich bei der Lektüre seiner *Fantasiestücke* »viele wunderliche Dinge gefallen lassen«[47] müssen, so ist das – wie die Erzählung selber – als Korrektur einer ästhetischen Position gemeint, die dem Geisterreich immer den Vorrang vor dem Diesseits gibt. In diesem Sinn ist Salice-Contessas Erzählung eine Künstlergeschichte, die romantische Positionen an lebenspraktische Bedürfnisse annähert. Hoffmann hatte in zwei Malererzählungen die unüberwindliche Trennung von Ideal und Bildwirklichkeit gestaltet und damit auch »Raffaels Erscheinung« in

Wilhelm Heinrich Wackenroders und Ludwig Tiecks *Herzensergießungen eines kunstliebenden Klosterbruders*, wo jedes Meisterwerk das Ergebnis eines inneren Bildes ist, aufgenommen. In *Die Jesuiterkirche in G.* (1816) versucht der Maler Berthold, die Begegnung von Christus und Maria mit Johannes und Elisabeth zu malen, aber vor sein Ideal drängt sich seine Frau und »vergebens war alles Ringen nach einer reinen geistigen Anschauung des Gemäldes.«[48] *Der Artushof* (1815, erschienen 1816) »dreht sich um ein wunderbares Bild im Arthushoff, welches in der Seele eines jungen Kaufmanns den Funken der Kunst entzündet, so daß er sich von allem losreißt und Mahler wird.«[49] Traugott jagt fortan dem inneren Bild nach, welches das äußere erzeugt hat, und gibt daneben nicht nur sein bürgerliches Leben auf, sondern erkennt – besessen – auch nicht, dass er in Dorina diesem inneren Bild in der Wirklichkeit Roms begegnet ist. Solche Unvereinbarkeit von Kunst und Leben ist Salice-Contessa fremd, im Gegenteil: In *Das Bild der Mutter* führen die Künste geradezu zum glücklichen Leben. Der Schauspieldirektor inszeniert nicht nur ein Stück, das als Menetekel der Katastrophe Georgs Traum beherrscht, er hat als Schwager seines Pflegevaters auch die für die Auflösung nötigen Papiere zur Hand. Und Georg erscheinen die kleine Natalie und seine Mutter im Traum und nehmen die Position jenes Ideals ein, das hier als gesehene und erinnerte Wirklichkeit sich auch in ein Gemälde umsetzen lässt. Beinahe scheint es, als würde Salice-Contessa ante rem das von Hoffmann in den *Serapions-Brüdern* formulierte ästhetische Prinzip, das als serapiontisch bekannt wurde,[50] aufnehmen und gleichzeitig auf die Füße stellen: aufnehmen, weil die äußere Welt es ist, die innere Bilder erzeugt und sie uns auch scharf sehen lässt; auf die Füße stellen, weil diese inneren Bilder uns wiederum nur helfen, die äußere Welt klarer zu begreifen und nach den Begriffen zu ordnen und nicht etwa, uns ins Geisterreich davonzumachen. Dass psychische Zustände und Störungen der Identität Salice-Contessas Sache nicht waren und er daher den Doppelgänger getilgt hat, ist nur konsequent.

V

Aus den Drillingen werden auch bei Hoffmann Zwillinge, es tritt die Künstlergeschichte hinter die Hofintrige zurück; und Hoffmann bedient sich nicht nur des Ortes Hohenflüh, sondern erfindet in Jean Paul'scher Art ein Fürstentum Reitlingen (aus dem der Setzer bei seiner zweiten Nennung Reutlingen machte!). Einen Teil des Personals übernimmt Hoffmann aus dem Fragment: den Maler Georg Haberland und Deodatus Schwendy samt dessen ›Vater‹ Amadeus, Natalie oder den Kupferstecher Berthold. Es verschwindet der wohlwollende Onkel Natalies, die vielmehr die Tochter des Bösewichts Fürst Isidor ist. Dieser Fürst Isidor und die Zigeunerin, eigentlich die Prinzessin Angela, die sich für die Mutter Georgs hält, aber in Wirklichkeit die des jungen Schwendy ist, des Fürstensohns, sind die einzigen beiden aus dem zentralen Personal, die gewissermaßen Einzelfiguren sind – allen andern ist ein Doppel, wenn auch nicht ein Doppelgänger zugeordnet. Fürst Remigius und Graf Törny gehören zusammen (und ihre Söhne gleichen sich denn auch wie Zwillinge), ebenso sind einander auf der Stufe des einfachen Personals die beiden Wirte zugeordnet. Selbst dem kleinen Ratsherrn folgt »ein ganz kleines winziges verwachsenes Männlein« und diese beiden sind in Begleitung gleich zweier Ratsdiener (S. 154). Hatte also der Roman die Doppelgänger-Idee durch den dritten Zwilling überboten, so tut dies die Erzählung durch die Verdoppelung der erzählten Welt insgesamt.[51]

Ein anderes Paar des Romans verschwindet hingegen aus *Die Doppeltgänger*: die beiden in ihre Stiefmutter verliebten Brüder. Die Tragödie des ersten Kapitels muss im *Freiherrn von Vieren* entweder als Spiegel einer längst vergangenen oder als düstere Prophetie einer künftigen Katastrophe gedacht gewesen sein (so wie Salice-Contessa sie verwendet, allerdings fokussiert auf den Vatermord). Wenn Hoffmann diese Tragödie und die Wandertruppe tilgt, sucht er einmal Distanz zu *Wilhelm Meisters Lehrjahren* (die Viererkonstellation der Vorgeschichte erinnert eher an *Die Wahlverwandtschaften*). Mit den beiden Wirtsfiguren hat er außerdem ein burleskkomisches, mit den Beamten ein satirisches Element seiner Erzählung beigemischt. Dazu passt der Wandel der Theaterform: Im 4. Kapitel tritt ein Spieler mit einem neapolitanischen Puppentheater auf, dessen Figuren der Commedia dell'arte entliehen sind, in die Hoffmann ja regelrecht vernarrt war. Straßentheater statt hohe Tragödie, denn nur das Straßentheater erlaubt den Spagat zwischen Komik und unheimlichen, inneren Vorgängen. Berthold als Zuschauer denkt sogar an Persönlichkeitsspaltung, wenn der Puppenspieler – es handelt sich, wie wir kurz danach erfahren, um Bertholds Freund Georg Haberland – den Doktor und Pulcinella vor seinem eigenen, geschminkten Kopf über diesen spekulieren lässt, und sieht die Volksbelustigung dem Spuk einer Ironie weichen (S. 147), »die dem mit sich selbst entzweiten Innern entsteigt.«

Das burleske Element der Commedia dell'arte kippt also wie immer wieder bei Hoffmann um in Grauen, das ebenso mit Lächerlichkeit durchsetzt ist, wie die Lächerlichkeit grausige Fratzen haben kann. Beides, ebenso merkwürdig wie lächerlich, ist auch die Auflösung des Geschehens, die Erklärung für die zwillingshafte Ähnlichkeit von Deodatus Schwendy (dem Fürstensohn) und Georg Haberland (dem Sohn des Fürsten Törny). Die Doppelgänger verdanken ihre Existenz einer Sünde des Geistes, nicht der Erfüllung irdischer Begierden (S. 179) – was die

Entfernung der ganz auf die Erfüllung physischer Leidenschaft bedachten Tragödie des ersten Kapitels im *Roman des Freiherrn von Vieren* erklärt. Aber die Sünde des Geistes hat hier dieselbe Auswirkung, wie es eine des Fleisches gehabt hätte: Diese heute merkwürdig, fast esoterisch anmutende Auflösung des Geschehens erklärt sich durch die Idee des animalischen Magnetismus, die Hoffmann durch sein ganzes erzählerisches Werk hindurch immer wieder verfolgte. Das vom Arzt Franz Anton Mesmer (1734–1815) bestimmte Fluidum durchströmt als elektrischer Fluss alles Leben, so auch den Menschen. Wenn der Strom stockt, wird der Mensch krank; der Arzt muss also mit Hilfe seiner eigenen magnetischen Kräfte die Stockung beseitigen. Kein Wunder, waren Autoren wie Jean Paul vom animalischen Magnetismus fasziniert, bewies er doch die Überlegenheit geistiger über physische Kräfte (und erlaubte ihnen selbst Heilungsversuche zu unternehmen). Hoffmann hingegen versteht den animalischen Magnetismus als magnetische Verbindung, als geheime Ströme, die zwischen Menschen Zustände, Krankheiten übertragen können; die Erzählung *Das öde Haus* im zweiten Band der *Nachtstücke* inszenierte eine solche beinahe an karibischen Voodoo-Zauber gemahnende Übertragung, die durch die mesmeristischen Erläuterungen des Dr. K. nichts an Unheimlichkeit verliert.[52]

Von einer physischen Wirkung ohne bestimmbare physische Ursache handelt auch die vorliegende Erzählung, von der Übermacht des Geistes über die Physis. Dabei bleibt offen, welche Auswirkungen die Spaltung des Ich, die Georg in seinem Puppenspiel vorführt, hat; diese Spaltung vollzieht sich, sieht man beim Gespräch zwischen Pulcinella und dem Doktor etwas genauer hin, zwischen Kopf und Rumpf, zwischen Geist und Körper; aber nur der Geist ist zu jener Ironie in der Lage, über die Berthold nachdenkt – die Reflexion auf die Spaltung Dieses Puppenspiel legt, wie es vielleicht der Tragödie im Romanfragment zugedacht war, den Ursprung der Handlung offen: dort die fatale Leidenschaft, hier die Spaltung der Person – gewissermaßen das ironische Gegenstück zur Doppelung der Figuren. Es ist die Spaltung zwischen Pulcinella und dem Doktor, zwischen dem physischen und dem geistigen Leben, zwischen Komik und Grauen, zwischen satirischer und psychologisierender, sich um Themen der Ichspaltung drehender Geschichte. Erstere beherrscht die Erzählung des Hofes und seiner Intrigen: Remigius ist ein absolutistischer Duodezfürst, dem im zweiten Kapitel die komischen, streitenden Wirte als Untertanen und im vierten die lächerlichen Ratsherrn als Beamtenschaft zugesellt sind. Im boshaft verzerrten Hof sind tatsächlich noch einmal Jean Pauls *Hesperus* und *Titan* gegenwärtig, im intriganten Versteckspiel um den Thronerben nur letzterer.[53] Die Spaltung durchzieht eine Figur tiefer als alle anderen: die Fürstin. Nachdem sie an sich das Grauen erlitten, die Wirkung ohne Ursache erfahren hat, flieht sie nachts zu den Zigeunern, um fortan selbst als wahnsinnige Hexe oder weise Frau mit einem Raben durch die Lande zu ziehen. Glaubt man Cyprian in *Die Serapions-Brüder* (»der vierte ließ eine wahnsinnige Hexe mit einem weissagenden Raben auftreten und erregte Grauen ohne Not, ohne Beziehung«[54]), so ist ihr Auftritt zu Beginn von *Die Doppeltgänger* auf der Grundlage des fünften Kapitels des Romans entstanden; Hoffmann schafft damit – ebenso wie mit dem verfallenen Schloss im sechsten Kapitel – jene schauerromantische Kulisse, vor der erst das Spiel mit Doppelgängern, Verwechslungen und zerfallenden Identitäten seine Wirkung erzielt.

Am Schluss trennt die scheinbare Versöhnung: Die von den Doppelgängern begehrte Natalie entsagt der Liebe und geht in ein Stift. Die Fürstin zieht sich in ein einsames Grenzschloss zurück. Deodatus Schwendy wird von seinem Volk als neuer Fürst bejubelt, Graf Törny sieht sich wieder in seine alte Rolle am Hofe eingesetzt. Der junge Graf Törny entscheidet sich für ein Leben als Georg Haberland. Damit das geht, darf er die geliebte Natalie nicht länger als »irdisches Wesen [...] auf der Erde« sehen, sondern nur »in sich selbst als hohes reines Ideal [s]einer Kunst«. Mit anderen Worten: Der Künstler George muss auf Rat seines Künstlerfreundes Berthold und umgekehrt als einst Berthold in *Die Jesuiterkirche in G.* (nicht ganz zufällig dürften beide denselben Namen tragen) auf die Liebe zugunsten des Ideals verzichten. Zwei Klüfte tun sich so am Ende auf: die zwischen Kunst und Leben und die zwischen Kunst und Macht.

1 Hoffmann SW 4, S. 11.

2 Hitzig, *Hoffmann*, S. 321.

3 Hoffmann Br 2, S. 157.

4 Hoffmann TB, S. 255.

5 Hoffmann Br 2, S. 27f.

6 Ebd. S. 28.

7 Hitzig, *Hoffmann*, S. 303f.

8 Rogge Bd. 2, S. 329.

9 Schnapp, *Aufzeichnungen*, S. 294, Nr. 391.

10 Hoffmann TB, S. 259.

11 Nachlass Adelbert von Chamisso, Kasten 5, Nr. 9, Bl. 53, gedruckt in Hoffmann Br 3, S. 489.

12 Hoffmann Br 2, S. 54.

13 Vgl. ebd. S. 58.

14 Regelmäßige Begegnungen Fouqués mit Hoffmann und seinen Freunden in Berlin sind dokumentiert für die Zeit ab dem 24. Januar, Hoffmanns Geburtstag (Hoffmann Br 2, S. 36), bis zum 13. Februar (Hoffmann TB, S. 261–264).

15 Vgl. Rogge Bd. 2, S. 332.

16 Hoffmann Br 2, S. 76. Hoffmann war inzwischen in die berühmte Wohnung in der Taubenstraße umgezogen und gibt in der ausgelassenen Stelle eine Wegbeschreibung.

17 Chamisso, *Werke*, Bd. 6, S. 22.

18 Ebd. S. 47.

19 *Allgemeines Verzeichniß der Bücher, welche in der Frankfurter und Leipziger Ostermesse des 1818 Jahres entweder ganz neu gedruckt, oder sonst verbessert wieder aufgelegt worden sind, auch inskünftige noch herauskommen sollen*. Leipzig (Weidmann) o. J. [1818], S. 217.

20 Hoffmann Br 2, S. 306f.

21 Ebd. S. 317.

22 Rogge Bd. 2, S. 333f.

23 Vgl. ebd. S. 334.

24 Vgl. *E. T. A. Hoffmann im persönlichen und brieflichen Verkehr. Seine Briefwechsel und die Erinnerungen seiner Bekannten*. Ges. und erl. von Hans von Müller. Bd. 2: *Der Briefwechsel (mit Ausnahme der Briefe an Hippel)*, 2. Heft. Berlin 1912, S. 232–235 und Hoffmann Br 2, S. 54f. (korrigiert Bd. 3, S. 489f.).

25 Hoffmann SW 4, S. 127.

26 Ebd. S. 127f.

27 *Allgemeines Verzeichniß der Bücher, welche in der Frankfurter und Leipziger Michaelismesse des 1818 Jahres entweder ganz neu gedruckt, oder sonst verbessert wieder aufgelegt worden sind, auch inskünftige noch herauskommen sollen*. Leipzig (Weidmann) o. J. [1818], S. 468.

28 Hitzig, *Hoffmann*, S. 308ff.

29 Ebd. S. 321. Segebrecht bemerkt i. Ü. in seinem Kommentar zu den *Serapions-Brüdern* zu Recht, Hitzig habe die Rolle Chamissos verkannt oder bewusst verzerrt (Hoffmann SW 4, S. 1243).

30 Hoffmann SW 4, S. 127f.

31 Karl August Varnhagen von Ense: *Werke in fünf Bänden*. Bd. 1, *Denkwürdigkeiten des eignen Lebens*. Erster Band (1785–1810). Hg. von Konrad Feilchenfeldt. Frankfurt am Main 1987, S. 423f.

32 Jean Paul SW I/10, S. 84 (*Die Flegeljahre, Erstes Bändchen, Nr. 14. Modell eines Hebammenstuhls*).

33 Rogge Bd. 2, S. 279.

34 Friedrich Schlegel: *Über Goethe's Meister*, in: *Athenaeum*. Ersten Bandes Zweytes Stück (1798), S. 158.

35 Vgl. Rogge Bd. 2, S. 280f. und 291–293.

36 Rogge Bd. 1, S. 172.

37 Vgl. Rogge Bd. 2, S. 290 f. und Angela Steinsiek, in: Jean Paul SW IV/6, S. 489 ff.
38 Vgl. das Kapitel *N*<u>o</u> *2. Katzensilber aus Thüringen*.
39 Friedrich Schlegel: *Literarische Notizen 1797–1801. Literary Notebooks*. Hg. Hans Eichner. Frankfurt am Main u. a. 1980, S. 184, Nr. 1804.
40 Friedrich Schlegel: *Gespräch über die Poesie* (*Rede über die Mythologie*), in: *Athenaeum*. Dritten Bandes Erstes Stück (1800), S. 103.
41 Ebd. S. 123.
42 Hoffmann Br 1, S. 231. Johann Gottlieb Winzer (gest. 1808) war Justizkommissar in Berlin, Ludwig Robert das Pseudonym für den Dichter Markus Levin (1778–1832), den Bruder von Rahel Levin.
43 Rogge Bd. 2, S. 241. Vgl. auch im vorliegenden Band die Anm. zu S. 28.
44 Vgl. das Nachwort von Günter de Bruyn zu Friedrich Wilhelm von Meyern: *Dya-Na-Sore oder die Wanderer. Eine Geschichte aus dem Sanskrit übersezt*. Frankfurt am Main 1979, S. 971.
45 Zum Doppelgängermotiv vgl. Christof Forderer: *Ich-Eklipsen. Doppelgänger in der Literatur seit 1800*. Stuttgart 1999; Birgit Fröhler: *Seelenspiegel und Schatten-Ich. Doppelgängermotiv und Anthropologie in der Literatur der deutschen Romantik*. Marburg 2004 (über *Die Doppeltgänger* S. 247–263).
46 Hoffmann SW 2/1, S. 88.
47 Salice-Contessa, *Kleine Geschichten und Hoffmanniana*, S. 91.
48 Hoffmann SW 3, S. 137.
49 Hoffmann Br 2, S. 45.
50 Hoffmann SW 4, S. 68.
51 Vgl. dazu und zum Folgenden Christoph Kleinschmidt, in: Kremer, *Hoffmann*, S. 364–370.
52 Zum Mesmerismus in Berlin vgl. Walter Artelt: *Der Mesmerismus in Berlin*. Akademie der Wissenschaften und der Literatur, Mainz: Abhandlungen der Geistes- und Sozialwissenschaftlichen Klasse, Jg. 1965, Nr. 6; zu Hoffmann vgl. Daniel Hilpert: *Magnetisches Erzählen. E. T. A. Hoffmanns Poetisierung des Mesmerismus*. Freiburg im Breisgau [u. a.] 2014.
53 Vgl. Johann Cerny, der *Die Doppeltgänger* gar als »Abklatsch« des *Titan* bezeichnete (1908); Hoffmanns Erzählung wurde vom Publikum wie von der Forschung bis gegen Ende des letzten Jahrhunderts kaum oder gar nicht wahrgenommen. Vgl. Hoffmann SW 5, S. 1169 f. und Christoph Kleinschmidt, in: Kremer, *Hoffmann*, S. 364 f.
54 Hoffmann SW 4, S. 127.

Literatur

Der Doppelroman der Berliner Romantik. Zum ersten Mal herausgegeben und mit Erläuterungen dargestellt von Helmuth Rogge. 2 Bde. Leipzig 1926 (Reprint Hildesheim u. a. 1999) (= Rogge)

Die Serapionsbrüder. Märchendichtungen der Berliner Romantik. Hg. und mit einem Nachwort von Klaus Günzel. Berlin 1986

Adelbert von Chamisso's Werke. Bde. 1–6. Berlin (Weidmann) 1856

E.T.A. Hoffmann: Briefwechsel. Gesammelt und erläutert von Hans von Müller und Friedrich Schnapp. 3 Bde. München 1967–1969 (= Hoffmann Br 1–3)

E.T.A. Hoffmann: Nachlese. Dichtungen, Schriften, Aufzeichnungen und Fragment. Hg. von Friedrich Schnapp. München 1981 (= Hoffmann NL)

E.T.A. Hoffmann: Sämtliche Werke in sechs Bänden. Hg. von Hartmut Steinecke unter Mitarbeit von Gerhard Allroggen. Frankfurt am Main 1992 (= Hoffmann SW 1–6)

E.T.A. Hoffmann: Tagebücher. Nach der Ausgabe Hans v. Müllers mit Erläuterungen hg. von Friedrich Schnapp. München 1971 (= Hoffmann TB)

E.T.A. Hoffmann: Unwahrscheinliche Abenteuer. Berliner Geschichten. Hg. von Markus Bernauer. Berlin 2016

Jean Pauls Sämtliche Werke. Historisch-kritische Ausgabe. Abt. I (Zu Lebzeiten des Dichters erschienene Werke), Abt. III–IV [Briefe von und an Jean Paul]. Hg. von Eduard Berend (Abt. I und III), Christian Begemann, Markus Bernauer und Norbert Miller (Abt. IV). Weimar 1927 ff. bzw. Berlin 1956–2017 (= Jean Paul SW)

Karl Wilhelm Salice Contessa: Kleine Geschichten und Hoffmanniana. Hg. von Carl Georg von Maaßen. München 1922 (Die Bücherei der neuen Serapionsbrüder)

Deutsches Wörterbuch von Jacob und Wilhelm Grimm. Leipzig u.a. 1854–1971 (= DWB)

Günzel, Klaus: E.T.A. Hoffmann. Leben und Werk in Briefen, Selbstzeugnissen und Zeitdokumenten. Berlin 1976

Häker, Horst: Friedrich de la Motte Fouqué (1777–1843) und Nennhausen. Frankfurt/Oder 1995 (Frankfurter Buntbücher 14)

Hitzig, Julius Eduard: E.T.A. Hoffmanns Leben und Nachlaß. Mit einem Nachwort von Wolfgang Held. Frankfurt am Main 1986

Koning, Henderikus Jan: Carl Wilhelm Salice-Contessa. Ein Schriftsteller aus dem Kreis um E.T.A. Hoffmann. Kampen 1987 (Diss. Utrecht)

Kremer, Detlef (Hg.): E.T.A. Hoffmann. Leben – Werk – Wirkung. Berlin, New York 2010

Meyer, Hans: Die Brüder Contessa. Ihr Leben und ihre Werke. Ein Beitrag zur Kenntnis der Unterhaltungs-Literatur der klassischen Epoche. Berlin 1906

Schmidt, Arno: Fouqué und einige seiner Zeitgenossen. Biographischer Versuch. Frankfurt am Main 1960

Schnapp, Friedrich (Hg.): E.T.A. Hoffmann in Aufzeichnungen seiner Freunde und Bekannten. Eine Sammlung von Friedrich Schnapp. München 1974

Wittkop-Ménardeau, Gabrielle (Hg.): E.T.A. Hoffmanns Leben und Werk in Daten und Bildern. Frankfurt am Main 1968

Zur vorliegenden Ausgabe

Der vorliegende Band enthält den *Roman des Freiherrn von Vieren* und die beiden Erzählungen, die aus diesem Romanfragment hervorgegangen sind. Dem Roman liegt der erste Druck der Handschrift zugrunde, den Helmuth Rogge 1926 veranstaltete, den beiden Erzählungen die zeitgenössischen Erstausgaben.

Die Orthografie in den Vorlagen wurde – unter Wahrung des Lautstandes – behutsam der neuen deutschen Rechtschreibung angepasst. Nicht angepasst wurden Namen sowie Schreibungen, die auch zu Hoffmanns Zeit ungewöhnlich waren, und Fremdwörter, die noch als Fremdwörter verstanden wurden. In seltenen Einzelfällen kann es so auch zu verschiedenen Schreibweisen des gleichen Wortes kommen. Auch die Zeichensetzung wurde um der besseren Lesbarkeit vorsichtig modernisiert.

Besonders vorsichtig musste im Falle des Romanfragments verfahren werden. Rogge hat dieses diplomatisch getreu wiedergegeben. Hier wurden Groß- und Kleinschreibung normalisiert und einige Schreib- oder grammatische Fehler berichtigt sowie Abkürzungen aufgelöst. Stehen blieben hingegen Schreibweisen wie »rascal« (klein geschrieben, weil offensichtlich als englisches Fremdwort verstanden und so auch in den Druck von Salice-Contessas Erzählung eingewandert) oder ein Ausdruck wie »Gefangenwärter«. Stehen blieb auch die unregelmäßige Schreibung der Namen (Georg / George bzw. Natalia / Natalie). Von Rogge übernommen wurden der Lesefreundlichkeit halber vom Herausgeber ergänzte Abschnittsgliederungen.

Emendiert wurde (Wortlaut in der vorliegenden Ausgabe / Wortlaut des Erstdrucks):

11 zureichenden / zureichendem (Korrektur nach der Hs) — 23 Karriere / Cariere — 35 im Kopfe hat / im Kopfe hab (Korrektur nach der Hs) — 37 umgegossen / ungegossen (Korrektur nach der Hs) — 41 dem Blutgerüst / das Blutgerüst — 44 liebevolles / liebenvolles (Korrektur nach der Hs) — 46 lispelnden / lispelnde — 52 liebe / lieben — 65 Lineamente / Linemente — 69 liebe / lieben. — 79 dein / Deinen — 110 neben ihm / neben ihn — 121 schloss / schoß

Abbildungsverzeichnis